WARRIORS

貓戰士

破滅守則

七部曲之II

靜默融雪

The Silent Thaw

艾琳・杭特（Erin Hunter）著
約翰・韋伯（Johannes Wiebel）繪
高子梅 譯

晨星出版

特別感謝凱特・卡里

藤池：深藍色眼睛、銀白相間的母虎斑貓。

鷹翼：薑黃色母貓。

所指導的見習生，香桃掌：淺棕色母貓。

露鼻：灰白相間的公貓。

竹耳：深灰色母貓。

暴雲：灰色的公虎斑貓。

冬青叢：黑色母貓。

翻爪：公虎斑貓。

蕨歌：黃色的公虎斑貓。

蜂蜜毛：帶黃斑的白色母貓。

火花皮：橘色母虎斑貓。

栗紋：暗棕色母貓。

嫩枝杈：綠眼睛的灰色母貓。

鰭躍：棕色公貓。

殼毛：玳瑁色公貓。

梅石：黑色與薑黃色相間的母貓。

葉蔭：玳瑁色母貓。

點毛：帶斑點的母虎斑貓。

飛鬚：帶條紋的灰色母虎斑貓。

拍齒：金色的公虎斑貓。

貓后 （懷孕或正在照顧幼貓的母貓）

黛西：來自馬場的奶油黃色長毛貓。

長老 （退休的戰士和退位的貓后）

灰紋：灰色的長毛公貓。

雲尾：藍眼睛的白色長毛公貓。

亮心：帶薑黃斑的白色母貓。

蕨毛：金褐色的公虎斑貓。

各族成員

雷族 *Thunderclan*

族長　**棘星**：琥珀色眼睛、深棕色的公虎斑貓。

副手　**松鼠飛**：綠眼睛、有一隻白腳爪的深薑黃色母貓。

巫醫　**松鴉羽**：藍色盲眼的灰色公虎斑貓。

赤楊心：琥珀色眼睛、深薑黃色的公貓。

戰士　（公貓，以及沒有年幼子女的母貓）

刺爪：金褐色的公虎斑貓。

白翅：綠眼睛的白色母貓。

樺落：淡褐色的公虎斑貓。

莓鼻：奶黃色公貓，尾巴斷了一截。

鼠鬚：灰白相間的公貓。

所指導的見習生，月桂掌：金色公虎斑貓。

罌粟霜：淺玳瑁與白色相間的母貓。

獅焰：琥珀色眼睛、金色的公虎斑貓。

玫瑰瓣：深奶油黃色的母貓。

鬃霜：淺灰色母貓。

莖葉：橘白相間的公貓。

百合心：藍眼睛、嬌小、帶白斑的深色母虎斑貓。

所指導的見習生，焰掌：黑色公貓。

蜂紋：帶黑條紋、毛色極淺的灰色公貓。

櫻桃落：薑黃色母貓。

錢鼠鬚：棕色與奶油黃相間的公貓。

煤心：灰色的母虎斑貓。

所指導的見習生，燕雀掌：玳瑁色母貓。

花落：玳瑁與白色相間的母貓，有花瓣狀的白斑。

光躍：棕色的母虎斑貓。
松果足：灰白相間的公貓。
蕨葉鬚：灰色的母虎斑貓。
鷗撲：白色母貓。
尖塔爪：黑白相間的公貓。
穴躍：黑色公貓。
陽照：棕色與白色相間的母虎斑貓。

長老　橡毛：嬌小的棕色公貓。

影族 *Shadowclan*

族長　**虎星**：深棕色的公虎斑貓。

副手　**苜蓿足**：灰色的母虎斑貓。

巫醫　**水塘光**：帶白斑的棕色公貓。
所指導的見習生，影掌：灰色的公虎斑貓。

戰士　**褐皮**：綠眼睛、玳瑁色的母貓。
鴿翅：綠眼睛、淺灰色的母貓。
爆發石：棕色的公虎斑貓。
石翅：白色公貓。
焦毛：耳朵有撕裂傷的深灰色公貓。
亞麻足：棕色的公虎斑貓。
麻雀尾：魁梧、棕色的公虎斑貓。
雪鳥：綠眼睛、純白色的母貓。
蓍草葉：黃眼睛、薑黃色的母貓。
莓心：黑白相間的母貓。
草心：淺褐色的母虎斑貓。
螺紋皮：灰白相間的公貓。
跳鬚：花斑母貓。
蟻毛：帶棕色與黑色斑點的公貓。
熾火：白色與薑黃色相間的公貓。
肉桂尾：白色腳爪、棕色的母虎斑貓。
花莖：銀色母貓。
蛇牙：蜂蜜色的母虎斑貓。
板岩毛：毛髮滑順的灰色公貓。
撲步：灰色母貓。

灰白天：黑白相間的母貓。

紫羅蘭光：黑白相間的母貓，黃色眼睛。

貝拉葉：綠眼睛、淡橘色的母貓。

花蜜歌：棕色母貓。

鶴鶉羽：耳朵黑如鴉羽的白色公貓。

鴿足：灰白相間的母貓。

流蘇鬚：帶棕斑的白色母貓。

礫石鼻：棕褐色公貓。

陽光皮：薑黃色母貓。

長老　鹿蕨：失聰的淺褐色母貓。

天族 *Skyclan*

族長　**葉星**：琥珀色眼睛、棕色與奶油黃相間的母虎斑貓。

副手　**鷹翅**：黃眼睛、深灰色的公貓。

巫醫　**斑頤**：腿上與身上帶斑點的淺褐色母虎斑貓。
躁片：黑白相間的公貓。

調解者　**樹**：琥珀色眼睛的黃色公貓。

戰士　**雀皮**：深棕色的公虎斑貓。
馬蓋先：黑白相間的公貓。
露躍：健壯的灰色公貓。
所指導的見習生，根掌：黃色公貓。
梅子柳：深灰色母貓。
鼠尾草鼻：淺灰色公貓。
鳶撓：紅棕色公貓。
哈利溪：灰色公貓。
花心：薑黃色與白色相間的母貓。
龜爬：玳瑁色母貓。
沙鼻：矮胖、腿是薑黃色的淺褐色公貓。
兔跳：棕色公貓。
所指導的見習生，鶴掌：金色母虎斑貓。
蘆葦爪：嬌小、淺色的母虎斑貓。
所指導的見習生，針掌：黑白相間的母貓。
薄荷皮：藍眼睛、灰色的母虎斑貓。
蕁水花：淺褐色公貓。
微雲：嬌小的白色母貓。

羽皮：灰色的母虎斑貓。

長老 **鬚鼻**：淺棕色公貓。

金雀尾：藍眼睛、毛色極淡、灰白相間的母貓。

風族*Windclan*

族長　**兔星**：棕色與白色相間的公貓。

副手　**鴉羽**：深灰色公貓。

巫醫　**隼翔**：灰毛帶白色雜毛、像是披了紅隼羽毛的公貓。

戰士　**夜雲**：黑色母貓。

斑翅：帶雜毛的棕色母貓。

所指導的見習生，蘋果掌：黃色母虎斑貓。

葉尾：琥珀色眼睛的深色公虎斑貓。

燼足：有兩隻深色腳爪的灰色公貓。

煙霧雲：灰色母貓。

所指導的見習生，木掌：棕色母貓。

風皮：琥珀色眼睛、黑色的公貓。

石楠尾：藍眼睛、淺棕色的母虎斑貓。

伏足：薑黃色公貓。

所指導的見習生，歌掌：玳瑁色母貓。

雲雀翅：淡褐色的母虎斑貓。

莎草鬚：淺褐色的母虎斑貓。

所指導的見習生，振掌：棕白色公貓。

微足：胸口有星形白毛的黑色公貓。

燕麥爪：淡褐色的公虎斑貓。

呼鬚：深灰色公貓。

所指導的見習生，哨掌：灰色母虎斑貓。

蕨紋：灰色的母虎斑貓。

貓后　**捲羽**：淡褐色母貓。（生下兩隻小母貓——小霜、小霧，和小公貓——小灰）。

長老　**苔皮**：玳瑁色與白色相間的母貓。

河族 *Riverclan*

族長　**霧星**：藍眼睛、灰色的母貓。

副手　**蘆葦鬚**：黑色公貓。

巫醫　**蛾翅**：帶斑點的金色母貓。

柳光：灰色的母虎斑貓。

戰士　**暮毛**：棕色的母虎斑貓。

鯉尾：深灰色與白色相間的母貓。

錦葵鼻：淺棕色的公虎斑貓。

甲蟲鬚：棕色與白色相間的公虎斑貓。

豆莢光：灰白相間的公貓。

閃皮：銀色母貓。

蜥蜴尾：淺褐色公貓。

所指導的見習生，霧掌：灰白色母貓。

噴嚏雲：灰白相間的公貓。

蕨皮：玳瑁色母貓。

松鴉爪：灰色公貓。

鴞鼻：棕色的公虎斑貓。

冰翅：藍眼睛、白色的母貓。

溫柔皮：灰色母貓。

所指導的見習生，水花掌：棕色公虎斑貓。

金雀花爪：灰色耳朵的白色公貓。

夜天：藍眼睛、深灰色的母貓。

兔光：白色公貓。

風心：棕色與白色相間的母貓。

斑紋叢：灰白相間的公貓。

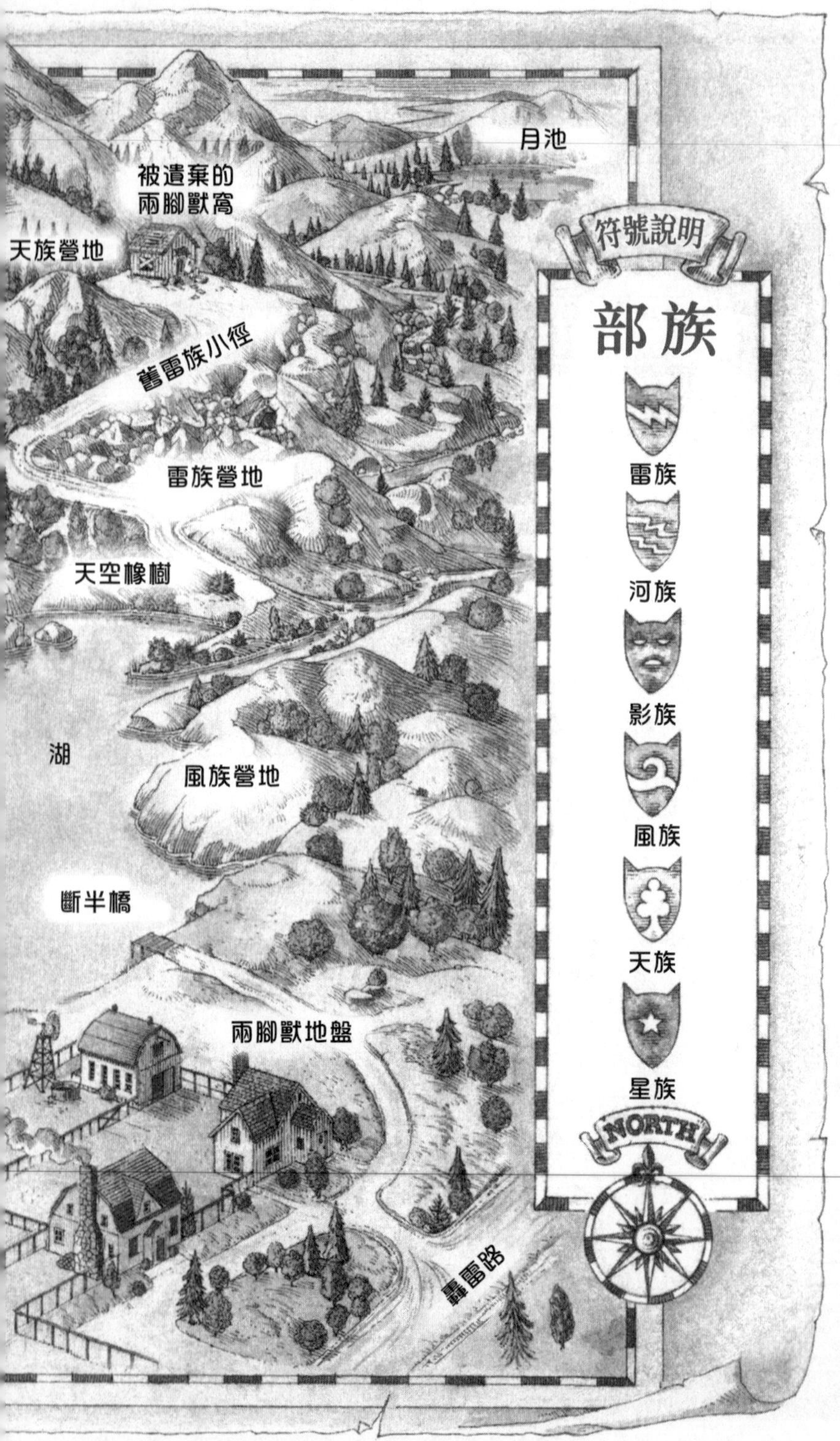

月池
被遺棄的
兩腳獸窩
天族營地
舊雷族小徑
雷族營地
天空橡樹
湖
風族營地
斷半橋
兩腳獸地盤
轟雷路
符號說明
部族
雷族
河族
影族
風族
天族
星族
NORTH

綠葉
兩腳獸地盤
兩腳獸窩
兩腳獸小徑
兩腳獸小徑
空地
影族營地
半橋
小轟雷路
綠葉
兩腳獸地盤
半橋
貓兒視角
小島
小河
河族營地
馬兒地盤

被遺棄的
工人小路
採石路
水晶池
符號說明
地形
落葉林區
松樹林
沼澤
湖
小路
NORTH
礦場
兔丘林
聖域湖
兔丘
兔丘
馬廄場
兔丘路

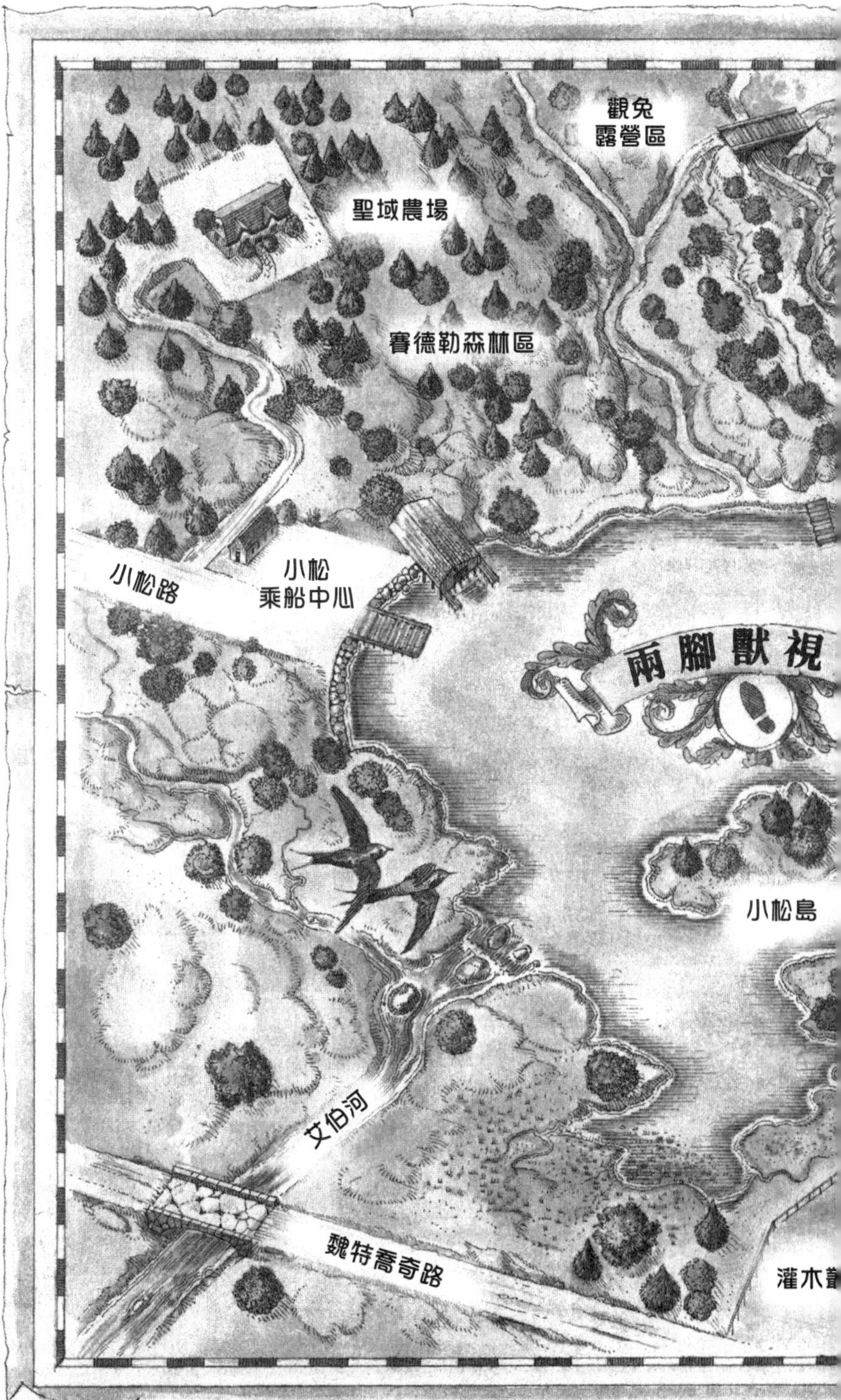
觀兔
露營區
聖域農場
賽德勒森林區
小松路
小松
乘船中心
兩腳獸視
小松島
艾伯河
魏特喬奇路
灌木

序章

棘星在冰封的荒原上渾身發抖，野風毫不留情地鞭撻著積雪，也像針一樣扎痛他的鼻吻。他全身上下就跟四周空氣一樣冰涼，但他絲毫不察，一直盯看著一副軀體，它就躺在從雪堆鑿出來的洞穴裡。**那是我**。可是這思緒宛若遠處的悲嚎。他驚駭到無法動彈。**原來我死了！**高燒折騰了他好幾天，終於奪走了雷族族長獲自星族的九條命之一。

洞穴外的松鴉羽緊張地瞟看水塘光，而赤楊心卻是眼神茫然地瞪著棘星的屍首。**他親眼目睹我死去**。棘星看到他兒子在發抖，巴不得能上前安慰他。影掌和虎星在鴿翅旁邊焦急踱步。**他們都在等我醒來**。棘星掃視白茫茫的蒼涼荒原一眼，隱約想起他的族貓是趁他一息尚存時把他帶來這裡，希望靠刺骨的寒風幫他降溫。到底還要多久他才能有下一條新的生命？他轉過頭去，一臉企盼地看著自己的軀體，又抬眼望向天空，等候星子穿透盛滿雪花的雲層。**星族很快就會來迎接我了吧？在我回去自己的軀體之前，需要先跟祂們分享一點消息嗎？**

時間過去了，風勢愈來愈強。棘星的尾巴不停抽動。焦急的情緒宛若火花在他毛髮裡炸開。他以前從沒死過。現在是怎麼回事？

鴿翅走了過來，耳朵不停抽動。「還要多久？」她的喵聲消失在野風的呼嘯聲中，雪花繞著她狂亂飛舞。等到風雪暫歇，貓兒們已經又移動了位置。松鴉羽改蹲在棘星的軀體旁。虎星站在影掌旁邊，覷著其他貓兒看。棘星再度望向天空。雲層已變換了位置。到底過了多久？為什麼他還沒醒來？**星族在哪裡？他應該獨自面對死亡嗎？**他的祖靈放棄他了嗎？

「棘星死了，不會再活過來了。」松鴉羽的喵聲劃破風雪聲。棘星瞪著他看。**不！我在這裡！我要回來啊**。他很用力地開口說話，但一個字也吐不出來。松鴉羽又繼續說道：「星族已經遺忘了我們。」

暴風雪吞沒了他。棘星奮力掙扎，寒風不斷撕扯他的毛髮，雪花遮蔽了他的視線，不停灌進他鼻孔，螫痛他雙耳。他腳下的地面好似塌了，他趕緊用爪子緊緊抓住，卻被強風襲捲而去，他的心倏地一抽。**莫非這就是死亡？**

過了一會兒，他竟出現在雷族營地，瞪看著那付癱在地上、進行守夜儀式的軀體。營地很暗。他死在荒原上多久了？**他們要埋葬我了嗎？**他全身像著了火似地驚慌起來。**我沒有死！我在這裡！**

松鼠飛正在說著感傷的悼詞，哽咽聲令棘星難過到無法喘氣。這中間一定出了什麼岔錯。他怎麼會看著族貓為自己守夜呢？難道星族取走了他所有的命？**我有冒犯祂們什麼嗎？**他繞著他的屍首轉，而這時族貓們全都眼神空洞憂傷地望著松鼠飛。星族馬上要帶他走了嗎？他看到營地上方枝椏間的星子，看上去冷漠又遙遠。

「棘星，願星族照亮你的前路。」松鴉羽向棘星的屍首垂下頭。「願你找到美好的狩獵場，盡情馳騁，也找到可供你安睡的居所。」但就在他說話的同時，棘星發現他的軀體正微微起伏。他急切地豎起耳朵，心想自己就要重生了，準備伺機鑽進那付熟悉的舊軀體裡。他鬆了口氣，總算放心，卻在這時看見那付軀體的腿抽動了一下，眼睛竟就睜開了。

那不是我，他的軀體怎麼可能沒有他也能動？但他卻眼睜睜看著它翻身側躺，撐起身子站起來，走向松鼠飛，垂下頭。「別來無恙，」它喵聲道，「能再回到妳身邊，真是太好了。」

松鼠飛緊貼著對方。棘星頓時一陣反胃。

「他活過來了！」鬃霜的叫聲在雷族貓的驚嘆聲中格外響亮。「星族沒有拋棄我們！」

棘星倒退了好幾步，他看見自己的軀體在貓群裡移動，不敢相信自己的眼睛。一定出了什麼問題。**那不是我！**他必須找個誰讓他知道。他的腦袋飛快地轉。**樹可以跟亡者對話！**他突然靈機一動，**也許他可以跟我說話**。棘星嚇到全身毛髮倒豎，慌忙逃進林子，**我得快點解決這問題！**

第一章

快跑！根掌根本不敢回頭看。

「等一下！你必須幫我！拜託你！」棘星哀怨的哭號迴盪在林間。

「走開！」心臟猛地一抽的根掌在冰封的林地上拔腿狂奔。雷族族長為什麼要追他？棘星為什麼跑到天族的領地來？為什麼他看起來那麼像鬼？

飛奔中的根掌腳爪不停撞擊地面，思緒跟著飛快地轉。**棘星不可能是鬼，他沒死！**發燒害他喪命。但他是部族族長，又起死回生地復活了。所以他還活著。可是為什麼他能夠看穿棘星微微發亮的身軀，直接看到後方的林子？為什麼他聞起來沒有雷族的氣味？為什麼他追過來的時候沒有腳步聲？

這時不知道什麼硬梆梆的東西勾住根掌的腿，從他下面猛地一拉，整個身子翻了過去，砰地一聲側跌在地，也順道扯斷了那個硬梆梆的東西。摔了一跤的他驚魂甫定，反倒忘了剛剛受到的驚嚇。他動也不動地躺了一會兒，等到氣能喘過來時，才蹣跚爬起來，但剛被樹根勾到的腳爪踩地的瞬間仍有些許疼痛。他回頭張望來時路，遠處似乎有什麼東西在動。**是棘星嗎？**他愣在原地，胃頓時揪緊。還好發現那原來是風中抖動的羊齒植物，這才吁了口氣。他抬起被鉤傷的腳爪，小心翼翼地移動。現在已經沒那麼痛了，他再度踩踏地面，還好沒什麼大礙。

他四處看了看，尋找棘星的蹤影。森林空盪盪的。他甩甩身子。**我剛剛是憑空想像**

出來的嗎？他很確定他有看到宛若鬼魂的雷族族長。他又開始有點喘不過氣來了。也許棘星又死了。根掌渾身發抖。搞不好曾害他喪命的那場高燒又回來了，再次奪走他的性命。**但為什麼我看得到他的鬼魂？**恐懼攫住根掌的胃。**我跟樹一樣會通靈嗎？**他父親能夠看到死去的貓。根掌有可能繼承到這種體質嗎？

根掌渾身寒顫。他不想跟樹一樣是個怪胎。當樹的兒子已經夠倒楣了，族貓們總是把他當成五條腿的松鼠所生的小貓。但他只想跟族貓們一樣……成為一位很正常的戰士，有正常的親屬。他抬起下巴，一臉懊惱。他要回到剛剛那處空地。如果對方真的是棘星，就可能還會在那裡，可以跟他解釋清楚他來這裡的目的。但要是這一切純屬自己的想像，那就沒什麼好怕的了。野外的風是有可能製造出不停晃動的幢幢黑影，乍看下就像是虎斑色的身影。

根掌抬起肩膀，大步走回空地。他朝那處小空地走近，不自覺地聳起全身毛髮抵禦寒氣。他挺起胸膛步下斜坡，停在中央，環目四顧，豎起耳朵，卻沒看到棘星的蹤影。這裡既無戰士也無鬼魂。空氣裡沒有任何氣味滯留，地面上樹影婆娑。根掌搖搖頭。原來他根本沒撞見棘星的鬼魂，是他憑空想像出來的。

他瞥了天空一眼，發現太陽已經爬上樹頂。他大驚失色。他遲到了。露躍還在等他去上課呢。根掌拔腿就跑，疾奔林間，往營地衝回去。

「真是太好了，你終於決定出現了。」語氣揶揄的露躍就等在蕨葉叢入口的外面，表情惱火地抽動著尾巴，根掌蹣跚爬下斜坡，朝他走去。

「對不起！」根掌氣喘吁吁。

「我們本來要去追蹤獵物的。」露躍瞪著他看。

「我們還是可以去啊。」根掌歉然地說道。

露躍生氣地說：「戰士懂得守時。」

「我在來的路上有點分心。」根掌低頭看著腳爪。這是個爛藉口，可是他要怎麼告訴他的導師他自覺看到某隻貓的鬼魂，但對方根本還沒死？再說，他也不想讓露躍覺得他跟樹一樣是個怪胎。

露躍甩著尾巴。「以後不要再遲到了，」他喵聲道。「你還有很多東西要學。如果你想趕在綠葉季之前當上戰士，就要再加把勁。我們沒有時間可以浪費了。」

根掌垂下頭，這時被霜害凍得焦褐的一叢蕨葉突然窸窣作響，鷹翅從營地裡鑽了出來，梅子柳和莓水花跟在後面。

「嗨，露躍，」天族副族長停在灰色公貓旁邊。他看了根掌一眼。「你的見習生表現如何？」

「還可以，」露躍眼神凌厲地覷他一眼。根掌跟著緊張，他的導師打算告訴鷹翅他上課遲到的事嗎？「他是個不錯的狩獵者，戰技也在進步中。」

根掌這才鬆了口氣。

「我很高興聽到你這麼說，」鷹翅點點頭。「我正要帶巡邏隊到雷族邊界，通往湖邊的氣味記號有點淡了。」

「那條路挺長的。」露躍說出他的看法。

「是啊，」鷹翅同意道。「但我們一定要教會影族和雷族懂得尊重那塊領地。那兒是我們通往湖邊的唯一一條路。」

就在戰士們對話的同時，根掌的腦袋也在飛快地轉。如果棘星死了，雷族貓一定知道。雷族巡邏隊或許會跟他們交流這個消息。這樣他就能知道他是不是真的撞見鬼。**我得提議我也想去幫忙標示氣味**。他看了露躍一眼。「我好久沒去湖邊了，」他喵聲道。露躍眨眨眼睛看著他，表情驚訝，但根掌冗自繼續說道：「也許我們也可以加入他們，你可以再告訴我一次氣味記號線在哪裡。我都快忘光了。」

鷹翅豎起耳朵。「既然這樣，你們也一起來吧。」他看了露躍一眼。「除非你們有別的計畫。」

露躍抽動尾巴。「我們本來要去練習潛行，」他疑色地覷了根掌一眼。「不過明天去練習也可以。」

「所以我們可以去囉？」根掌表情熱切地看著他導師。

「可以。」

根掌垂下目光，深怕被露躍看見他暗地裡鬆了口氣的表情，反而開始納悶他想去雷族邊界的真正目的是什麼。

等到他們抵達那塊夾在影族和雷族之間的狹長領地時，根掌已經腳酸了。露躍趁機在路上教他一些跟林子有關的知識，特地指出獵物平常會走的小徑，還有從哪裡可以看出小鳥已經開始築巢，準備迎接新葉季。根掌很想專心聽講，無奈思緒老是回到棘星身上。離那處撞鬼的林間空地愈遠，他就愈篤定自己有看見了麼。也許是星族給他的異象，要他看見雷族族長。可是原因是什麼呢？祂們已經好幾個月沒跟部族貓有過任何交通。他確信如果祂們真的有什麼話想說，也應該找巫醫貓交通啊。

「你看到那棵樹沒？」露躍的喵聲把他從思緒裡猛地拉回來。他的導師停下腳步，鼻吻指向一株夾在多株橡樹中間、枝葉肆意生長、色澤蒼白的白蠟樹。

根掌停下腳步，循著露躍的目光望過去，這時鷹翅、蕁水花、和梅子柳仍沿著雷族領地旁邊那片狹長的林子繼續往前走。「我看到了。」他喵聲道。

「鳥類喜歡在樹幹的半腰處築巢，」他朝那裡的枝葉點頭示意。「因為枝椏間常有一些隱祕的角落，而且樹葉要是長出來，還可以遮風避雨。」露躍疾步走到白蠟樹底下，前爪按住樹幹。「這種樹的樹皮雖然硬但又不會太硬。」他伸起爪子，戳進樹幹。「很容易攀爬。」

根掌點點頭，他的眼睛雖然盯著導師，兩隻耳朵卻始終留意來自雷族領地那邊的聲響。邊界附近有巡邏隊嗎？他很努力地把注意力放在導師身上，好不容易灰色公貓終於轉過身來，跟在隊友們後面離開，他才鬆了口氣。根掌腳步躊躇，目光越過氣味記號線，窺看另一頭，並不停嗅聞空氣。有雷族巡邏隊在附近嗎？

「別再拖拖拉拉的了！」露躍在前面停下腳步，回頭瞪著他看。他不耐地揮動尾巴。「你不是想來看氣味記號線的標示處嗎？」

梅子柳已經在一叢枯萎的羊齒植物上留下自己的氣味記號，莓水花也在一根突起的樹枝上磨蹭下巴。

露躍朝兩棵橡樹中間一叢蔓生的荊棘點頭示意。「去那裡標示記號。」他告訴根掌指令。

根掌趕緊走向荊棘叢，留下自己的氣味記號，再快步沿著邊界走遠，那兒有更好的視野可以眺望雷族領地。他沒有看到巡邏隊的蹤影，氣餒不已。也許雷族正在準備為他們死去的族長守夜。

他瞇起眼睛，探看林子深處，希望雷族巡邏隊突然現身。就算只看一眼，也足以透露雷族是否出了事。**拜託讓棘星還活著**，根掌不安到毛髮豎得筆直。**那個鬼魂只是我憑空想像出來的。**

「那地方也標一下記號。」梅子柳朝叢生在邊界旁的羊齒植物揮著尾巴。

根掌的目光越過它，望進雷族的森林裡。林子裡是不是有貓兒在走動？他仔細打量。**真的有欸！**他看到一個身影了，然後又一個！可是他們正要離開。根掌焦急到腳墊微微刺癢。他必須趕在他們消失前引起對方注意。他抬起鼻吻。「你要我標在哪叢灌木上？」他的聲音響亮，迴盪林間，他確信一定能傳進雷族領地。

「小聲點！」露躍怒瞪著他。「你會嚇跑獵物的。」

「可是我們又沒有要狩獵，」他繼續大聲說道，並故作無辜地看著他導師。「我又不可能把邊界嚇跑。」

梅子柳很不高興地咕噥：「你沒必要告訴湖邊所有的部族，我們在這裡做什麼吧！」

「對不起。」根掌趕緊放低音量，因為他已經看見有幾隻雷族貓轉過身來，朝邊界張望，心跳也跟著加快。他們正朝這裡走過來，羊齒植物跟著一陣晃動。

「你們一定得這麼吵嗎？」獅焰從一株荊棘底下鑽出來，甩甩身子。雷族戰士皺起眉頭。「就算你們不怕嚇走自己的獵物，也不必嚇走我們的啊。」

根掌搜尋雷族公貓的目光。他眼神哀戚嗎？還是憂心忡忡？

火花皮和櫻桃落也從他旁邊鑽出來，一臉惱怒地瞪著邊界這頭。

看來他們都只是對根掌的大嗓門很火大而已。莫非他們的族長還活著？他滿懷希望。

梅子柳很不高興地瞥了根掌一眼。「根掌今天有點興奮過頭了。」

露躍擦身從根掌旁邊過來，「不好意思，我以為我有教過他不管參加什麼隊伍，都必須放低音量。」

火花皮的眼裡閃過興味。「見習生向來不愛乖乖聽話。」

根掌快步走向邊界，對獅焰眨著眼睛。「對不起，我說話太大聲了。」

他致歉說道。「我不會再這樣了。」

「有可能是才剛習慣有自己的領地。」獅焰一臉同情，目光跟著柔和了起來。「一時間忘了四周都是邊界。」

「可能吧。」根掌捕捉金色戰士的目光。「棘星有比較好一點嗎？」他完全不在乎這問題會不會太唐突。他必須確定雷族一切無恙。

「當然好多了。」獅焰瞇起眼睛，顯然很訝異他的提問。

根掌瞬間鬆了口氣，微微暈眩。棘星還活著，好端端地活著。這表示他沒有看見鬼。這下沒事了。

露躍趕忙上前，用鼻子把根掌從邊界推開。「對不起，」他再度向獅焰致歉，「我不知道根掌今天究竟怎麼了。」

「沒關係，」獅焰看向湖面。「新葉季的味道總是會把年輕的貓兒搞得有點神經質。」

火花皮循著她夥伴的目光望過去。「岸邊的冰快融化了。」她喃喃自語。

梅子柳甩動尾巴。「氣候要變暖了。」

「到時獵物就會更多了。」蕁水花又補了一句。

火花皮的眼裡有點光一閃而逝，她對天族巡邏隊說道：「也許月池也融冰了！」

獅焰喵嗚回答：「這樣我們就可以鬆口氣了。」

戰士們心不在焉地望向遠方，顯然都在想像星族的回歸和禿葉季終於遠離森林。旁邊的根掌甩甩身子。還好他不像樹。不管他先前在林子裡看到什麼，都不是撞見鬼。搞不好他也只是在做夢而已。也許他把某個影子憑空想像成某種鬼影。不過如果那只是影子，他聽到的聲音又是誰的？

「走吧，」露躍的喵聲嚇了他一跳，他趕緊回神。雷族巡邏隊正要離開，梅子柳和莓水花正在標示氣味記號。「等我們標示完，就要回營了。這個下午你可以跟針掌一起上課，蘆葦爪要她找隻體型差不多的貓兒一起練習戰技。」

根掌跟著他的導師朝湖岸走去。腳下樹葉被他踩得嘎吱作響。微風拂在身上，很是清涼，他抬起鼻吻，盡情嗅聞湖邊的各種氣味。跟針掌一起上課一定很好玩，她的速度比他快，又老愛強調這件事，雖然這一點有點討厭，但再怎麼說，終究是他的妹妹。而且也許她會教他一些新的招式。這總比擔心有沒有撞見鬼要好。

針掌滾進空地邊緣柔軟的草地上，毛髮凌亂，一臉疲態。「你去幫我帶隻老鼠來。」

「好。」根掌離開他妹妹，朝生鮮獵物堆走去。黃昏巡邏隊已經出發，其他工作完畢的隊伍正在回來的路上。葉星半瞇著眼，心滿意足地望著空地的盡頭。鷹翅就待在她旁邊。這堂課上得很順利。根掌很高興自己總算能靠那非比尋常的速度反制針掌。她剛剛在場上用力推擠他，場邊的蘆葦爪和露躍大聲喊叫，忙著下指導棋。但還好他總能見招拆招，低身閃過攻勢，再虛晃一招，他們打到露躍最後提早叫他們下場，好讓他們回到營地可以搶先挑選獵物。

根掌從獵物堆中間拖出一隻老鼠，再為自己選了一隻鼩鼱。他叼起獵物的尾巴，朝針掌走回去。這時他突然看見她旁邊有東西微微發光，不禁愣了一下。那是貓的形狀嗎？**拜託，別又是那個鬼！**他認出了那身虎斑和那雙又圓又大的眼睛。棘星的身影正默默成形，根掌的情緒瞬間像石頭一樣沉重。他的視線可以看穿雷族族長的淺色身影，直接看到後方的蕨葉叢。宛若影子的它正瞪著根掌看，眼神絕望。**這一切一定我是憑空想像出來的！**根掌強迫自己往前走。**那裡不可能有鬼**。他把獵物放在針掌旁邊，避開棘星的目光。「這隻老鼠夠大了吧？」他看著他妹妹，後者抬眼望他。她看得到站在她旁邊的鬼魂嗎？

她眨眨眼睛看看他，又看回老鼠，一臉滿意。「看起來很好吃。」隨即移動身子，挪出旁邊的位子給他。他僵硬地坐下去，把鼩鼱挪過來。**她看不到鬼。**他的胸口很悶，因為他感覺到棘星的目光正盯著他。他環顧營地。葉星正在和鷹翅交談，梅子柳在洗臉，蕁水花和馬蓋先正在挑選獵物。他們都沒看見根掌旁邊有個不成形的透明物。**沒有貓兒看得到。**他瞬間驚恐。**只有我！**

第二章

鬃霜蓬起全身毛髮抵禦早晨的寒氣，太陽已經爬高，微溫的陽光這時已經淹漫整座營地，她總算鬆了口氣。綠葉季似乎還離他們很遙遠，不過在經歷過艱困的枯葉季之後，只要有一絲絲的溫暖都很受到歡迎。

「幫我把這坨東西拉出來，」她聽見竹耳的喵聲，立刻轉過頭去。她妹妹正在用力拉扯那株垂生在長老窩牆上，已然枯萎的忍冬花。

鬃霜趕緊過去幫她，用腳爪抓住忍冬花的莖，合力拉它出來。灰紋隔著那處被她們硬扯出來的縫隙往外看。「你們想幹什麼？」他低身走出來。「這樣風會灌進來欸，你們知不知道寒氣會害雲尾的骨頭酸痛。」

「別擔心，」莖葉從窩穴後方走過來，他剛剛在那裡檢查還有沒有枯萎的枝葉。「我今天出去巡邏時，會帶新鮮的蕨葉回來，天黑前就會把洞補好。」

「我也來幫忙。」點毛跑到他旁邊。她剛剛在窩穴後方幫忙莖葉，身上沾到很多忍冬花的殘枝斷葉。「莖葉絕對不會想害長老受涼的。」她一臉驕傲地看著莖葉，說得活像是修繕長老窩的點子一開始就是他提議的。

莖葉得意地挺起胸膛。

懊惱的鬃霜強逼自己讓毛髮服貼下來。她應該要很高興她室友的熱心幫忙才對。而且也要學著去習慣莖葉和點毛愈走愈近的事實。她對橘白色公貓的傾慕之意，實在太鼠腦袋了，顯然他只把她當朋友看。他喜歡的是點毛……但那又怎樣？天涯何處無芳草。竹耳捕捉到她的目光，做出滑稽的表情，模仿點毛瞪大眼睛，仰慕莖葉的模樣。她妹妹很清楚她對這隻公貓暗生的情愫。鬃霜很想噗嗤笑出來，只好強忍住。

點毛緊張地眨眨眼睛看著她。「我有說錯什麼嗎？」

「沒有啊！」鬃霜頓時罪惡感上身。莖葉喜歡她，又不是點毛的錯。「我真的很高興妳願意幫忙修繕長老窩。」

點毛用後腿坐下來，一臉得意。「反正我們還在等松鼠飛指派隊伍，就順便做點事嘛。因為如果一直坐著這裡等，反而會覺得冷。」她環顧營地，看見其他族貓們為了驅寒，不停地活動著腳爪，呼出的空氣都成了晨間的裊裊白煙。

焰掌和雀掌正在營地圍牆那裡低頭嗅聞，尋找獵物的蹤跡，百合心和煤心正在低聲交談。翻爪在空地邊緣跟旁邊的露鼻、拍齒玩著青苔球，他在中間衝來撞去地想抓住那顆被大夥一路追咬的球。蜂紋和獅焰躲在擎天架底下，玫瑰瓣則是覷著生鮮獵物堆裡一隻已經不太新鮮且瘦巴巴的獵物看。

「我們什麼時候要出去上課？」空地對面的月桂掌殷殷地看著鼠鬚。「你答應過我今天要教我影族的戰技。」

年輕公貓的導師望向擎天架。「等我確定松鼠飛沒有幫我們安排其它計畫，我們就出去上課。」

天亮前，松鼠飛曾從棘星窩穴裡出來指派當天的第一支巡邏隊，但還沒來得及指派其它隊伍，就又被棘星叫了回去。雷族族長因為剛喪失一條命，只想安靜待在窩穴裡，而且好像變得比新生的小貓更需要松鼠飛無微不至的照顧。**我沒法想像失去一條命的滋味是什麼**，鬚霜心裡想道。她猜可能要花很多時間才能完全復元吧……起碼第一次應該是這樣。

亮心行動僵硬地從長老窩裡走出來。「有誰可以把那些洞補起來？」她懊惱地看著長老窩窩穴的忍冬花牆面上被年輕戰士剛剛硬扯出來的洞。

「莖葉和點毛晚一點會去摘些蕨葉回來補。」灰紋告訴她。

鬚霜眼神熱切地眨眨眼睛，看著老母貓。「在新的忍冬花長出來之前，可以先用蕨葉來補牆防寒。」她為長老們感到難過，他們已經老到無法再靠林間的奔跑來禦寒。

「那就好。」亮心轉身離開。就在她走進長老窩時，營地入口一陣窸窣，黎明巡邏隊回來了。

隊長刺爪停在空地邊緣，冬青叢、梅石、鷹翼也在他旁邊停下腳步，他們發現族貓們都還在營地裡，不免驚訝地瞪大眼睛。「狩獵隊還沒出去嗎？」刺爪覷看獅焰一眼，一臉不解。

獅焰聳聳肩。「我們還在等松鼠飛。」

「我本來以為我們回來就可以吃到新鮮獵物了。」刺爪不以為然地看了擎天架一眼，然後走到生鮮獵物堆那裡。「等下你出去的時候，別抱太大指望。」他告訴獅焰，同時拾起一隻乾癟的老鼠。「森林今天靜悄悄的。」他叼著牠走到空地邊緣一小塊因霜害而枯萎的草地上。「不過在風族邊界那裡，倒是有很多獵物蹤跡。」他對著金色戰士眨眨眼睛，「應該不用多久就可以把生鮮獵物堆重新堆滿。」

獅焰冷哼一聲。「現在就應該堆滿才對。」

「我不要再等下去了，」鼠鬚站了起來，彈動尾巴，示意月桂掌。「走吧，我們不能一個早上都坐在這裡乾等。」他帶著他的見習生走出營地，百合心也快步追了過去。

煤心朝雀掌和焰掌點頭示意。「我們也出去吧。」她告訴他們。「邊界巡邏隊的事就再說吧。」

就在他們走出營地時，鬃霜注意到擎天架那裡有了動靜。松鼠飛鑽出棘星的窩穴。她站在突岩上，俯看空地，目光移向入口，那時雀掌和焰掌正要出去。「他們是要出去上課嗎？」她漫不經心地問道。

「是啊，」獅焰抬頭朝她喊道。「如果你要他們去巡邏，我就把他們叫回來。」

她搖搖頭。「不用了，謝謝。」她緩步爬下亂石堆。「上課受訓對他們來說比什麼都重要。」她環顧空地，似乎還在努力回神，讓自己集中思緒。

鬃霜眨眨眼睛，急切地望著她，這時候棘星也從窩穴裡走出來，步下亂石堆找松鼠飛。鬃霜興奮到毛髮豎得筆直。總算可以一天的工作了。她豎直耳朵，好奇自己會被分派到哪支隊伍裡。

「獅焰，」松鼠飛朝金色戰士點個頭。棘星的目光好奇地打量著營地。「帶玫瑰瓣、蜂紋、和莓鼻去狩獵。」

鬃霜仔細打量棘星。自從棘星失去一條命之後，就變得好像對營地很好奇，彷彿這裡改變了很多。他一直在各個角落走來走去，昨天他進了巫醫窩，鼻子不停抽動，似乎對藥草的味道感到訝異。她納悶失去一條命之後，是不是也會忘了生前的經驗，所以重生後的一切都變得很陌生。

「刺爪說在風族邊界那裡有獵物的蹤跡，」獅焰告訴松鼠飛。「我們是不是應該去那裡狩獵？」

「好啊，」松鼠飛凝視著林子。「但是不要為了追逐獵物而越過氣味線。我們現在好不容易才把邊界的事情搞定，就不要再節外生枝了。」她朝櫻桃落點個頭。「帶罌粟霜、火花皮、和暴雲去，重新標示氣味記號。」

「標示風族的邊界嗎？」櫻桃落對著松鼠飛眨眨眼睛，這時的棘星正朝生鮮獵物堆走近。

「不是，先從天族的邊界開始。」松鼠飛告訴她。「他們昨天才重新標示過，我要確保我們的氣味也一樣新鮮……」

「生鮮獵物堆向來都這麼少嗎？」棘星突然打斷她。他指著地上一隻鼩鼱，那是昨天剩下來的唯一一隻。

松鼠飛目光溫柔地看著他。「現在還早，」她歉然地說道。「我還沒時間組織狩獵隊。晚一點生鮮獵物堆就會堆滿了。」她又朝櫻桃落轉身。「你們出去的時候順道抓點獵物回來。我好像起得太晚了……」

「為什麼要修補長老窩？」這時的棘星已經穿過空地，正在嗅聞鬃霜和竹耳剛從牆上拔出來的莖梗。

鬃霜開始緊張，毛髮微微刺癢。修繕長老窩的這個點子很蠢嗎？「我們只是想在忍冬花長回來之前確保長老們不會受凍。」她很快告訴他。

棘星幾乎連看都沒看她，目光直接掃向戰士窩。那裡有一面牆的荊棘叢已經斷裂，是禿葉季的積雪壓壞的。「保衛家園的是戰士，」他喵聲道。「我們應該優先補他們的牆，長老們熬得過去的，一兩個破洞沒什麼了不起。」

在鬃霜旁邊的灰紋挪動了一下身子，皺起眉頭，眼神不悅。「天氣一冷，雲尾的骨頭就會痛。」他咕噥說道。

鬃霜不安地蠕動。灰紋理當提醒雷族族長這一點，但棘星若無充份的理由，也不會建議先修繕戰士窩啊。

棘星連看都不看灰色的老公貓一眼就直接回答：「幫雲尾的睡鋪多鋪點東西，就夠保暖了。」

鬃霜鬆了口氣。看吧！棘星還是會為每隻貓兒著想。

松鼠飛甩動尾巴。「等我們把生鮮獵物堆堆滿了，再來處理窩穴的事。」她俐落地說道。「我先組織狩獵隊，等一下再處理睡鋪的問題。」

「松鼠飛，」雷族副族長聽見赤楊心的喵聲，轉過頭去。深薑黃色的巫醫貓快步從窩裡出來。「妳今天需要我幫忙什麼嗎？不然我想出去看看有沒有什麼新長出來的藥草可以採。」

「我跟你說過……」松鴉羽跟在赤楊心後面出來。「還有一個月才會長出新的藥草。我們現在只能利用現存的。只要把乾藥草跟樹汁混合起來，就可以保存得久一點。」

「我出去的時候可以順道收集一點樹汁。」赤楊心提議道。

松鼠飛似乎沒在聽他們說什麼，她的目光從他們身上移開，瞪看著巫醫窩被刺藤覆蓋的入口，表情悵然。鬃霜不免為她感到難過。那是葉池死去的地方。整個部族到現在都還在哀悼她的逝去。鬃霜朝竹耳挪近。她無法想像失去妹妹的感覺。

棘星走到松鼠飛旁邊，瞪著巫醫貓看。「我不懂你為什麼要拿這些小事來煩副族長，這又不關她的事。」他不客氣地告訴他們。「你要去找樹汁還是藥草，自己決定就行了。」

松鴉羽的鼻吻猛地轉向雷族族長，臉皺成一團。鬃霜眨眨眼睛。「為什麼他對松鴉羽和赤楊心這麼兇？」她小聲問竹耳。

「也許他是在怪他們害他失去一條命吧。」竹耳小聲回答。

鬃霜渾身打起寒顫。「希望他不要對我那麼兇。」

「他為什麼要對妳兇？」竹耳看了她一眼。

鬃霜聳聳肩。「我不知道。不過從現在起，我一定要努力成為最優秀的戰士。」她看見棘星的目光回到松鼠飛身上後，就變得柔和多了，這才放鬆了心情。

莖葉捕捉到她的目光。橘白色公貓一臉不解。「是我太敏感？還是棘星變得有點怪怪的？」他低聲說道。

「自從他失去一條命之後，就一直有點怪怪的。」點毛小聲附和。

「失去一條命應該很不好受吧，」鬃霜告訴他們。「我們又不知道那是什麼滋味。」

「他很快就會恢復正常了。」竹耳喵聲道。

「希望會。」灰紋氣呼呼地說道。「火星失去一條命的時候，也沒像他那樣。」灰色公貓惱怒地揮著尾巴，低身鑽進窩穴裡。

翻爪正穿過空地，露鼻和拍齒跟在他後面。他們停在松鼠飛和棘星面前。「要我們去樺樹林那邊狩獵嗎？」翻爪提議道。「我覺得我昨天有在那裡聞到新鮮的鼠窩味道。」

棘星怒目瞪看年輕公貓。「那昨天為什麼不直接抓些老鼠回來？」

翻爪眨眨眼睛看著他。「我已經抓了松鼠了，」他喵聲道。「所以我想可以再等等。」

松鼠飛用尾巴滑過棘星的背脊。「才剛新葉季而已，還是不要過度獵捕比較好，」她輕聲說道。「記得嗎？我們要等獵物製造出更多獵物，這樣到了綠葉季才有充沛的獵物可抓。」

棘星毛髮蓬了起來。「我當然記得。」他不客氣地說道，然後猶豫了一下，彷彿察覺到自己的語氣不太好，於是改用鼻子輕觸松鼠飛的耳朵。「不過妳是對的，是應該提醒一下年輕戰士這件事。」他朝露鼻點點頭。「露尾，你把他訓練得很好。」

「露鼻。」露鼻眨眨眼睛看著他。「我叫露鼻。」

「你當然叫露鼻。」棘星不高興地咕噥道。「我知道啊。」

松鼠飛挨著雷族族長，眼裡盈滿憐憫。「你不用記得所有細節，你又累了是不是？也許應該回去休息了。」

她帶他離開，一路在他耳邊輕聲安慰。莖葉挨近點毛，埋怨道：「他以前什麼都記得很清楚。」

鬃霜怒瞪著橘白色公貓。他為什麼這麼挑剔棘星？她同情地覷了族長一眼，心想還好他已經走遠，沒聽到莖葉的批評。「你忘了他之前病得多重嗎？」

「他現在已經好了啊。」莖葉反駁道。

「可是他曾經死掉欸！」鬃霜憤慨到滿臉通紅。「性情會變也是理所當然。」

「要是部族族長每死一次，性情都會變的話，那部族不就亂成一團了。」莖葉仍不以為然。

點毛點點頭。「就算棘星有點怪怪的，也沒必要阻止松鼠飛組織隊伍啊。平常這時候生鮮獵物堆早就堆滿了。」

「妳現在是連他們兩個都怪囉！」鬃霜蓬起全身毛髮。

「妳不能不承認，自從棘星復活之後，很多事情都變得有點怪。」竹耳小聲說道。

「那又怎樣？他們是了不起的戰士欸！」鬃霜一個扭身，離開她妹妹。「我們能有棘星當族長，已經很萬幸了。再加上松鼠飛又是這麼棒的副族長。你們為什麼還要批評他們？他們是你們的族貓欸！你們應該幫忙他們才對。」

她滿肚子火。她感恩棘星回到他們身邊。雷族要是沒有他，怎麼熬得過去？松鼠飛和棘星都需要部族的全力支持。她挺起胸膛，離開同伴，穿過空地。她要去幫助棘星。這是品德高尚的戰士會做的事。

棘星和松鼠飛站在擎天架的下方。棘星顯然決定自己不再需要休息，因此站在旁邊看松鼠飛對翻爪下達命令。

「帶鷹翼跟你去。」她告訴年輕戰士。「先從樺樹林開始，也到廢棄的兩腳獸地盤附近去試試看。」

「古橡樹怎麼樣？」棘星打岔道。「那裡也是不錯的狩獵場。」

「這主意不錯。」松鼠飛對她的伴侶貓感激地眨眨眼。「不過這幾個季節來，那裡的收穫都不太好，為了讓那裡的獵物再重新回歸，最好還是等到綠葉季的時候再去。」

鬃霜走到他們那裡，兩耳滾燙。她才剛當上戰士一個月，有權主動接近族長、提供協助嗎？她躊躇了一下，緊張地看著松鼠飛。「不好意思。」

雷族副族長把目光從翻爪那裡移回來。「等一下可以嗎？」她問道。「我還有很多隊伍等著編派和組織。」

「我……我只是想知道有沒有什麼需要我幫忙的地方？」鬃霜迎視松鼠飛的目光，

嘴巴發乾。

「我想妳可以加入妳弟弟的隊伍。」松鼠飛若有所思地喵聲說道，目光掃過營地，似乎正在想還有誰可以派去狩獵。

「好啊。」鬃霜興奮地抬高尾巴。

棘星的眼神突然閃現興味。「為什麼要把她編進狩獵隊伍裡呢？」他唐突問道。「這種事就留給別的戰士去做好了。」

鬃霜胸口揪了起來，難道他認為她不夠資格參加狩獵隊？

松鼠飛一臉疑色地看著他。「可是她想幫忙啊。」她喵聲道。

「她有更大的用處。」棘星看著鬃霜，眼神溫暖。後者皮毛微微刺癢。他會要求她做什麼？「她顯然是個聰明又忠貞的戰士。」他繼續說道。「別隻貓兒都不像她這樣想主動幫忙。」他一臉不屑地彈動尾巴。「鬃霜正是我們所需要的戰士。我們應該交付她更多重任。」他不滿地環顧部族。「如果我們獎勵她的主動，也許也能鼓舞其他族貓必要時主動上陣幫忙。」

松鼠飛挑眉看著棘星。「她才當上戰士沒多久。」她提醒他。

「所以還沒養成老戰士的舊習性啊。」棘星語氣輕快地說道。「從現在起，就交由鬃霜來負責編派和組織每日的隊伍。」他看著松鼠飛。「再說，你幹嘛花這麼多時間處理這些日常瑣事？妳是副族長欸，妳要學會授權。我相信鬃霜會做得很好。」

鬃霜看見他那熱切的眼神又移回她身上，不免緊張地縮起身子。他是認真的嗎？這一切像在做夢一樣。

「也許吧。」松鼠飛沒有棘星那麼一頭熱。刺爪在空地邊緣站了起來，「你覺得讓一隻年輕的貓兒擔負重任的這個決定是明智的嗎？」

「當然，」棘星告訴他。「不然要怎麼把年輕族貓培養成像你一樣強健又能幹的戰士呢？我相信你一定也認為這對部族是件好事吧？」他迎視刺爪的目光良久，直到暗色公虎斑貓垂頭屈從為止。

「我想你說得對。」刺爪喃喃說道。

鬃霜興奮到腳爪微微刺癢。「謝謝你，棘星！」她趕在其他戰士出聲反對前喵聲稱謝。「我只是想盡我所能地協助部族。」她開心地喵嗚叫，無視松鼠飛眼裡的疑慮。

「妳瞧？」棘星對松鼠飛眨眨眼睛。「充滿活力又熱忱的年輕戰士一定會讓雷族更強大的。」

松鼠飛迎視他的目光。「好吧，」她輕聲說道，然後看著鬃霜。「妳覺得妳處理得來嗎？」

鬃霜揮動尾巴。「我會盡我最大的努力！」

第三章

「走了，影掌！月亮已經爬上來了，你的族貓正等著幫你送行呢。」水塘光從巫醫窩洞口那裡眨眨眼睛看著影掌，與有榮焉地蓬起全身毛髮。

窩裡頭的影掌兩眼仍盯看著他正在搗碎的香芹。此刻的他就要前往月池接受巫醫貓的封號。他知道自己理當興奮才對，但他總覺得自己不夠格。「我想先把這些莖的皮剝掉再走。」

「這不急著弄。」水塘光的尾巴急切地抽動著。

影掌緊張到全身微微刺癢。這幾天來他一直想告訴他的導師他不確定自己有無資格接受巫醫封號，可是總是找不到適當時機告訴他。「但是我還沒準備好。」

「你當然準備好了。」水塘光語氣不耐。「你有長鬍鬚也有長尾巴。除此之外，你還需要什麼？」

「我意思是我還沒準備好當巫醫貓。」影掌不敢看他導師的眼睛。他令水塘光失望了嗎？「我還沒有那個資格。」

「你已經學得夠多了。」水塘光告訴他。

「可是我還有很多事不懂。」

「巫醫貓從不停止學習。但這不表示他們還沒準備好醫治自己的族貓。」水塘光緩步走近他，直到影掌感覺到他導師的毛髮輕刷過他的腰腹。「你天生緊張，不過這沒關係，你辦得到的。」他目光溫暖地看著影掌良久。「影掌，我知道我過去一直不是很肯定你所見到的異象，但是我相信你很特別。你救了棘星一命，大家都知道。」

影掌的胃頓時揪緊，他想起了那次他守在垂死的雷族族長旁邊所經歷到的可怕經驗。星族告訴他要救治高燒中的棘星，不讓他在生死間拔河，唯一方法就是帶他去冰封的荒原，讓他曝露在冷冽的寒氣裡。這個療法雖害他喪命，但也讓他重新復活。現在棘星又恢復健康了，雷族的族長又回來了。思緒飄忽的他突然驚覺水塘光還在跟他說話，趕緊回神。

「你的族貓都很慶幸有你當他們的巫醫貓。」水塘光喵聲道。

「我不懂為什麼欸，」影掌看著地面。「我還是跟以前一樣啊。」

「可是你能和星族交通啊，影族因為你而與有榮焉。自從月池冰封後，我們的祖靈就不再跟任何一隻巫醫貓交通。但經過這幾個月來的紛紛擾擾，感覺影族好像又重新得到星族的祝福。這讓我們覺得很自豪。」

影掌靦腆地蠕動腳爪。「影族沒有我應該也很自豪吧。」

「我知道你會覺得責任好像太過重大，但星族顯然認定你很特殊，不然祂們不會挑中你。祂們一定是認為你已經準備好可以升格為巫醫貓了。」

影掌迎視他的目光。「你確定？」

「我確定。」水塘光溫柔地告訴他。「過了今晚之後，你也會確定的。月池就要融冰了。我們終於能夠再跟星族交流了。」他挨近他。「等你跟我們的祖靈交流過了……等我們全都跟祂們交流過了，一切就會很順利了。」水塘光走到窩穴入口，開心地蓬起尾巴。「別告訴別的貓兒我有這樣說哦，我只是擔心我們是不是有冒犯祂們。但如果有的話，祂們怎麼會又找你說話？不是嗎？」他笑容滿面地對影掌眨眨眼睛。

「對啊。」影掌跟著導師走出窩穴，心裡不安到肚子裡像有蟲在爬。要是水塘光知道他有所隱瞞，還會以他為榮嗎？星族其實不只跟他說了棘星的高燒要怎麼處置，也警告過他守則破壞者的嚴重性。**部族忘了守則**，星族裡有個聲音是這樣說的。**它一而再再而三地被破壞，因為守則破壞者的關係，每個部族都得付出代價。他們必須受苦。**嫩枝杈和獅焰的影像在他眼前一閃而過。還有鴉羽、松鼠飛、蛾翅、松鴉羽……一想到這，影掌就驚慌起來，胸口喘不過氣來，而這時他又想到異象裡出現的最後一隻貓……鴿翅。他母親怎麼會是守則破壞者呢？她是一隻好貓，不是嗎？

他理所當然地把這異象告訴了虎星。他記得他父親聽到鴿翅的名字也在其中時，眼神瞬間一黯。**你絕對不能說出去。**他父親的話言猶在耳。影掌確信星族要他把這異象傳遞出去，可是他必須聽從族長的話。他吞了吞口水。**但是我是巫醫貓欸……黎明前，他就會有自己的巫醫封號了**，遵照星族意旨不是他的天職嗎？

影掌甩甩毛髮，跟著水塘光走進空地。族貓們都圍聚空地邊緣，在他經過時，興奮地竊竊私語。撲步和光躍目光炯亮地看著他。爆發石挺起胸膛，焦毛和草心互看一眼，彷彿都認定自己何其有幸能有影掌當他們的巫醫貓。

影掌全身發燙，避開族貓們的目光。要是他們知道他保留了一個異象沒說，他們會怎麼想。

「影掌，」就在他穿過空地時，鴿翅快步過來找他。「我以你為榮。」她情緒激動到眼裡閃著淚光，還用力地舔舔他的頭。「你會成為很棒的巫醫貓。」

「他已經是了。」褐皮緩步走向他，開心地喵嗚出聲。「他幫忙棘星復活重生。」她停在一條尾巴距離之外，感激地對他眨著眼睛。「棘星是我弟弟，要是他沒活過來，我真不知道該怎麼辦。」由於星族之前反常地默不出聲，使得巫醫貓們都在擔心萬一棘星沒辦法復活重生，那該怎麼辦。

影掌強逼著自己對褐皮眨眨眼睛，擠出笑臉。鴿翅退後一步，一臉慈愛地看著他。他怎麼可能告訴大家她是守則破壞者？她連隻貓兒都沒傷害過。

虎星正在入口等候。

影掌看著虎星，這時水塘光滿臉期待地回過頭來說：「影掌，我們最好快點，其他巫醫貓一定在等我們了。要是月池真的融冰了，我們就能跟星族再次交流了……千萬別錯失這個機會。」

影掌加快腳步，慶幸終於可以離開族貓們。他們的讚美令他渾身不自在。他對虎星點個頭，希望他別再小題大作地為他送別。但虎星擋下他。「這封號是你應得的。」他慈愛地說道。「我知道你會成為一個明智又忠貞的巫醫貓，永遠把影族擺在第一位。」他說得很慢。影掌聽得出來虎星是要他聽出弦外之音。**他在警告我不要把那個異象告訴其他巫醫貓。**

「我保證我會盡最大努力。」他緊張地迎視他父親的目光，希望虎星不會發現到他的聲音在發抖。

虎星喵嗚地笑了，輕輕地將影掌往他導師的方向推。「我希望你喜歡你的新封號。」他在他後面喊道。

影掌快步走進月光下的林子。他好奇自己的新名字會是什麼。他父親有幫忙水塘光挑選名字嗎？這是他第一次興奮到腳爪微微刺癢。他就要當巫醫貓了。他從小就夢想這一刻。他只希望他不會辜負族貓們……還有星族……對他的期許。

通往月池的小徑冰冰涼涼的，但空氣不再像過去幾個月那般冷冽，從池裡涓流而下的小溪之前都結冰了，連月池本身也被冰封。影掌跟在水塘光後面攀上岩塊，一躍而過岩坑的邊沿，他緊張到全身毛髮如波起伏，暗地希望自己別在儀式裡犯錯。但要是他不喜歡自己的新封號，那怎麼辦？

半輪月亮在清澈的黑色夜空裡閃閃發亮。影掌看到了月池四周佇著幾個黑影像石頭一樣動也不動。其他貓兒都到了。水塘光帶著他步下迂迴曲折的小徑，路面上有無以數計從古至今留下來的貓腳印，深淺不一。

他們才走近，松鴉羽就第一個站起來。「你們來了。」盲眼貓的語氣聽起來心情很好。赤楊心走到他旁邊，向水塘光和影掌點頭招呼。

柳光雙眼炯亮。「你緊張嗎？」她問影掌。

「有一點。」影掌看了月池一眼。池水被裂開的白色浮冰隔成粼粼閃爍的條狀池水。

隼翔循著他的目光。「開始融冰了。」風族的巫醫貓蓬起全身毛髮，語帶盼望。「星族今夜能聽到我們的聲音了。」

「祂們一向能聽到我們的聲音，」松鴉羽低吼道。「祂們只是不肯交通。」

「祂們有跟影掌交通啊。」水塘光輕聲提醒。

影掌注意到斑願撇開目光。她的眼裡是疑色嗎？她是在納悶星族何以會挑選他嗎？他並不訝異她的反應，因為就連他自己也很納悶。他對著天族巫醫貓歉然地眨眨眼睛。「我相信如果可以的話，祂們一定也會跟你們交通。」他告訴她。

「星族清楚自己在做什麼。」松鴉羽語氣堅定地說道。蛾翅站在月池邊，這隻金色的花斑母貓在其他貓兒討論祖靈的時候，幾乎都沒吭氣。水塘光告訴過影掌，在所有巫醫貓裡面，就屬蛾翅跟星族的關係最詭異。

斑願皺起眉頭。「奇怪的是，祂們唯一交通的貓兒竟然是隻最年輕又最沒有經驗的巫醫貓。」

水塘光彈動尾巴。「也許就因為他年輕，所以比較容易交通，至少他不容易受到部族傳統的束縛。」

斑願看著影族巫醫貓。「所以這是好事囉？」

「這話由天族貓嘴裡吐出來，倒還真有趣。」柳光插嘴道。「你們曾有很長一段時間捨棄部族的傳統，所以這對妳來說應該沒差吧。」

「今天是值得慶祝的一天，」松鴉羽走到貓兒中間，月光下他的毛髮顯得格外光滑。「所以就別再爭論星族該找誰交通了，趕快開始進行影掌的授封大典吧。到時我們就都能跟星族交通了。」

隼翔、柳光、和赤楊心默不作聲地沿池邊散開。松鴉羽直接坐在冰冷光滑的岩塊上，斑顛和躁片走近彼此，然後看著水塘光帶著影掌朝水邊走來。

影掌的心跳得好快。他豎起耳朵，試圖記住自己該在什麼時候說話。

「我，影族的水塘光，召喚戰士祖靈眷顧這位見習生。」他的導師抬眼望向夜空，對著星子說話。**祂們看得到我嗎？**水塘光還在說話，影掌硬生吞下自己的焦慮與不安。「影掌為了瞭解巫醫貓的工作，一直以來都很認真學習，未來將在祢們的協助下，為部族奉獻一生所學。」

水塘光凝視影掌。「你保證奉行巫醫貓的行事準則，在部族與部族進行對抗時，嚴守中立……」

影掌的思緒紊亂。**要是星族不高興我沒把那個跟守則破壞者有關的異象傳遞出去，那該怎麼辦？**影掌看了天空一眼，以為會看見星光熄滅或星子消失不見。但星子依舊閃亮。這時他突然發現水塘光正滿臉期待地看著他。**哦，該我說話了！**

「我保證！」他很快回答，喵聲迴盪在山谷的岩壁間。

「我代表星族賜你巫醫貓封號。從今以後，你改名為影望。星族推崇你的洞見、你的勇氣、和你的仁慈，歡迎你成為全職的影族巫醫貓。」水塘光伸出鼻子輕觸影掌的頭顱。影掌感激地輕舔導師的肩膀。

他總算鬆了口氣。他是巫醫貓了。天沒有垮下來，月亮也沒有被烏雲蓋住。也許星族很滿意他獲得封號。

「影望！」

「影望！」

巫醫貓們繞著月池抬高音量，在夜色裡大聲吼叫。影望眨眨眼睛。被改叫新名字的感覺好奇怪。但他喜歡這名字。他想起他以前認識一隻來自城裡的治療貓。他叫做尖塔望，曾對他們全家伸出援手，還幫忙送他們回影族。相信他們回到影族後，虎星一定有告訴過水塘光這件事。不然他的導師怎麼知道賜給他影望這個名字？雖然旅行的時候，影望還是隻小貓，但他對那隻奇怪的老貓有很清楚的印象。他勇敢又有智慧……為了救小撲的命而犧牲自己……他曾說過影望能看清黑影。莫非那隻老公貓早就知道有一天他能跟星族分享異象？影望其實不確定尖塔望知不知道星族的存在，不過他很自豪自己的名字裡有個字跟他的一樣。

就在巫醫貓們的吼聲漸息、化為迴聲之際，柳光匆忙朝影望走去。「你有感覺到什麼不一樣嗎？」

「我不知道欸，」影望甩甩身子，納悶自己一定要有不一樣的感覺嗎？他腳下岩塊還是很冰冷啊，他的尾巴也還是很輕軟啊。不過他的不安不見了。「我想我只是很高興自己當上巫醫貓了。」

柳光雙眼炯亮。「感覺很棒，對不對？等你回到營地後，保證年長的貓兒會變得對你很是恭敬。你在窩穴裡忙的時候，見習生會幫你送獵物來。」她喵嗚笑道。「當然責任也更大了，不過水塘光會幫你。學習新知識也是樂趣的一部份哦。」

「恭喜你。」赤楊心繞著他走。

「星族一定很滿意。」隼翔喵聲道，炯亮的目光滿是稱許。

水塘光對影望眨眨眼睛。「你覺得你準備好了嗎？」

「我想應該準備好了。」影望開心地眨著眼睛。松鴉羽蹲在月池邊，那裡有池水輕舔岩塊。赤楊心也在他旁邊低下身子。隼翔走到月池盡頭處，找了一小塊地方，那裡的冰已經融了。柳光也快步走到他旁邊坐下來，她朝水面伸長鼻子，毛髮蓬了起來。

「過來吧。」水塘光帶著影望走到水池邊，蹲了下來。影望也蹲伏在他旁邊，閉上眼睛，同時往前伸長鼻吻，鼻頭輕觸月池水面。星族會熱忱歡迎他嗎？祂們會告訴他該不該把那個守則破壞者的異象知會其他巫醫貓嗎？他可以請教祂們他到底是該效忠祂們還是自己的族長？他滿懷希望地閉上眼睛，月池的冰冷池水像針一樣扎著他的鼻頭。他就這樣讓鼻頭輕觸著水面，但是感覺愈來愈冰涼，心裡不免納悶到底還要多久星族才會出現。

他希望祂們趕快來。**拜託跟我說話**。是他做錯了事嗎？會不會他根本不配得到巫醫貓的封號，所以星族不想跟他說話。他把鼻頭再壓低，屏住呼吸，讓冰水淹沒他的鼻吻。但是一樣什麼也沒有。他的心頭瞬間揪緊。**星族到哪兒去了？**他抬起頭，甩掉鼻頭上的水。其他巫醫貓也都坐了起來，驚恐地瞪大眼睛互看彼此。

「祂們沒有來。」第一個開口的是柳光。她一臉企盼地環顧其他巫醫貓，好像以為他們會解釋原因。但沒有貓兒開口。松鴉羽那雙藍色的盲眼顯得陰沉。隼翔緊張到毛髮都豎了起來。影望強逼自己的腳爪不要發抖。星族還是默不作聲。月池的融冰並沒有把祂們帶回來。**祂們去哪兒了？為什麼這麼安靜？**

「祂們有跟你說話嗎？」水塘光低聲問道。

「沒有。」影望回答時，剛好看見斑願正瞪著他看，那目光在暗夜裡似乎閃著怒火。她是在用眼神譴責他嗎？

影望不自覺地縮起身子。他本來以為月池融冰了，星族就會回來……祂們不都是這樣嗎。可是祖靈們沉默以對，不跟任何一隻貓兒交通。**連我也不肯。**他的頭昏沉沉的，感到害怕，趕緊把腳爪塞到身子底下。**這是我的錯嗎？**

第四章

「你在看什麼，根掌？」針掌瞪著她哥哥，語氣惱火。「你的魂好像飛到別地方去了。你記得嗎？這是大集會。我們應該要很自豪葉星准我們來參加。你看！」

根掌循著針掌的目光望過去，迅速掃了小島上的空地一眼，試圖集中自己的注意力。他們四周擠滿了來自各部族的貓兒。鷹翅和馬蓋先正在和苜蓿足聊天。紫羅蘭光已經找到嫩枝杈，似乎正在問她在雷族的姊姊一堆問題，後者開心地眨著眼睛。樹正在跟兩名河族戰士深談。根掌的尾巴不住地抽動。他妹妹說得沒錯，他應該專心點。能參加大集會理當開心和亢奮。可是根掌還是忍不住掃視空地。棘星的鬼魂也來了嗎？

這個幽靈糾纏了他半個月，每幾天就出現在他面前，到哪兒都躲不掉。它會在根掌正要吃東西的時候出現在營地的空地上。就連他在林子裡狩獵，也會在灌木叢間不經意瞄到它發光的身影，彷彿在跟蹤根掌的狩獵隊。有天晚上，根掌醒來竟發現棘星的鬼魂默不作聲地坐在一旁。根掌一想到這些，全身毛髮就忍不住豎得筆直。而今看見真正的棘星出現在大橡樹底下，更令根掌感到不安。雷族族長怎麼可能同時存在陰陽兩界？

「根掌！」針掌推推他。「你看那邊。」她兩眼炯亮地盯著一群年輕貓兒，後者正在空地邊緣互秀戰技。根掌不發一語地瞪看他們，心裡仍想著那個鬼魂。要是它出現在這裡怎麼辦？別的貓兒會看到它嗎？「妳去找他們聊聊天。」他把針掌支開。「晚點再告訴我你們聊了什麼。」

針掌瞇起眼睛。「你到底怎麼啦？又變得怪怪了。」

「有嗎？」根掌一臉無辜地對她眨眨眼睛。他不能讓她發現他在煩惱什麼，她會以為他腦袋長蜜蜂了。或更糟的是，認定他就跟樹一樣。「我想我只是在擔心我的評鑑能不能過關。」

「你連什麼時候評鑑都不知道，有什麼好擔心的……」針掌語氣突然打住，眼睛瞪著正穿過貓群，朝他們走來的鬃霜看。「我懂了。」她喵嗚一笑。「你是想找鬃霜說話。」她聳聳肩，逕自往那群雷族見習生走去。「那我就不吵你們了。」她揶揄道。

「不過別讓葉星看到哦，她不贊成跨族通婚。」

「她又不是我的伴侶貓！」根掌在她後面喊道，但全身已經忍不住熱燙。

「嘿，根掌。」鬃霜親切的招呼聲害他嚇了一跳，她翩然來到他面前。

「嗨，鬃霜。」他很快回答。「雷族一切都好嗎？」

「應該還算好吧。」她眨眨眼睛。「你的課上得怎麼樣了？」她偏著頭，一臉和善，好似在問一隻小貓喜不喜歡玩青苔球一樣。

「還不錯。」根掌蓬起毛髮。「我應該很快就要評鑑了。」

「是哦，」她表情驚訝。「我以為你還得再上幾個月的課。」

「可能就這幾天了。」根掌後背毛髮凌亂熱燙。她是覺得他太年輕，還不夠格當上戰士嗎？還是認定他就是個鼠腦袋？

她蠕動著腳。「我的意思是，」她突然覺得不好意思，趕緊糾正說法，「時間好像過得很快，我也才剛得到戰士封號而已。」

「也許別的部族對見習生的訓練方法不同，」他說出自己的想法，「但在天族，不是只有見習生才需要學習，就算是戰士，也一直都在學習新的技術。」

「我想也是，」她若有所思地看著他。「就好比前幾天花落也在教我怎麼在林地上追捕小鳥。我以前從來沒學過，你學過嗎？」但她沒等他回答就冗自解釋道：「你要先選隻小鳥，然後目不轉睛地盯著牠，因為只要一眨眼，可能就在葉叢裡失去蹤影。」

根掌心想她可能只是跟他客套示好，但是他不喜歡被無端指教自己本來就懂的事情。「我們天族經常獵捕小鳥。」

「是哦？」鬃霜似乎沒聽見他在說什麼，她的注意力已經移到大橡樹那裡，族長們正爬上橡樹的矮樹枝。「我要走了，」她喵聲道。「棘星就要宣布竹耳和翻爪的戰士封號了。我想第一個為他們歡呼。」他還沒來得及說再見，她就鑽進貓群裡不見了。

自討沒趣的根掌低頭鑽進自己的族貓當中。他們剛剛沒有聊到什麼有趣或好玩的話題，可能是他不像以前那麼喜歡她了。不過這樣也好，畢竟他們分屬不同部族。

樹和紫羅蘭光就待在空地邊緣跟沙鼻和梅子柳在一起。根掌在他們中間坐下，這時針掌也來了。她氣喘吁吁地走過來。「那幾個新的見習生叫做香桃掌和月桂掌，」她低聲說道。「雷族取的名字怎麼都那麼怪啊？」

「再怪也沒有針掌怪吧。」根掌眨眨眼睛對她說。

針掌表情擔憂。「你覺得針掌這名字很怪嗎？」

「沒有啦，」他推推她。「我開玩笑的。」

「安靜點。」紫羅蘭光朝她的小貓們揮動尾巴，抬頭望著大橡樹。

虎星已經走到樹枝的邊沿。「水塘光的見習生獲得了巫醫貓的封號。」他的喵聲迴盪在貓群上方。「從現在起，他更名為影望。」

「影望！」影族戰士自豪地大喊他的名字。隼翔、赤楊心和松鴉羽走到影望那裡，站在旁邊的影望很不好意思地蠕動著腳。

根掌捕捉到影望的目光，點頭稱許。他在林子裡遇過這隻巫醫貓幾次。他還蠻喜歡他的。他不像資深的巫醫貓那麼自視甚高。

就在歡呼聲消褪之後，虎星繼續說道：「在經過漫長的禿葉季之後，獵物又回來了。相信不到一個月，我們不愁肚子餓了。」他望向棘星，似乎是在邀請雷族族長下一個發言。

棘星鞠躬致意。「我們有了新的戰士，」他告訴貓群，目光掃向他的族貓，後者都擠在空地的盡頭。「竹耳和翻爪剛通過評鑑。再過不久就能升格擔任巡邏隊的隊長。」然後他的目光滯留在鬃霜身上一會兒。「在雷族，我們相信我們必須提拔年輕戰士，讓他們盡早肩負起重任。」

鬃霜靦腆地看了自己的腳爪一眼。

她有被交付什麼特別的任務嗎？根掌瞇起眼睛。也許這就是她一直心不在焉的原因。他對她的傾慕突然間又回來了。他怎能輕易忘卻兩個月前她從冰封的湖裡救他起來的那件事？但就在他盯看她的時候，雷族貓群後方有似曾相識的身影在移動。他的心頓時一沉，認出了林子前方那輪廓微微發光的蒼白鬼魂。只見它鼻吻一扭，轉頭去看還活生生站在大橡樹上說話的棘星。

「我們有兩位新的見習生馬上就要升格為戰士，」他充滿自信地告知大集會上的貓群。「雷族將變得前所未有的強大。」

霧星上前一步。「河族也很強大。」但根掌在她開口說話的時候別開了目光。鬼魂一直在空地邊緣鬼鬼祟祟，他要怎麼專心聽講啊？他只好盡量不去看那鬼魂。自從他第一次撞見它之後，便一直閃躲它的目光，盡可能假裝自己就跟其他族貓一樣看不見它。可是此刻他看到鬼魂不耐地來回踱步，宛若一隻被困在寵物貓窩穴裡的獨行貓，目光不時游移在族長和戰士之間。它是希望這裡的貓兒能看見它嗎？

我懂你的感受。根掌掃視大集會上的貓群，心想到底還有誰看得到棘星的鬼魂？他瞥了樹一眼。他父親看得到嗎？他不確定。但是棘星沒死啊。他正從大橡樹那裡掃視大集會上的貓群。根掌眨著眼睛，滿懷希望地望向巫醫貓們。搞不好他們也看得到鬼？可是他們都目不轉睛地看著族長們，完全沒察覺到異狀。

「根掌！」紫羅蘭光在他耳邊嘶聲說道，「別再到處張望了，專心點。這是大集會，你要專心才行。」她用力推他一下，他只好把目光移回大橡樹。兔星望著排排站在樹枝下方的巫醫貓們。「隼翔跟其他巫醫貓在月池參加了半月會議。」風族族長眼裡閃著憂慮，目光緊盯著雜灰色的公貓。「他想要告訴你們他們的所見所聞。」

隼翔看了斑願和赤楊心一眼才開口。「月池已經開始融冰，」他據實以報。「我們本來以為會有機會與星族交通，」他的耳朵不安地抽動著，「可是祂們還是沉默不語。」

「什麼異象都沒有嗎？」褐皮在影族貓裡眨著眼睛問道。

「我們本來以為是月池結冰，才沒能見到星族！」呼鬚喊道，背上的毛豎得筆直。他的族貓們緊張地面面相覷。

隼翔聳聳肩。「也許是祂們沒有什麼事想跟我們交通。」他提出自己的看法。

赤楊心在他旁邊動了動身子。「我們已經熬過禿葉季，」他附和道。「眼前若無任何威脅不利於部族，星族就沒什麼好找我們交通的。」

附和的低語聲如漣漪般在戰士間漫開。

「沒有消息就是好消息。」沙鼻大聲說道。

「也許祂們想看看我們沒有祂們能不能自理。」雪鳥提議道。

「祂們為什麼要這麼做呢？」褐皮表情不太相信。「以前祂們總是什麼事都跟我們分享。為什麼現在不願意了？」

不安的沉默當頭罩下。棘星皺起眉頭。「影望有聽說什麼嗎？」

「我們都沒有。」隼翔告訴他。

「可是影望特別能感應到星族啊，」棘星追問。「禿葉季的時候，只有他可以跟祂們交通。」他的目光緊盯住影族巫醫貓。「你確定你什麼都沒聽到？」

影望看著自己的腳爪，肩上的毛全豎了起來。「確定沒聽到。」他咕噥說道。棘星的目光掃過各部族。「也許是星族很氣我們沒有遵守戰士守則。」

根掌當場愣住，大集會裡的貓兒不安地面面相覷。**別又來了**，棘星在上次大集會上也提過守則的事，提議大家應該互相糾舉不遵守戰士守則的貓兒。當初這建議令樹不禁懷疑是不是該從此離開部族。難道別的部族也都認為雷族族長的提議是對的？

會不會是這原因才害得棘星的鬼魂滯留此處？星族派第一條命的鬼魂來支持這位重新復活的族長的建議？**我應該告訴他們嗎？**根掌緊張到腳墊微微刺癢。不行，他不能跟別的貓說他看得到死去的貓。他才不要像樹那樣是個怪胎。他看了鬼魂一眼，暗地希望它趕快走開。

死去的棘星正瞪著活生生的棘星看，毛髮因憤怒而豎得筆直。它為什麼要生氣？它不是應該要慶幸自己還有軀體可以還魂嗎？不過話說回來，它的軀體都已經活過來了，它要怎麼回去啊？根掌覺得頭很痛。這太難理解了。他又看了巫醫貓們一眼。他們一直想跟星族連繫上，而這裡現成就有一個鬼魂在他們當中晃來晃去，總有一隻巫醫貓看得到它吧！

他愣了一下。赤楊心正盯著鬼魂看。他看到它了嗎？根掌焦急地往前傾身。怎麼可能看不到？棘星是他父親欸，雷族巫醫貓一定比其他貓兒更能感應到這個鬼魂。這時鬼魂上方的枝葉突然沙沙作響。根掌瞥見那裡有個小小的灰色身影，原來是隻松鼠正沿著枝幹奔竄，最後爬上樹幹消失不見。根掌的心宛若下沉的石頭，赤楊心是在看那隻松鼠。**他是盯著獵物看！**根掌好生氣餒，但又不敢嘆氣，只能硬生吞下。**唯一能看到它的只有我而已。**

根掌看著大集會上的貓群，覺得自己好孤單。**為什麼是我？這不公平！**

「胡說八道！」鴿翅憤怒的聲音嚇了他一跳，他趕緊轉頭過去。他剛剛有大聲叫出來嗎？那隻影族母貓正表情不悅地瞪著那隻活著的棘星看。「星族從來不會對我們置之不理。」她大聲喊道。「一定有什麼事阻攔了祂們，才會無法與我們交通。」

「至少不是因為結冰的關係，祂們才默不吭聲。」松鴉羽咕噥說道。「月池正在融冰。」

橡樹上的棘星眼神銳利地瞪著鴿翅。「妳只是不願相信星族氣憤我們破壞了守則。」他不客氣地說道。「因為妳也是破壞守則的貓兒之一。」

站在雷族族長旁邊的虎星頓時發怒：「我不准你這樣說她……」

霧星上前擋在他們中間。「憤怒解決不了問題。」

棘星氣呼呼地說道：「要是我們早一點憤怒，今天各部族就不會有這麼多守則破壞者，」他的目光譴責地掃向下方貓群。「星族或許現在就還會願意跟我們交通。」

大集會上的貓兒緊張地互看彼此，這時鴉羽貼平耳朵。「你真的認為星族希望我們互相檢舉嗎？但是祂們要的是部族間和平相處，不是爭執。」

棘星低吼，目光移向風族副族長。「你只是另一個否認自己過去所作所為的守則破壞者。」

風族那裡傳來驚愕的低語聲。影族貓不安地看著彼此。根掌往針掌方向挪動。為什麼棘星對大家這麼不爽？他憑什麼認定是星族對他們有怨？

棘星的目光炯亮堅定。「星族默不作聲，一定有其原因。我很清楚我們必須怎麼做來挽回祂們。我們得確保戰士守則受到尊重，而且奉行不渝。」

在他說話的同時，鬼魂的身影竟又在根掌的眼角餘光閃現。他警覺地撇頭去看，驚見棘星的鬼魂正快速朝大橡樹過去，它貼平耳朵，齜牙咧嘴。它是打算攻擊那個活生生的棘星嗎？根掌瞪著眼前這一幕，驚恐像火花一樣在腳爪間劈啪作響。鬼魂這時霍地轉頭，幽冥的目光緊鎖住根掌，宛若兩坨焰火即將燒融他的思緒。根掌驚恐到全身毛髮像著了火似的。**它知道我看得到它！**雙耳充血的根掌慌忙轉身就跑。他撞進長草堆裡，再衝向樹橋。被嚇得全身毛髮倒豎的他從草叢裡奔了出來。**我得快逃！**樹橋離他只剩幾條尾巴距離。他疾奔過去，上氣不接下氣，一躍而上斷掉的樹幹。但是結霜的樹皮害他腳滑，他忙不迭地側身扭動，深怕失去平衡。

「你必須幫幫我！」一個聲音在他身後響起。根掌在樹橋上笨拙地剎住腳步，害怕到四隻腳爪幾乎無法動彈。**我不可能跑得比鬼快。**他渾身發抖地轉過身去。

棘星的鬼魂就站在他下方的岸邊。他剛剛急奔而過的長草堆此刻仍在颼颼抖動著草葉。鬼魂覷著他看，蒼白的眼神盡是絕望。「只有你看得到我，我不知道我還能像這樣撐多久。」它又上前一步。

根掌掙扎著往後退。「你不要過來！」他的腳爪又不小心打滑，他全身警戒，但一直朝旁邊溜下去，最後從橋上跌落，撞到水面，水花四濺。他不斷下沉，湖水冰到他喘不過氣來。他胡亂揮打四肢，不停掙扎，想把頭抬出水面，後腿試圖踩上河床。但是腳下沒有河床，他就這樣愈沉愈深，沒入冰冷的黑暗裡。

他驚恐到像全身著了火，不停拍打腳爪，奮力往上泅游，直到鼻吻破出水面。他大口喘氣，但又沉了下去，吞了好幾口水。**救命啊！**他以前也掉進過湖裡一次，最後是鬃霜把他拉了上去。但是她現在不在。他的族貓們都在空地上。**救命啊！**他再度奮力掙扎，想泅出水面。他又破水而出，卻看見棘星的鬼魂站在樹橋上往下探看，朝他伸出幽靈般的腳爪。

「快抓住！」棘星微弱的喵聲迴盪在月光裡。根掌的眼睛被水刺痛，心跳如擂鼓，他從湖裡伸出前腿想搆住鬼魂，腳爪卻瞬間穿透對方。**它沒辦法碰到我！**本來燃起的希望頓時破滅，他慘叫一聲，又沉進水波四起的湖水裡。

他拚命划水，但這次他不往水面上竄，而是向前划。如果他能往岸邊推近，也許就能踩到淺灘。這時他的前腿撞到某種很硬的東西。是湖床！湖床正慢慢升高，與湖岸接壤。他把爪子戳進沙地，拖著身子往前爬行，直到四隻腳都踩在紮實的地上，整顆頭顱沐浴在沁涼的夜晚空氣裡為止。他把身子往前撐，大口吞下新鮮空氣，再從湖裡蹣跚爬出來。驚魂未定、全身冰冷的他不停發抖，牙齒也在打顫，他死命甩著溼透的身子。

「根掌！」針掌疾奔過橋，落地在他旁邊的岸上。「怎麼回事？你還好吧？」

大集會八成結束了，因為貓群正在離開小島，陸續鑽進長草堆，魚貫過橋。他好不容易地才平復情緒，這時他的族貓全圍了上來。

「你怎麼又掉進湖裡？」鳶撓瞪著他看，鬍鬚微微抖動，一臉興味。

針掌朝棕色公貓轉身。「他差點淹死欸！」

紫羅蘭光繞著根掌轉。他感覺得到她全身毛髮恐懼到微微聳起。「出了什麼事？」她喵聲道。

「我在結冰的樹皮上滑了一跤。」根掌告訴她，同時伸爪揉搓著進水的眼睛

露躍走過來。他的導師眼神凌厲地看著他。「你不應該從大集會上跑走。見習生這樣無故跑掉，別的部族會怎麼看我們？」

「你別再罵他了！」紫羅蘭光怒瞪著露躍。「他差點淹死。」

「別鼠腦袋了，」露躍回嗆她。「小島離湖岸只有幾條尾巴的距離，就連一隻老鼠都能游上岸。」他的目光掃回根掌。「你為什麼要跑走？」

根掌瞪著他的導師看。他不能說他看到棘星的鬼魂，他對任何一隻貓都不能說。他們一定會認為他是鼠腦袋，不然就是認定他撒謊，或者跟樹一樣是個怪胎。「對不起。」他看著地面，試著不讓自己發抖。至少他的族貓們現在都在這裡，鬼魂不會趁他們都在的時候跟他說話，對吧？

「走吧，」紫羅蘭光推著他沿著湖岸離開。「走一走，身體就會暖和了。」他們跟在族貓後面走向邊界，一路上，她都緊挨著他。樹走在他的另一邊，一臉慈愛地看著他，表情擔憂。他不勝感激他們所傳遞過來的體溫。

就在他們快走到林子裡時，他瞥見林間有個朦朧的身影。棘星的鬼魂還在跟著他嗎？他沮喪地朝紫羅蘭光挨近。他一定要想辦法解決鬼魂這件事。可是他能怎麼辦呢？**它需要我幫忙。但我能做什麼呢？我甚至不確定它是真的鬼魂還是假的鬼魂。**寒冽的夜風正慢慢吹乾他的毛髮，根掌絞盡腦汁，心情無比沉重。

如果大集會上沒有其他貓兒能看見鬼魂，那他就只能自己處理了。不理它，似乎沒有用。根掌決定找鬼魂談一談。

但這想法又令他毛骨悚然。**也許**，他心想，**我應該先找巫醫貓談一下……**

第五章

鬃霜跟著玫瑰瓣、露鼻、和獅焰走進樺樹林，這時黎明的寒氣已經褪散，林間的陽光閃閃發亮。雖然離日正當中還很久，但已經暖和許多。

鬃霜嗅聞空氣，即將降臨的新葉季隱約散發出來的氣味令她很是享受。「快一點！」她朝她妹妹喊道。

竹耳追在後面。「妳幾乎整晚沒睡欸，難道不累嗎？」大集會過後，他們很晚才回到營地，而且進臥鋪睡覺前姐妹倆還聊了一會兒。

「新鮮的空氣很提神醒腦啊。」鬃霜很開心能跟族貓們一塊出來。

獅焰回頭看了一眼，興味地抽動鬍鬚。「年輕貓兒會很需要睡眠哦。」他打趣。

「覺得很累的是竹耳，不是我！」鬃霜不高興地抬起尾巴。「我喜歡早起。我都是黎明前起床，把當天的隊伍編派好。」

「愛現。」竹耳在後面嘀咕道。

「我沒有愛現。」鬃霜告訴她，但心裡有點受傷，因為竹耳完全聽錯重點。她心想她妹妹一定是沒睡飽，脾氣才這麼壞。「我想幫棘星。你們也聽到他在大集會上說的話了。我們必須盡全力成為最優秀的戰士。這就是我正在努力的目標。」

「我希望妳可以把我編派到一個比較晚出發的隊伍裡。」竹耳吸吸鼻子。

鬃霜沒理她。沒必要在竹耳正疲累的時候找她吵架。

玫瑰瓣鑽進低矮的樹枝底下。「我覺得鬃霜的隊伍編派工作上做得很好啊。」

獅焰跟在後面。「邊界都有被標示好，生鮮獵物堆還不到中午就滿了。」

鬃霜開心地豎起耳朵。「你們真的覺得我做得不錯嗎？」她走進樹枝底下，利用粗糙的樹皮來幫忙刮背。

「是啊，」玫瑰瓣對她眨眨眼睛。曾當過她導師的玫瑰瓣眼裡滿是驕傲。「妳態度堅定卻不失禮貌。而且跟族貓們都相處得不錯。只不過我不確定刺爪喜不喜歡跟年輕的貓兒一起出任務。」

獅焰喵嗚笑了出來。「他最好趕快習慣。翻爪和莖葉都跑得跟兔子一樣快了。」

資深戰士在坡頂停下腳步，鬃霜挺起胸膛，從他們旁邊過去。這裡的林相稀疏，樺樹的嫩枝仍在發芽，陽光從林間迤邐而下，流洩林地。她望著蔓生的荊棘叢，腳下是落葉季留下的滿地腐化成土的落葉。棘星在昨晚的大集會上信誓旦旦部族該堅守的信念。他們必須徹底奉行戰士守則，星族才會回來。她決心盡其所能地協助他。她要做貓兒們的典範，星族就會回來。她要成為雷族史無前例的偉大戰士。她暗自得意，但強忍住沒發出喵嗚聲。她何其有幸能有棘星這樣的族長，他不僅信任她，而且清楚目標是什麼。她相信他會把五大部族帶往正確的道路。在他的領導下，一切都會很快地被導回正途。

她聞到老鼠的氣味，趕忙扭頭，朝一棵老櫸木張望，那裡的樹根間有幾個小土堆，是剛挖出來的。她停下腳步，彈動尾巴示意其他隊友。獅焰走了過來，踩在林地上的腳爪幾乎沒有發出任何聲音。

露鼻停在他旁邊，循著鬃霜的目光望過去。「看來老鼠在那裡挖了個穴。」他低聲道，玫瑰瓣這時也悄聲過來會合。

竹耳追了上來，這還是她這天早上眼神第一次變得晶亮。「可能一整家子都住在那裡。」她小聲說道。

「我們把那棵樹圍起來。」鬃霜提議道。「也許牠們有其它祕密通道可以出去，但只要團團圍住，至少能逮到一隻。」

「這主意好。」獅焰點頭示意她先過去，顯然是要她指揮。

鬃霜動作迅速地朝那棵櫸木悄聲走過去，蹲在樹的後方，等待其他隊友繞著樹根散開，埋伏四面八方。

「竹耳，」獅焰對著暗灰色母貓眨眨眼睛，後者正在地上蹲伏下來，「妳去把牠們挖出來，我們伺機捉捕逃竄出來的老鼠。」

竹耳點點頭，拖著腳走上前去，開始刨抓酥鬆的土壤，她先用單隻腳爪，再用兩隻，一直挖到樹根中間。

鬃霜豎起耳朵。那是吱吱叫聲嗎？她全身緊繃，身上每根毛髮都因亢奮而聳得筆直。這時一個棕色小身影閃現，從樹根間疾竄出來。鬃霜的爪子用力拍擊，可惜對方速度太快，瞬間溜走，消失在旁邊另一棵樹的樹根間。接著另一隻老鼠也衝出窩穴，其他隻陸續跟著衝出來。竹耳抓到一隻。獅焰勾住另一隻，當場咬死。露鼻一躍而起，撲了上去，兩眼發亮的他得意洋洋地兩隻腳爪底下各壓住一隻，他先宰了其中一隻，再宰一隻，再用後腿坐在地上。「鬃霜，這計畫不賴嘛。」

「我們已經抓夠一個早上的獵物量了，」獅焰喵嗚笑道。「而且太陽都還沒爬到樹頂呢。」

「也許早起這件事真的不是件壞事。」竹耳拾起她抓到的老鼠。鬃霜甩甩身子。她不在乎自己有沒有抓到老鼠，單純很開心自己的點子奏效。她的部族因她而得以填飽肚子。

「我們先把牠們埋在這裡，再去獵捕其它的。」獅焰提議道。「等回營地的時候再過來拿。」

竹耳在樹底下挖了一個洞，獅焰和露鼻都把獵物丟了進去。鬃霜看著他們，得意到毛髮都蓬了起來。但突然又楞住，心裡閃過一個念頭。她太志得意滿了，竟忘了這其實是星族帶領她的腳步所得到的收獲。是祂們在守護這支狩獵隊。「我們從來沒有為狩獵成果感恩過星族！」她的驚慌像火花似地在全身上下炸裂開來。每隻小貓學到的第一件事情就是對星族感恩。擔憂像蟲子一樣爬滿她肚子。她從來沒想過他們竟然可以這麼容易忘掉戰士守則。而她的族貓們恐怕都還不知道自己經常破壞守則。她環顧她的隊友們，以為會看見他們跟她一樣驚愕地聳起毛髮。他們怎能忘記這麼簡單的道理呢？「我們一定要懂得感恩星族。」

「我有感恩星族啊，」露鼻聳聳肩。「只是沒大聲說出來。」

竹耳看了自己的腳爪一眼。「我也有。」她很快說道。「我是在心裡默默對自己說。」

鬃霜瞇起眼睛。**真的嗎？**她不相信。每次她妹妹沒做好份內的事，都會找藉口。畢竟假裝沒事比承認錯誤要來得簡單多了。「也許我們現在就應該大聲說出來。這樣我們才曉得自己已經感恩過了。」她不能讓星族討厭竹耳。

竹耳翻個白眼。「我們又不是小貓。」

鬃霜眨眨眼睛，態度一本正經。「這很重要。」她喵聲道。「妳也聽到棘星在大集會上說的話了。如果我們想要星族再回來跟我們交通，就不要再破壞戰士守則了。」

玫瑰瓣抽動著耳朵，和獅焰互看一眼。「妳真的認為星族不再跟我們交通，是因為這些小事嗎？」

「如果每隻貓兒都有做到，就不是小事。」鬃霜直言道。「我覺得從現在起，只要捉到獵物，都該大聲感恩星族。唯有靠這方法才能確保我們真的有做到這點要求。而且也能幫忙我們提醒忘了感恩的貓兒。」

「我們不能每次抓到獵物就大聲叫啊，」獅焰沒好氣地說道。「這會嚇走後面要抓的獵物。」

鬃霜瞪著他看。為什麼她的族貓寧願為一些小事來惹惱星族？「自從有戰士守則以來，就規定戰士們必須感恩星族所賜給他們獵物。所以這一定是很重要的事。」

幾個資深戰士們互看一眼。

「她說得沒錯。」露鼻讓步道。「它會成為守則的一部份，一定有它的道理。」

「對啊。」鬃霜滿臉期待地看著獅焰。他同意嗎？

「好吧，」金色戰士垂下頭。「從現在起，我們都要大聲感恩星族。」

「我會提醒棘星，要他記得提醒其他戰士。」玫瑰瓣明快說道。

鬃霜總算鬆了口氣。這樣星族就不會再對他們生氣了。她看了埋在地底下的獵物一眼。「我們現在就先感恩這次的收穫吧。」

「星族，謝謝祢們送獵物給我們。」資深戰士喵聲說道。竹耳也結結巴巴地跟著說。

「星族，謝謝祢們，」鬃霜朝天空抬起鼻吻。「我們的收穫很多，真的是滿心感謝。」她的胸口溢滿驕傲。她在教族貓們如何取悅星族。相信再過不久，他們的祖靈就會回來跟他們交通了。

✦✦✦

太陽高掛在林子上方，陽光滿灑山坳，鬃霜跟在玫瑰瓣、露鼻、和獅焰後面走進營地。她嘴裡叼著一隻很重的兔子，重到她脖子都痛了，但她幾無察覺。她覺得是感恩星族的這個舉動才讓他們大有斬獲。在突襲了老鼠窩之後，他們又抓到一隻兔子和一隻松鼠。後來在回營的路上，竹耳又意外抓到一隻從眼前疾奔而過的鼩鼱。這就好像星族太高興這幾位戰士完全奉行守則，於是送來額外的獵物。

她把獵物丟在生鮮獵物堆裡，環顧空地。棘星和松鼠飛躺在擎天架底下。副族長低沉的喵嗚笑聲迴盪營地，棘星也跟著笑了起來，眼裡滿是愛意。鬃霜停下腳步，忍住也想跟著笑的衝動。她真希望自己也能找到深愛她的伴侶貓，就像棘星深愛松鼠飛那樣。

松鼠飛正要站起來，棘星卻朝她彈動尾巴。「留下來陪我。」他喵聲道。

「部族不可能自動運作。」松鼠飛看著他，語氣故作嚴厲。「我去看一下獵物堆。新葉季才剛到，我要確定一下我們沒有濫捕還沒長大的獵物。我們不能對森林提供的獵物予取予求。」

「妳從這裡就可以看到獵物堆啦。」棘星一臉委屈地看著她。火花皮的隊伍已經回來，獵物堆目前呈半滿狀態。「還有一支狩獵隊在外面，等他們回來了，妳再一起檢查。」

松鼠飛懊惱地看著他，但還是在他旁邊躺下。「好吧，那就再等等。」

玫瑰瓣在鬃霜的兔子旁邊丟下兩隻老鼠。她得意地歪著頭。「我已經好幾個月沒看到生鮮獵物堆有這麼多獵物了。」她的目光瞟向鬃霜。「我要去告訴松鼠飛和棘星妳的點子。」

「什麼點子？」鬃霜眨眨眼睛看著她，覺得不好意思。她是指她的狩獵策略嗎？

「就是大聲感恩星族的那件事啊。」她告訴她，「我想這幫助可能很大。」

鬃霜自豪地蓬起毛髮。「妳真的這麼認為嗎？」她該告訴她，她自己也這麼認為嗎？

「來吧。」她扭動鼻吻，朝她示意。

「去哪裡？」

「去告訴棘星啊。」

「現在就去？」她是想協助她的族貓成為最優秀的戰士，只是沒料到她的計畫這麼快就奏效。她強逼著自己讓毛髮服貼下來，她不想讓玫瑰瓣看見她有多亢奮。

玫瑰瓣帶她穿過空地，停在棘星和松鼠飛面前。棘星似乎沒注意到她們，一直等到松鼠飛站了起來，他才將鼻吻轉過來點頭招呼。

「看起來狩獵成果不錯。」松鼠飛朝生鮮獵物堆滿意地點個頭。

「獵物全都回來了。」玫瑰瓣告訴她。

「我們一定要小心，不過過度濫捕。」松鼠飛警告道。「總要留一些給綠葉季。」

「還剩很多獵物。」玫瑰瓣保證道。「森林裡到處都是獵物的氣味，很難決定先從哪裡跟蹤起。」

棘星不耐地彈動尾巴，目光掠過深黃色母貓，落在鬃霜身上。後者趕緊挺起身子，有點不好意思自己的腳爪因狩獵的關係沾滿塵土。「編派隊伍這個工作，妳還喜歡嗎？」他問道。

「喜歡。」她趕緊回答他。「這是莫大的榮譽。」

「很好，」他敷衍地點點頭。「這省了松鼠飛很多事，這樣她再也不用趕在黎明前起床了。」

玫瑰瓣蠕動著腳。「我們外出狩獵的時候，鬃霜又想出一個好點子。」

棘星瞪大眼睛。「什麼點子。」

「她提議每隻貓兒在抓到獵物後，都要向星族表達感恩之意，就像戰士守則上規定的那樣，但是要大聲說出來。」玫瑰瓣繼續說道，鬃霜表情靦腆。「這樣，貓兒們就不會忘記這是件該做的事了。」

鬃霜的導師說到這裡停下來，鬃霜的心跳彷彿也跟著止住。她緊張地看著棘星，他會認為這是個很蠢的點子嗎？

還好她看見他兩眼發亮，這才鬆了口氣。

「這點子很棒。」棘星對她眨眨眼睛。「我很高興看見你們這麼重視戰士守則。」

「我有記住你昨晚說過的話。」鬃霜急切地告訴他。「奉行戰士守則，星族才會回來。」

棘星表情稱許地偏過頭去。「我今晚就會對雷族宣布這件事。鬃霜，如果每隻貓兒都照妳的話做，星族可能沒多久就回來了。」他對玫瑰瓣點個頭。「謝謝妳告訴我這些。」說完，他朝生鮮獵物堆彈了一下尾巴。「你們一定迫不及待地想嚐嚐你們剛抓到的獵物。」

「是啊。」玫瑰瓣垂頭致意，隨即轉身離開。鬃霜也正要轉身跟著離開時，棘星豎起耳朵。「鬃霜，等一下。」他喵聲道。「我要找妳談點事情。」

她心跳加快，興奮地眨著眼睛。他打算跟她說什麼？他對她很滿意嗎？還有什麼忙她可以幫嗎？

松鼠飛好奇地看了棘星一眼。「為什麼不讓她跟玫瑰瓣先去吃點東西？她黎明前就起床，到現在都還沒進食，先讓她去吃吧。」

「她等一下就可以吃了。」棘星告訴她，目光須臾不離鬃霜。「我們要先讓我們的戰士知道，我們有多感激他們的付出。」

鬃霜抬起下巴。他還要再稱讚她一次嗎？

「妳有完全遵照我的指示做，」他告訴她，目光滿是稱許。「顯然是一位忠貞的戰士和公僕。」

鬃霜盡量不讓自己得意到胸膛挺得太高。「我只是盡力去做。」她謙虛地說道。「我不希望星族棄我們不顧。我希望……」她的聲音愈說愈小，耳朵跟著熱燙，因為棘星正若有所思地看著她。

「妳的隊伍編派工作做得非常好，」他平和地說道。「而且也注意到自己的隊員沒在感恩星族……」

「我相信他們有，」她打斷他，擔心他誤會她的同伴們做錯了什麼。「只是萬一他們忘了，我覺得這個方法可以……」

「妳說的沒錯，」棘星繼續語氣平靜地說道。「只是妳可以再接手另一個特別的任務嗎？」

「當然可以。」鬃霜立即答應下來。她不在乎那是什麼任務，她很樂於幫忙自己的部族。

「每次說到戰士守則的奉行，我總覺得整個部族好像有點馬虎。」棘星開口說道。

松鼠飛眼神凌厲地瞄他一眼。「我們的族貓都是忠貞又高尚的戰士。」

「他們的確是，」棘星附和道。「但很容易健忘，於是養成了一些陋習。哪怕是最忠貞和最高尚的戰士都可能忽略守則裡的小細節，很難全都記住。」

「可能吧。」鬃霜感覺得到他的目光熱絡地盯著她，於是趕緊回想自己曾經在什麼時候不自覺地忘了守則。

「但是如果我看不到問題，我就沒辦法幫他們解決，」棘星對她眨著眼睛，一臉無辜地說道。「要是我能確實知道我的族貓可能在什麼情況下和什麼時候破壞守則，我就能提供協助。」

「我也可以！」鬃霜急切地伸長鼻吻。如果他們可以連手協助雷族奉行戰士守則，星族一定很快就會回來。

棘星的尾巴掃著地面。「鬃霜，我要妳在部族裡當我的眼線。妳看得到我看不見的事情。所以只要妳聽到或看到有誰破壞守則，就來跟我報告。」

松鼠飛不安地蠕動腳爪。「這樣好嗎？」

「有什麼不好？」棘星告訴她。「她是想幫她的族貓成為更優秀的戰士。」

鬃霜偏著頭。「如果他們破壞守則，我可以當場糾正他們。我相信如果他們發現自己做錯了，一定馬上改過來。」

「是啊，」棘星的目光從她旁邊移開。「不過也要讓我知道啊，這一點很重要，這才是幫助族貓的最好方法。」

松鼠飛抽動著耳朵。「我不認為你應該找鬃霜幫你監視族貓，這不會是星族樂見的事。」

棘星看著他的伴侶貓。「她不是在幫我監視，」他告訴她。「她只是在確保我能徹底掌握部族裡的大小問題。」

「這跟監視有什麼兩樣？」松鼠飛背上的毛全豎了起來。

鬃霜胸口頓時一緊。**她是在對我發飆嗎？**

「我們晚點再討論這件事。」棘星告訴松鼠飛。

但松鼠飛挑釁地瞪看著他。「有什麼好討論的？」

「妳反應過度了。」棘星冷靜地覷著她看。「難道妳是擔心她可能看到或聽到妳做錯事情嗎？」

「當然不是。」

但棘星似乎沒有聽見。「只有守則破壞者才會擔心被監視。」

松鼠飛的目光有怒火閃現，隨即別開臉，不再吭氣。

鬃霜心想她是不是應該先告退，讓他們私下討論。她趁棘星的目光逗留在松鼠飛身上時，緩緩移動身子，但又有點躊躇。他要改變主意了嗎？

「松鼠飛，看見妳的脾氣還在，我蠻開心的。」他圓滑地說道。「這讓我想起以前的時光，妳也是常這樣質疑我。」

松鼠飛看著他，表情深不可測。她是想起了她和棘星的年少時光嗎？還是想起幾個月前她跟她伴侶貓的那場爭執。當時他們對於要不要把姐妹幫逐出領地，由天族接收的這件事爭論不休。

他們最近經常吵架，鬃霜意識到。

「妳可以離開了。」

鬃霜嚇了一跳，發現棘星是在看著她。「哦……好，我是應該走了。」她往後退。

「以後我就仰仗妳囉，」他告訴她。「我知道像妳這麼忠貞和聰明的戰士一定不會讓我失望。」

鬃霜走向生鮮獵物堆，棘星的話言猶在耳。她又被交付了另一個特殊任務。棘星一定是很信任她，才會要求她幫忙監視族貓。但心裡的疑慮令她腳爪老是微微刺癢，她甩開疑慮的念頭。**我根本不必舉發誰**，她告訴自己。畢竟她的族貓都是忠貞的戰士，再說，如果他們全奉行守則，就沒什麼好舉發的了。她從生鮮獵物堆裡勾了一隻鼩鼱出來，同時在心裡想像等她告訴棘星，族貓們都完全遵守戰士守則，他一定會很開心。她蓬起毛髮。相信星族不消多久就會回來了，一切都會回到原軌。

第六章

影望正在把一根鬆脫的蕨葉莖梗塞進他在編織的臥鋪裡，再坐回去查看眼前的成品。這時上方傳來窸窣聲響，他聞聲抬頭，隔著巫醫窩的窩頂，看見一隻鳥低飛而下，待在荊棘叢上一會兒，又拍翅離去。他豎起耳朵，滿懷希望。這會是他一直在等的預兆嗎？他一整個早上都很緊張，任何聲響和動靜都會讓他嚇一跳，深怕那可能就是星族傳遞給他的預兆。頭頂上方的小鳥已經消失無蹤。他的心一沉。**這不是星族給的預兆，如果是，我一定會知道。**

他轉頭看了臥鋪一眼，編得還不錯，只要再塞點青苔進去，就是一張舒適的臥鋪可供受傷的貓兒躺臥了。陽光從窩穴入口漫灑起來，被整齊織進臥鋪裡的蕨葉莖梗被陽光點亮，凝神注視的他思緒飄向昨晚的情景，棘星在大集會上直接問他有沒有聽到來自星族的消息。他討厭說謊。可是他答應過虎星，不會把他看到守則破壞者的異象洩露出去。所以他對棘星說了一半的實話。畢竟他上次跟其他巫醫貓去月池，星族的確沒有找他交通，而且再也沒有跟他說過話。

擔憂像小蟲一樣在他肚子裡爬。他是星族欽點的巫醫貓，如今他已經習慣了這身份，但為什麼祂們反而不再跟他說話？是他做錯了什麼嗎？

水塘光就在窩穴的另一頭，他正忙著把一張在漫長的禿葉季裡受潮和發霉的臥鋪拆掉。他捕捉到影望的目光。「別光看啊，」他對仍瞪著那張臥鋪發呆的影望說道：「快塞青苔進去。」

影望眨眨眼睛，回神過來。「哦，好。」伸爪去搆旁邊的青苔。

「你還好嗎？」水塘光歪著頭，一臉擔心。「自從我們從大集會回來之後，你就心不在焉的。」

「你覺得棘星是對的嗎？」影望從青苔堆裡拉了一坨出來，再塞進臥鋪裡。「我是說星族是因為我們破壞守則才生氣？」

「我不覺得試圖揣摩星族的心思，對我們有什麼幫助。」水塘光正在拆解一大坨纏在一起的莖梗。「如果我們做錯了什麼，祂們一定會讓我們知道。」

「那我看到的異象又做何解釋？」影望一想起那個異象，不禁全身發抖。他記得他看到湖裡吐出火舌，沿著部族邊界蔓延開來，熊熊焰火隔開了所有部族，最後將他們的領地全數吞沒。

「那異象很可怕，」水塘光皺起眉頭，若有所思。「但是沒有理由認定它就跟破壞戰士守則有關啊。」

「我想也是。」影望一直盯著眼前的成品，但是全身上下無比熱燙。**水塘光不知道我還隱瞞了一些事。**他把青苔塞進蕨葉梗裡，但罪惡感像小蟲一樣在他肚子裡爬。**星族也讓我看見了有哪些貓是守則破壞者。**要是火的異象是種警訊，那該怎麼辦？部族不承認有守則破壞者，是不是就會發生大火？**我必須警告他們！**可是他怎能背叛自己的父親？要是他全盤托出，鴿翅會不會出事？畢竟她也出現在那個守則破壞者異象裡。他胸口好悶。**但如果什麼都不說，是不是反而把事情搞得更糟？**

他必須找虎星談。他不能忽視他所見到的異象，認定一切都會自行解決掉。風險太大了。

他往入口走去，這時水塘光抬起頭來。「你不編完這張臥鋪嗎？」

「等我回來，再把它編好。」影望避開水塘光的目光。他不想解釋他要去哪裡。他低頭鑽出窩穴，慶幸自己現在是正式的巫醫貓了，不用再聽從水塘光的指示。

外面的虎星正在翻找生鮮獵物堆。巡邏隊早上都出去了，空地空蕩盪的只剩族長。影望穿過空地，停在他父親旁邊。

虎星心不在焉地對著他眨眨眼睛，好像正在想別的事。「昨晚，其他部族都說獵物很豐沛，」他喵聲道，「可是在我們領地，還是沒什麼獵物。」他坐了下來，尾巴不安地彈動。

「虎星。」影望試圖捕捉他的目光。但虎星似乎沒辦法專心聽。

「我真想知道問題出在哪裡，」他喃喃說道。「這裡的天氣是很冷，但不會比風族或河族的領地冷啊。」

影望試著吸引他的注意，於是往前傾身。「我必須跟你談一下。」

「我想我應該叫苜蓿足多派幾支狩獵隊出去。」虎星皺起眉頭，目光掃過空蕩蕩的空地。「可是我們每天都有派六支隊伍出去啊。」

影望的胸口漲滿氣餒。他一定得叫他的父親好好聽他說才行。「我真的有很重要的事要說。」他催促道。

虎星眼神散漫地看著他。「啊？什麼事？」

「我必須把那個守則破壞者的異象告訴各部族。」

虎星的目光一懍，落在他身上，愣了一下。「不行。」

「可是隱瞞下去，只會害情況更惡化。」恐懼宛若尖銳的刃器不斷戳著他的肚子。

虎星挺起肩膀。「我們才剛熬過有史以來最艱困的禿葉季，馬上就要漸入佳境了。」

「可是我在異象裡看到的大火怎麼說？它有可能威脅到所有部族啊……」

「我知道你在擔心，」虎星眨眨眼睛看著他，要他放心。「但是我保證這是最好的方法。」

「我不確定。」影望將爪子戳進土裡，納悶他父親會對他接下來要說的話作何反應。「我也想保護鴿翅，可是這樣不是很自私嗎？我不能因為擔心自己的母親就對其他部族有所隱瞞。」

虎星瞇起眼睛。「你昨晚也聽到棘星說了什麼。他想要找一個曾破壞過守則的戰士來殺雞儆猴。如果你告訴他，星族很在意守則破壞者，天知道他會幹出什麼事。雷族向來自視甚高。他們一定會利用這件事來惡整我們，讓我們過得很悽慘。」

「你又不能百分之百確定他會這樣做。」影望爭辯道。「要是棘星是對的呢？星族有可能不會再回來了，除非我們對守則破壞者有所處置。」

「處置？」虎星的眼神頓時冷峻。「你這話什麼意思？什麼叫處置？」他沒有等他回答。「你覺得如果我們把你看到的異象告訴其他部族，鴿翅會有什麼下場？其他守則破壞者又會有什麼下場？」

「我相信星族只是要守則破壞者認錯，」影望喵聲道，並希望自己說得沒錯。「我不相信星族會想傷害任何一隻貓。」

「我擔心的不是星族，」虎星陰鬱地說道。「你不知道棘星的真實面貌。他認為他可以利用這件事來讓雷族變得更強大，弱化其他部族。只要他找到機會，一定會傷害我們。」他朝影望挨身過去，眼裡的恐懼一閃而逝。「你自己說過我不想拿鴿翅的安危來冒險。但我知道你也不想，因為我們兩個都很愛她。」

影望的後背一陣寒顫。難道虎星是對的？**就算他說得對，我可以只為了救我所愛的母親，就拿所有部族的安危來冒險嗎？**他眨眨眼睛看著他父親。「可是……」

虎星打斷他。「我們沒有選擇。」他陰鬱地說道。「我們必須繼續隱瞞。」

影望看著他父親昂首闊步地離開，消失在族長窩裡。他的肚子像被掏空了一樣。他懂虎星為什麼想保護鴿翅。他也想保護鴿翅。棘星似乎太急著糾舉他所認定的守則破壞者。他大聲疾呼大夥兒揪出這些貓兒，但是在他的疾呼裡頭幾乎不帶任何一絲同情。也許他是真的想利用星族的沉默不語來壓制其它部族？**可是星族讓我看見了那個異象。**影望還是覺得祖靈是要他把這個意旨傳遞出去，他無法漠視這種感覺。

他豎起耳朵。營地外面傳來驚恐的喊叫聲。「影望！」他認出那是光躍的叫聲。他全身警戒地聳起毛髮，衝向營地入口。

光躍跟亞麻足鑽了進來，雪鳥一跛一跛地夾在他們中間。白色母貓的臉痛苦扭曲，其中一隻前腳不敢著地。影望馬上看出那隻腳嚴重變形。

「她滑了一跤。」光躍從他旁邊擠過去，忙著扶雪鳥到巫醫窩裡。

水塘光趕緊出來，他瞪大眼睛，一臉擔憂。「出了什麼事？」

「雪鳥的腳受傷了。」影望走到他姊姊旁邊，目光越過她，打量腳爪。只見它無力地吊在半空中，樣子很怪，一定是斷了。

「地上有棵木頭，我們躍了過去，結果她滑倒了。」亞麻足告訴他。「落地時，沒有踩好。」

雪鳥閉上眼睛，痛苦地長嘆一聲。

「我去拿些紫草和罌粟籽來。」水塘光回頭鑽進巫醫貓，影望也趁著亞麻足和光躍扶雪鳥進去時跟在後頭鑽進去。

影望快步經過他們旁邊，趕緊把剩下的青苔塞進快完成的臥鋪裡。他快手快腳地壓平它，好拿來先暫用一下。「讓她躺在這裡。」他告訴光躍。

光躍和亞麻足扶著雪鳥走到臥鋪那裡，讓她在青苔臥鋪上輕輕躺下來。她躺下的時候嘴裡還嘟囔喊痛。

水塘光叼著一坨紫草葉朝臥鋪走來。他放下紫草，打開葉子，露出包在裡面的幾顆罌粟籽，再用腳墊沾起罌粟籽，遞給雪鳥。雪鳥把他掌間的罌粟籽舔進嘴裡，又躺了回去，眼神痛苦。水塘光隨後把光躍推到入口。「去把狩獵的工作做完，」他告訴棕色母虎斑貓。「雪鳥交給我們來照顧。」

「可是我想看著她，確定她不會有事。」光躍豎起耳朵。

水塘光也把亞麻足推到她後面。「如果你們想幫忙，」他邊說邊把他們推向窩穴入口。「就去找四根又直又平整的木條來當夾板用。」

「我們不能只坐在這裡看她的腳好了沒嗎？」光躍一臉哀求地看著影望。

「等我們處理好了，就會讓你們過來看她。」他保證道。「到時我也會告訴你們她的情況如何。」

「我們需要木條。」水塘光告訴兩位年輕戰士，同時伸爪輕撫雪鳥的腿。

影望趁光躍和亞麻足老大不願意地離開窩穴時，快步走到水塘光旁邊。「腳斷了嗎？」他小聲問道。

水塘光點點頭，同時避開雪鳥的目光。

白色母貓對影望眨著眼睛。「你們能醫好我的腳嗎？」

看來這個骨折有點嚴重。影望一臉期待地望著水塘光。

水塘光正把紫草敷上雪鳥的腳爪。「夾板可以幫忙拉直。不過我得等到罌粟籽發揮作用，才會處理骨頭的部份。」他語氣平靜地對雪鳥說道。「因為我擔心妳會痛。」

「沒關係。」雪鳥表情不屈地抬起鼻吻。「只要能醫好就行，我不想變成跛腳。」

影望捕捉到水塘光的目光，他看到巫醫貓的眼神黯了下來。雪鳥的腳可以完全康復嗎？他不免擔憂，雪鳥是位英勇又忠貞的戰士。星族怎麼會讓她遇上這種事呢？

✦✦✦

影望快步穿過林間，尋找光躍和亞麻足。他們還沒有帶木條回來。雪鳥在巫醫窩裡睡著了，腳爪上裹著厚厚好幾層的紫草。他嗅聞空氣，聞到光躍的氣味，裡頭也攙有亞麻足的氣味。他循著戰士們的氣味穿過林子，這裡仍有殘雪堆在樹根間，樹枝上也有積雪，現在是融冰時節，雪水一直滴滴答答。再過幾天之後，殘雪就會全數消失。等到新葉季真的來臨時，也許他就不用再這麼擔心了。影族領地裡的獵物會像其他部族領地裡的獵物一樣多，大家的肚子也會被餵飽，他心裡就會好過多了。他跟虎星之間的對話仍然啃蝕著他的思緒。也許他父親說的對，他不該把守則破壞者這個祕密說出來。一切都會順其自然地解決。星族很快就會回來。畢竟過去星族經常出手幫忙。現在又怎麼可能不出手呢？

他停下腳步，掃視林間。沒有光躍和亞麻足的蹤影。這兩個戰士是找到木條，回營地去了嗎？他轉身，尋著氣味往回走，好奇路上怎麼沒碰到他們。眼前的小路突然轉向，他加快腳步。這時頭上傳來嘎吱聲響，他直覺抬頭張望。就在他上方，一大坨雪從樹枝上滑落，直墜而下，砰地一聲當場擊中他，他倒在地上，被埋在雪堆裡。他奮力掙扎，把頭鑽出雪堆，眼睛和耳朵裡都塞滿雪。他爬了出來，站在雪堆上，甩甩毛髮，伸爪抹掉臉上的雪。林子裡這麼多棵樹，為什麼他偏偏走到這棵樹底下？他一臉不悅地抬頭張望，心裡的疑竇一閃而過。**為什麼是我？為什麼在這時候碰到？**為什麼影族的獵物比其它部族少？為什麼雪鳥的腳傷這麼嚴重？

他不安到毛髮微微刺癢。星族想告訴他什麼嗎？他這一整天下來一直希望祂們給他一個預兆。也許就是它。如果祂們不想透過月池跟部族對話，也可以用其它的溝通管道。影望突然覺得冷。但不是因為融化的雪水滲進他身上。他快步朝營地走去。木條的事可以晚點再解決。他想先查看一下雪鳥。要是星族認為他沒弄懂祂們的意旨，會怎麼做呢？祂們會不會故意讓雪鳥的傷勢變得更嚴重？**我不相信星族會傷害任何一隻貓。**他想起他跟他父親的對話，突然滿肚子疑慮。也許星族覺得只要能幫助到所有貓兒，就算犧牲一隻貓，讓她受傷也無妨。祂們是用這方法在告訴他，要他把那個異象說出來？

他快走到營地了，心跳跟著加快。荊棘牆後方傳來焦急的喵聲。水塘光正在發號施令。「送他去巫醫窩，快去找蜘蛛絲來！」影望嗅聞空氣，嚐到刺鼻的鐵鏽味，全身頓時驚恐。**是血！**他衝進營地。

他一衝進去就看見石翅、蟻毛和焦毛一拐一拐地朝巫醫窩走去。鴿翅也跟他們在一塊，毛髮糾結凌亂，全聳了起來。

「出了什麼事？」他趕緊跑過去。是巡邏隊撞見狐狸了嗎？還是被別的部族攻擊？他全身警戒，毛髮倒豎。「你們遭到攻擊了？」

鴿翅轉頭看他，眼睛瞪得斗大。「有樹枝掉下來，」她呼吸急促地說道，「砸到蟻毛和焦毛。」

「妳有受傷嗎？」影望慌張地掃視母親。除了毛髮凌亂之外，她看起來沒有什麼大礙，不過有隻耳朵有點撕裂。

「我沒事，」她告訴他。「蟻毛傷勢最重。」她望向體型嬌小的棕黑色公貓。後者的目光顯得呆滯，石翅和水塘光正扶他走進巫醫窩。「他被砸得當場昏過去，我們把他背回來的。」

「那其他貓兒呢？」影望眨眨眼睛看著焦毛。暗灰色公貓的毛髮蓬亂，正一拐一拐地走在隊友後面，彷彿每踩一步都很痛。

「焦毛嚴重挫傷。」鴿翅告訴他。「但我不認為他有骨折。石翅的尾巴被壓到，我們是把樹枝底下的土挖開，才讓他脫困的。」

鴿翅的綠色眼睛仍驚魂未定，這時虎星從窩裡出來，眨眨眼睛，一看見鴿翅，全身毛髮瞬間聳立。「妳受了什麼傷？」他疾奔而過空地，在她旁邊剎住腳步，緊張地嗅聞她全身上下。

「有樹枝掉下來，」鴿翅朝巫醫貓入口點頭示意。「蟻毛受傷了，還有焦毛。你最好去看看。」

虎星瞪著她看。「妳還好嗎？」

她點點頭，渾身顫抖。「我只想回窩裡休息一下。」

「當然好。」他扶著她離開。「等妳穩當地躺下來了，我再去查看他們。」他看著影望。「我去照顧你母親，你可不可以先去看看他們？」

「當然可以。」影望焦急地看了他母親一眼。

「我沒事。」鴿翅向他保證道。「我只是需要休息一下。快去幫水塘光。」

影望點點頭，低頭鑽進巫醫窩裡。雪鳥還在睡覺。焦毛躺在另一張舊臥鋪上，兩眼緊閉，但呼吸平穩。石翅正舔著那根受傷的尾巴。窩穴盡頭的水塘光正朝一張臥鋪低下身子，蟻毛在那裡坐得筆直，眼神茫然地瞪著前方。

「他怎麼了？」影望快步過去。

「沒有骨折，」水塘光告訴他，但目光一直沒從蟻毛身上移開。「可是他的頭被樹枝砸到。」

蟻毛耳朵後面有個傷口，但他自己似乎沒察覺到。他看了影望一眼，表情怪異。「你是其中一隻森林貓嗎？」他一臉不解，過了一會兒，又眨眨眼睛，別過臉去。「我得去覓食。」他沒有在對誰說話。「這裡有貓兒肚子餓。我知道哪裡有垃圾桶。」

影望皺起眉頭，因為他很小的時候也聽過類似的話。「他以為他像以前一樣住在城裡。」他對水塘光低聲說道。

「他神志不清。」水塘光一臉不安地看著公貓。「休息一下也許有幫助。」

蟻毛試圖從臥鋪出來。「我們去覓食吧。」

「晚點再去。」水塘光把他推回去。「你現在必須先休息。」

「為什麼窩穴一直在轉？」蟻毛搖搖晃晃，跌進蕨葉鋪裡。

「我去拿點金盞花來。」影望喵聲說道。「至少我們先處理一下耳朵後面那個傷口。」他轉身離開，恐懼像個無底洞似地在他肚子裡慢慢打開。又一場意外？而且在同一天？他在藥草庫裡翻找金盞花的時候，整個思緒一直在翻騰。星族一定是想告訴他什麼。**祂們到底想要什麼？**他絞盡腦汁。

但其實他知道。他整條背脊微微刺癢。就在他拿著金盞花回到蟻毛臥鋪那裡時，虎星剛好走進窩穴。

「他們還好嗎？」他的目光逐一掃過每張臥鋪，同時開口問影望。

「我們還不確定。」影望把曬乾的金盞花花瓣擱在臥鋪旁邊，這時虎星走進窩穴。虎星走到焦毛的臥鋪。「這怎麼發生的？」

毛髮凌亂的焦毛對他眨著眼睛。「我們正在狩獵，結果頭上有根樹枝砸下去。」他一臉不解。「它也沒腐朽掉，」他喵聲道。「怎麼會砸下來呢？」

影望頓時反胃。一定是星族。他不能再隱瞞下去。要是虎星錯了怎麼辦？他必須找別的貓兒談一下這件事。他看了水塘光一眼。「我去看一下鴿翅，你自己處理得來嗎？我想先幫她敷一下耳朵上的傷口。」

「可以，」水塘光點點頭，「但別太久。」

影望抓起一把金盞花的花瓣，匆匆往入口走去。他去看她，不光是為了治療而已。也許她可以給他一點建議。他穿過空地，低身鑽進她的窩穴。鴿翅躺在臥鋪裡，眼睛半閉著。

影望走了過去，把金盞花擱在她旁邊。「妳還好嗎？」

她昏昏欲睡地眨著眼睛。「只是有點累，」她告訴他。「其他貓兒還好嗎？」

「蟻毛腦袋有點糊塗。」他沒告訴她，那隻公貓連自己在哪裡都搞不清楚。「焦毛休息一下應該就好了。」

「那就好。」鴿翅又閉上眼睛。

影望把花瓣嚼成泥，再挨近臥鋪，將泥狀的花瓣輕敷在鴿翅耳朵邊緣的缺口上。她身子抽搐了一下，但沒說什麼。他弄完了之後，就坐下來看著她。「如果妳有個祕密也許可以幫助到很多貓兒，但說出來的話，恐怕會有少數貓兒受到傷害，這種情況下，妳會怎麼做？」

鴿翅偏頭看他，若有所思。「如果是我的話，」她輕聲說道，「我會說出實話。」她凝神看著他。影望不免好奇她會不會接著問他，為什麼想知道她的意見。但是她沒有，反而蜷進臥鋪裡。「說實話是絕對錯不了的。」

影望不安到全身微微刺癢。她說得對。他必須說出實話。其他巫醫貓必須知道守則破壞者的事。但是他母親的安危怎麼辦？他看見鴿翅再度閉上眼睛，心不免跟著抽痛。她完全不知道說實話的結果對她來說可能就是麻煩的開始。他現在只希望不會像虎星所擔心的那麼嚴重。

第七章

根掌睜開眼睛。早晨的陽光穿過見習生窩穴參差編織的枝條流瀉而入。他抬起頭，發現針掌和鷦掌的臥鋪是空的，頓時驚醒。**我起得太晚了。**他蹣跚爬起來。露躍在哪裡？最近每天早上都是他的導師叫他起床。只要曙光乍現，露躍就會把頭探進見習生窩裡，催根掌快點起床。針掌和鷦掌每次都笑他賴床，還說禿葉季的冬眠已經結束。但根掌沒理他們。這又不是他的錯。他整天都在擔心棘星的鬼魂是不是還在附近逗留，結果害他輾轉反側到快黎明才睡著。

自從大集會後，已經又過了兩天。根掌一直沒機會找巫醫貓談。那個鬼魂出現得更頻繁了，老是在營地邊緣徘徊，渴望捕捉到根掌的目光。根掌決心不理它，但仍無法將它趕走。昨晚他在針掌旁邊吃畫眉鳥的時候，鬼魂竟朝他走過來，還把鼻吻挨近他的耳朵，一定要他聽見它的聲音。

「你看得到我！」它低吼道。「不要再假裝看不到我。我需要你幫我。」

根掌繼續盯著自己的畫眉鳥。**走開！**他的四周都是族貓，這鬼魂真以為他會在這種情況下回答它嗎？那不被他們當成瘋子才怪。於是他繼續吃，假裝聽不見，但鬼魂一直糾纏。

「我需要知道這是怎麼回事，」它不肯罷休地說道。「不知道是誰假裝成我，在大集會上發言！所以現在有兩個我嗎？我每死一次，星族就會製造出另一個新的我嗎？」

為什麼只有我看得到這個鬼魂？根掌懊惱到整條背脊都刺癢了起來。**我是要當戰士**

的見習生，不是要當巫醫貓，去找別的貓啦！他很想對鬼魂大吼。可是針掌已經在用眼角餘光瞄他。

「你又變得怪怪的。」她喵聲道。

根掌不自覺地蠕動身子。「我哪有。」

「你老是全身上下不對勁，而且總是這付表情。」她索性表演給他看……瞪大眼睛，鬼祟地四處張望。「活像你惹上了什麼麻煩，深怕被發現似的。」

「妳想太多了。」他試圖用尾巴揮走棘星的鬼魂。

針掌盯著他看了一會兒，又轉頭回去吃她的鼩鼱。

而此刻，小鳥開始晨間合唱，根掌四下環顧窩穴，鬼魂不在。**太好了。**他趕緊走出窩穴。燦爛的陽光閃亮映照在被露水打溼的空地上，族貓們不是在伸懶腰，就是三三兩兩聊天，呼出來的氣在冷空氣裡猶如裊裊白煙。根掌掃視空地，尋找他的導師。

「你在找露躍嗎？」鷹翅站在獵物堆旁喊他。

「他今天應該要幫我上課。」根掌告訴他。

「他在巫醫窩裡。」鷹翅朝山茱萸點頭示意。「他腳爪扭到了。」

根掌向天族副族長點頭致謝後，就朝那株灌木走去，當初戰士們在那裡挖出一個淺坑，打造成隱蔽又寬敞的窩穴。這時候的根掌焦急到全身毛髮都聳了起來。他並不是只在擔心露躍的傷勢可能很嚴重，而是他在想或許可以趁此找巫醫貓談一談鬼魂的事。

他低頭鑽了進去，看見他的導師躺在一張臥鋪旁。躁片已經用紫草裹好他的腳爪，此刻正用青苔球把水滴進敷料裡。斑願則在窩穴後面整理藥草。

露躍抬眼看見走進來的根掌。「別擔心，」露躍趕在根掌開口前就先告訴他，「我們昨天去狩獵的時候，落地時我腳沒踩好。本來以為睡一晚就好，沒想到反而腫了起來。」

根掌走到他旁邊。「會好嗎？」

「希望會。」露躍看了躁片一眼。

巫醫貓對他眨著眼睛。「如果你今天好好休息，明天應該就會好了。」

「根掌馬上就要評鑑了，」露躍告訴躁片。「他不想錯過任何訓練課程。」

「我今天可以跟鵜掌或針掌一起去上課。」根掌提議道。

「他們黎明的時候就走了。」露躍告訴他。「他們去湖邊狩獵。」

通常根掌聽到自己一整天都得被困在營地，閃躲棘星的鬼魂，心情就會很不好。但今天一反常態。「我可以在這裡幫忙啊。」他一臉期待地看著躁片。如果棘星的鬼魂跑到巫醫窩來騷擾他，躁片或斑願或許能看見它。他們很習慣看見死掉的貓。所以如果他們看得到棘星，這個鬼魂就不再是根掌的包袱。

躁片放下青苔，輕輕拍打包在露躍腳爪外面的紫草。「我馬上就要出去採集藥草，」他告訴根掌，「你要幫忙嗎？」

「好啊。」根掌熱切地眨著眼睛。這樣他就有機會單獨跟躁片說話。

露躍用肚子趴了下來，輕輕將傷腳擱在地上。「你最好別幫倒忙哦。」他喵聲道。

根掌一臉期待地看著躁片。「我們可以走了嗎？」如果他們現在就走，鬼魂就不會知道他去哪裡了。

躁片喵嗚笑了。「如果你想現在走，那就走吧。」說完朝斑願點個頭。「我去採集木賊，除此之外，還需要其它什麼東西嗎？」

「看看金盞花有沒有發芽，」她告訴他。「我們有點缺貨。」

來到營地外面的根掌帶頭爬上山坡，在累累巨石間穿梭，直到爬到山頂，才停下腳步。他遠眺連綿的丘陵，想到總算能暫時甩開棘星的鬼魂，不免鬆了口氣。山巒間的背光處仍可見到綿亙的殘雪，但四周仍有青蔥綠野開展在朗朗晴空下。翠綠色的霧靄裡依稀可見樹木的枝椏昂揚挺起。

躁片停在他旁邊，鼻子指著底下的山谷。谷底有條小溪粼粼閃爍。「木賊就長在那兒。」他告訴根掌，同時往山下走去。

根掌跟在後面，一路享受著吹在身上的徐徐山風。雖然有陽光，但還是很冷，他看得到自己呼出來的裊裊白煙。他的鼻子聞到獵物的氣味，真巴不得現在是跟露躍在狩獵，而不是採集藥草。但這是一次大好機會，他可以趁機弄清楚棘星鬼魂這件事到底尋不尋常。他知道這種事對巫醫貓來說不太一樣，畢竟他們見到的是星族貓，而不是去不了星族的鬼魂，就像樹看到的都是鬼魂，不是星族貓。可是棘星幾乎算是星族貓了吧，也許他已經是星族貓，只是自己不知道而已。不管怎麼樣……躁片一定會給他一些有益的建議。

躁片低頭鑽進一叢木賊裡，伸頭過去，用牙齒折斷木賊的頭，根掌追上黑白色公貓，也學他用牙齒折斷，但舌尖一沾到辛辣的汁液，便忍不住擠眉皺臉。一口呸了出來。「跟死去的貓說話是什麼感覺啊？」他假裝漫不經心地問道，不想現在就告訴躁片他有看到棘星的鬼魂。不過這位巫醫貓也許知道棘星的問題出在哪裡。有沒有可能雖然死了但也同時還活著？

「你為什麼要這麼問？」躁片又折斷一根新鮮的莖梗，並瞥了他一眼，隨即把折斷的木賊丟在地上。「見習生通常對死去的貓都不感興趣。」

「我只是好奇。」根掌聳聳肩。「你見過死去的貓還在森林裡遊盪嗎？就像樹看到的那樣？」

「我們只見得到星族貓，」躁片解釋道。「祂們會出現在我們看到的異象裡。樹看到的是被留在森林裡的貓靈。」他暫停一下，歪著頭。「至少我認為他看得到。」

「所以逗留在林子裡的靈魂，絕對不是星族貓？」根掌追問道。棘星是不是沒辦法變成星族貓？他是被困住了嗎？

「星族貓通常會待在自己的狩獵場。」躁片告訴他他。「沒有理由回到森林。祂們會在月池跟我們交通。」

那棘星為什麼會回來？根掌的尾巴不安地抽動著。「如果其中有一隻回到森林，你會跟它交通嗎？」

「當然會。」躁片停下採集的動作，好奇地瞪著根掌。

根掌避開躁片的目光，伸爪去搆另一根莖梗，用牙齒快速咬斷，把它跟其他木賊放在一起。

「你不會是想當巫醫貓吧？」躁片對他眨著眼睛。

「沒有啦，」根掌趕緊告訴他。「我只是在大集會上跟別的貓聊到鬼魂的事，」他謊稱道。「有些見習生對這話題很感興趣，有一個還說他們有看到部族貓的鬼魂。」

躁片豎起耳朵。「什麼時候看到的？」

「我不知道。」根掌心跳加快。他不希望躁片問太多問題。「很多年前吧，他說……他看過仍活在世上的貓的魂魄。」

躁片一臉失望。「聽起來他是在胡說八道。還活著的貓怎麼會有魂魄出現。」

根掌的心一沉。「所以完全不可能，對嗎？」

「當然不可能。」

根掌皺起眉頭。但他沒完全死心。自從他被棘星的鬼魂纏身之後，他就一直在想著一個問題，為什麼鬼魂要找上他，而不去找自己部族裡的貓呢？「你有跟不是來自天族的星族貓談過話嗎？」

「自從我們住在湖邊之後，就會跟來自別族的星族貓談話。」躁片告訴他。「以前住在峽谷時，我們有自己的星族。但現在我們可以見到所有祖靈。一旦貓兒去了星族，祂們想跟哪隻貓交通都可以。」

「所以死掉的貓是可以跟任何一族的貓兒說話。」

「當然可以。」

根掌頓時鬆了口氣。至少這起事件還是有一部份是正常的。

躁片繼續說道：「戰士來自哪個部族，」他喵聲道，「或者到底是不是來自星族，這都不重要。重要的是，如果有一隻死掉的貓有話想告訴我們，我們就該仔細聆聽，並盡最大的努力去完成他們的遺願。」

難道我應該完成棘星的遺願嗎？根掌不安地蠕動身子。他甚至不確定他的遺願是什麼。

離他們有幾條尾巴之距的木賊叢微微抖動。根掌扭頭查看那裡的動靜。

「嘿！」樹穿過木賊，朝他們走來。他的腳爪都溼了，下腹還滴著水。「我剛在想有沒有可能從溪裡抓條魚上來。」

「抓到了嗎？」躁片問道。

「沒有。」樹走到他們面前停下腳步。「水裡的魚好滑溜。就算我伸出爪子也抓不住。河族的腳爪上面八成有毛刺，因為我實在不懂他們怎麼抓得到魚。」他對根掌眨著眼睛。「露躍呢？」

「他扭傷腳爪。」

「那今天不用上課囉？」樹瞪大眼睛。

「不用，」根掌告訴他。「所以我才改到這裡幫忙斑願採集藥草。」

「你不是快要評鑑了？」樹一臉擔憂。

「是啊，不會有問題的啦。」根掌向他保證道。

「那跟我來吧。」樹興致勃勃地說道。「我可以教你我的狩獵技法。」

根掌有些遲疑。他父親的狩獵方法有點怪。「我不確定露躍會希望我跟別隻貓兒討教新的技法。」

「胡說八道。」樹甩打著尾巴。「技法當然是愈多愈好。」他看了根掌採集到的那堆木賊。「如果你可以學如何採集木賊，當然也可以學我的狩獵技法。」

根掌的尾巴垂了下來。

「我可以帶他離開了嗎？」樹問躁片。

「當然可以。」躁片向根掌垂頭致謝，「謝謝你的協助。」

「不客氣。」根掌跟著樹穿過草地，朝赤楊木的林子走去。也許這樣默默地離開巫醫貓是對的，因為萬一躁片提出更多問題，搞不好會引起疑心。

樹穿梭在灰白的樹幹間，然後停下腳步。「我有沒有教過你怎麼當一棵灌木？」

「當一棵灌木？」根掌瞪著他父親看。他很愛他父親，但是他一定要什麼事都怪得離譜嗎？

「如果你當灌木，獵物就不知道你在那裡了。」樹告訴他。

「可是我是貓啊。」根掌一臉不解地對他眨著眼睛。

「你可以假裝是灌木啊。」樹蹲了下來，身子先滾滾這邊，再滾滾那邊，直到全身上下的毛都沾滿落葉。「第一件事是你要讓自己聞起來像一棵灌木。」他朝他剛滾動過的地方點頭示意。「你來試試看。」

根掌心不甘情不願地在腐葉堆裡來回滾動，直到全身發癢才站起來，強忍住想甩動身子的那股衝動。

「我們需要找個暗處躲起來。」樹帶著根掌穿梭林間，終於來到一處地方，那裡有刺藤蔓爬在多棵赤楊木中間。然後他在旁邊的暗處蹲下來，縮起身子。「現在我們只要靜靜坐著，等獵物過來。」他低聲說道。

根掌低頭擠到他旁邊。「直接搜找獵物留下的蹤跡，追捕牠，不是比較快嗎？」

「有時候讓獵物來找你反而比較好。」他蠕動身子，想讓自己蹲得更舒服一點，那身沾滿落葉的毛髮輕輕摩搓著根掌。「戰士們老是喜歡把事情搞得很複雜。」

根掌聳起毛髮。樹為什麼那麼愛批評部族貓？「他們只是很努力地想讓自己成為最優秀的戰士。這有什麼不對？」

「沒有不對啊。」樹喵嗚笑道。「但是趁假裝是棵灌木的時候跟別隻貓兒坐在一塊也不錯啊。」他看了根掌一眼。「這是找對方聊天的一個好藉口欸。」

他是知道了什麼嗎？根掌納悶想道，恐懼像針一樣刺痛他肚子。**這是樹帶我來這裡的原因嗎？他想跟我聊聊？**他疑色地看了他父親一眼。「聊什麼？」

「離開部族。」

根掌全身警戒。「可是……我就要當戰士了，」他喵聲道，「我已經受了好幾個月的訓。」樹在上次大集會後，就說過想離開森林，因為棘星在大集會上提議貓兒應該互相檢舉，這樣不管誰犯了罪，都有可能遭到被驅逐的命運。他覺得這是暗尾才會訂下的規矩。根掌聽過暗尾和他那幫黨羽的事，他們先是占領了影族，然後再接管其它部族，只要有哪個戰士礙著他們，就殺了對方或讓他挨餓。樹說如果是那樣的話，還不如回去過惡棍貓的生活，都比跟行為舉止宛若惡棍貓的部族貓一起過活要好多了。

樹若有所思地望著遠方。「我的意思並不是現在就離開。但這次的大集會比上次好不了多少。我不認為棘星短時期內會放棄守則破壞者的這個議題。五大部族起了變化，所以我認為必要時，你、針掌、紫羅蘭光和我必須做好跟他們分道揚鑣的準備。」

根掌皺起眉頭。如果他離開部族，棘星的鬼魂就不會再糾纏他了，這樣也不錯。但就為了這一點好處改當惡棍貓，值得嗎？「我覺得我們應該撐下去，這不就是身為一個戰士該有的作為嗎？」

「也許吧，不過我不認為留下來對我們這一家子來說會有什麼好處。」樹焦急地看了根掌一眼。「你為什麼開完大集會後就跑掉了？這不像你的作風。」

根掌頓時全身熱燙。「我看到一個東西，嚇了我一跳，我就趕快跑掉了。就只是這樣而已。」

「什麼東西嚇到你？」樹的目光一黯。

「那不重要。」根掌只希望他父親別再追問下去。他能說什麼呢？說他看見鬼嗎？他可不希望樹因此自豪他兒子跟他一樣古怪。

樹在他旁邊動了動。「如果你有心事，可以跟我說。」他輕聲說道。

「我知道。」根掌很感動。他父親雖然不像其他部族貓，他從不掩飾他對根掌、針掌和紫羅蘭光的愛。根掌突然覺得自己何其有幸能有他當父親。他真想告訴他棘星鬼魂的事。可是這有幫助嗎？這時候一個微微發光的身影出現在赤楊木林裡，他的心頓時抽緊。他認出那幽靈般的身影。棘星又找到他了，而且就在離他幾條尾巴之外的林間來回踱步。**至少這次它沒有試圖想引起我的注意。**根掌用眼角餘光瞄著棘星，後者停下來，似乎在嗅聞空氣。**也許我的灌木偽裝奏效了，它看不到我。**但又馬上大失所望，因為棘星突然愣住，發現到了他的蹤影，兩眼一亮。**真是老鼠屎！**

「你有從躁片那裡聽到什麼嗎？」棘星鬼魂走近，眼神熱切地瞪著根掌看。「你知道另一個棘星是誰嗎？」

根掌一臉無助地對著鬼魂眨眨眼睛。它真以為他會回答？**你瞎了嗎？樹就坐在我旁邊欸！**但根掌這時頓了一下，靈光乍現。樹看得到這個鬼魂嗎？「你看！」他大聲說道，同時用腳爪推推樹。原來有隻鳥兒正在棘星頭頂上方的樹枝上跳來跳去。「我們要不要去抓牠？」

樹若有所思地看著那隻鳥，一旁的根掌巴不得他也看到樹枝下方的鬼魂。

「牠老是跳來跳去的，」樹喵聲道，「一看到我們動，馬上就會飛走了。」

根掌的心頓時一沉。他父親看不到棘星的鬼魂。為什麼看不到呢？他氣餒不已。**你不是看得到鬼魂嗎？為什麼這個看不到？**

樹站了起來，甩掉身上的腐葉，然後對根掌眨著眼睛說：「如果情況再惡化下去，你會考慮離開嗎？」

根掌聳聳肩，但感覺得到棘星的目光一直在他身上。「我不知道，我想當戰士。」

「你好好想想，」樹告訴他。「我知道這不容易，但是每開一次大集會，就讓我更是覺得這裡不能久待。我不喜歡棘星的領導方式。如果他再強行推銷守則破壞者這件事，我想我們最好還是離開。」

根掌看見棘星的鬼魂不安地蠕動著。他很想對他父親全盤托出。樹也許知道用什麼方法來擺脫鬼魂。但他有點遲疑。要是樹知道有兩個棘星正在惹事，他會不會更堅持要立刻離開這裡？於是他只好看著他父親的眼睛。「這些問題都會迎刃而解，」他急切地說道。「我相信一定會。各部族不會坐視不管。」

樹瞇起眼睛。「但願會。」他陰鬱地回答。「不過我的歷練比你豐富，所以我知道有時候很多事情不見得總能如其所願。」他用尾巴拍掉根掌身上的腐葉。「你要回營地了嗎？」

「我留在這裡練習一下戰技好了。」根掌告訴他。他打算找鬼魂談一談。眼前剛好有這機會，就算他回答不了它的問題，至少也該知道一下它到底想要幹嘛，就像躁片說的，試著設法完成它的遺願。他對他父親眨著眼睛說道：「我想為我的評鑑做好萬全準備。」

「那晚點見囉。」樹用鼻子輕觸根掌的耳朵，呼出的鼻息在冷空氣裡宛若裊裊白煙，然後就走進林子裡了。

鬼魂轉過頭來，看著黃色公貓消失林間，隨即跌坐地上，下巴抵住前爪，眼神茫然地瞪著根掌。「我不知道發生了什麼事，」它喃喃說道。「但如果已經有戰士考慮離開部族，看來情況不妙。」

根掌瞪著棘星鬼魂看。他放棄了嗎？「你應該多少知道這是怎麼回事吧？」

鬼魂詫色地瞪看著他。這是根掌第一次跟它說話。「我跟你一樣滿頭霧水。」鬼魂承認道。

根掌皺起眉頭，認真思索。「也許你只需要回星族去。」

「我不知道怎麼去。」鬼魂告訴他。「自從我死後，根本沒有見到任何一隻星族貓。我被困在森林裡了。」

「你為什麼回不去自己的軀體？」

「有別隻貓兒住進去了，你沒發現嗎？」

「是誰？」根掌開始踱步。

「我不知道。」

根掌瞪著鬼魂看。「你認為我有辦法解決嗎？」他問道。「我一點辦法也沒有啊。我不是巫醫貓，甚至不是戰士。我真的不懂為什麼你一直跟著我。一定有別隻貓兒可以幫你。」

「我有找啊。」鬼魂告訴他。「可是只有你看得到我。」

根掌坐了下來。「為什麼是我呢？」

鬼魂聳聳肩。「也許你是唯一能幫助我的貓。」

「可是怎麼幫？」根掌惱火地說道。「我什麼忙也幫不了啊。」

鬼魂坐了起來。「你必須幫我帶話給松鼠飛。」

「我？」根掌縮起身子。松鼠飛是雷族的副族長。就算他找得到方法穿過雷族領地跟她說上話，她也不會聽信一個天族見習生，尤其是他想要告訴她，他是來幫棘星的鬼魂帶話的。「怎麼帶話？」

鬼魂瞪著他，不客氣地回嗆他一句：「就想辦法啊。」

如果有一隻死掉的貓有話想告訴我們，我們就該仔細聆聽，並盡最大的努力去完成他們的遺願。根掌想起躁片說過的話，後背不禁打起寒顫。棘星的要求根本辦不到。

他閉上眼睛。**你想成為戰士**，他嚴肅地告訴自己，**那就照棘星的話去做，想個辦法出來。**

第八章

凜風在山谷裡翻騰打轉，鴿灰色的雲靄低垂營地上方。為了保暖而蓬起毛髮的鬃霜此刻正把一根蔓生進長老窩的刺藤嫩枝拉出來，腳爪被扎得微微刺痛的她低下身子，張嘴咬斷從營地圍牆爬進來的那一段莖梗，然後小心用牙齒叼起來，拿到她剛剛堆放的垃圾堆裡。鰭躍和暴雲則沿著圍牆清理更遠處的雜生刺藤。

鬃霜已經編派好黎明巡邏隊，松鼠飛現在都會出來指派剩下來的隊伍，不用再勞煩她……只不過松鼠飛並未把這件事告知棘星。也因此鬃霜會先自己找活兒幹，在雷族副族長出現之前，先陪族貓們一起打掃營地。獅焰和點毛正在清理育兒室裡拿出來的墊料和枯葉，上面布滿灰塵，黛西則忙著把新鮮的蕨葉編進窩頂。藤池和蕨歌正在扒掉戰士窩牆面上枯萎的蕨葉。刺爪和花落則在見習生窩的兩側查看需要修補的缺口。

鬃霜胸口盈滿驕傲。星族一定很高興看見雷族貓這麼賣力工作。她好奇祂們是不是也正看著他們。

「鬃霜！」鰭躍大聲喊她。他朝他旁邊一根很粗的刺藤點頭示意。暴雲已經用牙齒在拉扯它。「快來幫我們一下。」

鬃霜趕緊過去，也用牙齒小心咬住莖梗。

「好，用力拉！」鰭躍也在遠處叼住它，三隻貓兒合力一拉，終於將它連根拔起。

刺藤斷掉的那瞬間，鬃霜的嘴唇頓時刺痛。於是趁暴雲把莖梗拖到垃圾堆的時候，趕緊坐下來把血舔掉，她被一根刺扎到了。鰭躍抬頭看了擎天架一眼。

「每隻貓兒都在認真工作，只除了族長。」他嘀咕道。

鬃霜眼神銳利地瞪了棕色公貓一眼。他是在批評棘星嗎？

在長老窩外面的松鴉羽聳起耳朵。盲眼貓正把秋麒麟草的藥草泥敷在雲尾的後腿上，幫忙緩解酸痛。「也許他當初死掉的那時候，就忘了自己是戰士了。」他尖酸刻薄地說道。

雲尾眼神閃爍，有點緊張。「說話當心點。」他看了鰭躍一眼。「自從棘星失去一條命之後，脾氣就沒好過。」

空地另一頭的獅焰冷哼一聲。「你這說法太保守了吧。他以前從來不是這樣子。希望他沒什麼事。」

「當然沒事。」暴雲把刺藤放進垃圾堆裡。「失去一條命一定很痛苦。我們無法想像他的處境。」

鬃霜很是感激地對著灰色虎斑貓眨眨眼睛。「他只是想要我們盡最大努力成為優秀的戰士。」她看著鰭躍。「這樣星族才會回來。」

鰭躍聳聳肩。「棘星本來就希望我們成為優秀的戰士，只是他這幾天的態度有點怪。」他轉過身去，開始去拉扯另一條刺藤。

鬃霜不安到毛髮微微刺癢。鰭躍不該質疑自己的族長。星族賜給棘星九條命。質疑他不就等於質疑星族嗎？既然星族現在仍保持沉默，那麼他們不更應該唯棘星是從嗎？

擎天架上，如波起伏的薑黃色毛髮出現在棘星窩穴入口。獅焰趕緊轉頭回去工作，松鼠飛走了出來，從亂石堆一躍而下。她停在空地上，環顧營地。「各位，辛苦了，做得好。」她的族貓全都朝她轉身，只見她看了已經空了的生鮮獵物堆一眼。「我想再派兩支狩獵隊出去。還有一支巡邏隊去查看天族邊界。」

「我去。」暴雲從戰士窩那裡朝她走來，蕨歌跟在後面。

「我也很樂於前往。」黃色公貓熱切地說道。

鬃霜看到雷族貓這麼服從松鼠飛的命令，很是開心。

「樂於去哪裡？」棘星從窩穴裡鑽了出來。蕨歌當場愣住，這時雷族族長一躍而下擎天架，走到松鼠飛旁邊。

「去狩獵。」蕨歌告訴他。

「還有查看邊界。」藤池大聲回答。「松鼠飛想再派三支隊伍出去。」

棘星瞪大眼睛看著松鼠飛。「妳又在編派隊伍了？」他沒有等她回答。「我還以為我們已經把這工作交給鬃霜了。」

鬃霜訝色抬頭。難道棘星要她負責所有隊伍的編派工作？如果他堅持的話，她當然可以啊。就在她走上前想自告奮勇時，松鼠飛竟甩著尾巴。「鬃霜已經有夠多工作了。」她告訴棘星。

「那就讓別的貓兒來負責組織隊伍。」棘星喵聲道。

「這是我的工作。」松鼠飛堅稱道。

「部族不需要妳像隻鳥媽媽一樣到處操心，」棘星告訴她。「一個經營良好的部族會自動運作。妳的職責是全力支持我……也就是妳的族長，」他直盯著她的眼睛，「妳的伴侶貓。」

松鼠飛背上的毛全聳了起來。「我不可能每分每秒都像長老一樣窩在我們的窩穴裡。」

「如果我們得自己花時間去編派隊伍，那麼當族長和副族長又有何意義呢？」棘星的耳朵不停抽動。

松鼠飛目光嚴肅。「我們的部族跟我們是一體的，」她不客氣地回嗆，「我們屬於它的一部份。編派隊伍至少是我們該盡的本份。」

鬃霜胸口一緊，因為她看到了棘星眼裡的怒光。不久前，他和松鼠飛才因為如何處置姐妹幫的事而起了勃谿。姐妹幫是一個由母貓組成的團體，她們在物主不明的領地上安頓了下來，而當時松鼠飛曾把那塊地方當成天族未來可能落腳的新家園而前往勘察。那時候全部族都在擔心他們的族長和副族長可能再也無法重修舊好。

不過此刻棘星的怒火竟是來得快也去得快，他彬彬有禮地垂下頭。「我知道妳擔心我們的族貓，」他語氣平和地說道。「可是妳應該對他們有信心才對。而且妳真的沒必要把自己搞得這麼累。妳昨天參加兩支隊伍，前天也加入一支。從現在起，我要妳待在營地陪我。把巡邏和狩獵的事交給族貓們就行了。」

松鼠飛頓時惱火。「可是我喜歡出去巡邏。身為一名戰士，絕對不會覺得自己是在做雜事，因為這是一份榮耀。我很享受這份榮耀。」她盯著他看了一會兒，好似不認識他了。「你以前也是這樣的想法。」

「我沒有改變。」他告訴她。「只是我現在知道生活中有一些比巡邏還要重要的事。」

「我們參與得愈少，」松鼠飛告訴他。「族貓們的工作量就愈多。」

「那又怎樣？」棘星一臉不解。「如果身為戰士是一種榮耀，那就讓他們盡情享受這份榮耀吧。從現在起，我要妳多花一點時間陪我待在窩穴裡。」

松鼠飛不發一語地瞪著他看，尾巴不停抽動。

棘星聳聳肩。「妳最好習慣這件事。」

棘星轉身正要離開，營地入口一陣騷動。莓鼻和罌粟霜領著煤心、雀掌和玫瑰瓣走進營地。每位戰士嘴裡都叼著獵物。他們直接走到獵物堆那裡把獵物放下。

雲尾的眼睛頓時亮了起來。「終於，」他喵聲道，「我快餓死了。」他站了起來。

棘星瞇起眼睛。「等等。」他朝長老點頭示意。

鬃霜豎起耳朵。棘星看上去若有所思。他是想到了什麼嗎？

「長老等一下再吃獵物。」棘星的目光掃過所有族貓。

獅焰皺起眉頭，一臉不解。剛把一隻很肥的畫眉鳥丟在生鮮獵物堆裡的刺爪立刻抬頭，不安地豎起毛髮。空地上的族貓們全都面面相覷。

「為什麼長老要等一下才能吃？」花落上前一步，目光來回看著棘星和雲尾。「守則上說，貓后和長老必須比戰士優先進食，這是一種敬意的表現。」

「也許是比戰士優先，」棘星眼神堅定地看著母貓。「但守則沒有提到族長啊。」

鬃霜看見獅焰的爪子戳進地上。

「你是說你應該比長老和貓后優先進食嗎？」黃金戰士直視棘星的眼睛，目光挑釁地說道。

棘星瞪了回去。「不只是我，」他喵聲道，「副族長也是。」他朝松鼠飛貼近，但後者似乎縮起身子。

她的目光不安地環顧族貓們。「棘星，我並不……」

棘星沒讓她說完。「把最好的獵物留給最弱的族貓吃，有什麼好處？」他的目光仍然盯在獅焰身上。「如果我們遭受攻擊，我們的長老會保護我們嗎？」

刺爪瞪看著雷族族長，彷彿不敢相信自己的耳朵。但棘星還在繼續說，獅焰不悅地瞇起眼睛。

「長老是需要被幫助的一群，誰會來幫助長老？是戰士。而誰又會帶領戰士抵禦可能的困境或仇敵？」他環目四顧，似乎在激族貓們回答這問題。

但是沒有貓兒開口。鬃霜侷促不安地蠕動著腳。棘星是覺得快要大敵當前了嗎？他是有預知到什麼事嗎？他一定是想要讓雷族為這件事情做好萬全準備。於是她抬起鼻吻。「棘星，你會帶領我們克服困境。」她緊張又小心翼翼地說道。

「沒錯！」他的目光熱切地望著她。「松鼠飛和我必須比你們都強健才行，因為不管是什麼困境等著我們，我們兩個都得帶領你們克服它，所以優先進食的是我們兩個。」

「可是我們一向優先禮讓長老和貓后。」獅焰反駁道。

「還是有其他方法可以表現出我們對他們的敬意。」棘星眨著眼睛看著黃金戰士。「你是想破壞守則來違抗我嗎？」

「你不也破壞了守則，比長老優先進食嗎？」

棘星鎖住他的目光。「我是你的族長。」他的吼聲低到鬃霜幾乎聽不到。「守則內容由我來決定。」

族貓們全都忐忑地瞪著棘星看。獅焰用力彈動尾巴，但沒吭氣，眼睜睜看著棘星走向生鮮獵物堆，從頂端挑了一隻最肥美的畫眉鳥。他把牠叼到松鼠飛那裡，然後推著她往亂石堆走去。松鼠飛跟在他後面爬上擎天架，棘星將畫眉鳥帶進窩穴，松鼠飛不安地回頭看了族貓們一眼，才消失在窩穴裡。

獅焰從生鮮獵物堆裡挑了兩隻鼩鼱，送到長老窩那裡。金色戰士把鼩鼱放在雲尾腳下，後者點頭致謝，目光同時瞟向擎天架。兩隻公貓都沒說話，但鬃霜從他們的凌亂毛髮看得出來，他們的心情很亂。

在空地上，暴雲和蕨歌互看一眼。

「我們該去狩獵嗎？」蕨歌納悶道。

暴雲聳聳肩。

鬃霜突然想到松鼠飛還沒編派完下午的狩獵隊。**我應該挺身幫忙嗎？**蕨歌一臉企盼地看著她。「我去問一下松鼠飛。」她蹣跚爬上亂石堆。也許她該組織三支狩獵隊。營地裡要是有充足的獵物，就不必擔心現在的新守則了。比長老和貓后優先進食，這聽起來雖然有點怪，但棘星一定很清楚自己在做什麼。他是族長。搞不好他只是在試探族貓們對戰士守則的定力。

在擎天架上的她往窩穴入口走去，卻聽到裡面嘶聲作響，腳步於是遲疑。

「你真的認為這是管理部族最好的方法嗎？」松鼠飛的語氣憤慨。「你真的認為在歷經了禿葉季之後，你對他們這樣呼來喝去，又自私地取走最好的獵物，就能提振他們的士氣？」

棘星的回答語氣溫和，但她聽不出來他在說什麼。鬃霜往後退。她不需要現在就找松鼠飛談話，她可以直接編派隊伍，晚一點再來跟她報告。松鼠飛搞不好會感激她的主動幫忙。

她溜下斜坡，腳下石子在她腳下爆裂，鬃霜背上一陣寒顫。如果松鼠飛不認同棘星對獵物分配的新規定，其他貓兒會認同嗎？回到亂石堆底下的她不安地甩甩毛髮。

蕨歌一臉企盼地看著她。「她怎麼說？」

「她在忙。」鬃霜告訴她。「你們可以自己去狩獵，我相信她一定也這麼認為。」

暴雲眨眨眼睛看著鬃霜。「妳要跟我們一起去嗎？」

「我想再多派點隊伍出去。」她告訴他。其實她是暫時不想離營地太遠，因為她總覺得棘星怪怪的，這令她很不安。如果她留在營地，也許可以找出原因。失去一條命徹底改變了他的性格。這中間到底出了什麼問題？

但她甩開這念頭。**當然沒有**，他還是棘星啊。就算他變得比較嚴厲，那又如何？他只是想要戰士們恪遵守則，星族才會回來。他是為了部族好，這就夠了。鬃霜彈動尾巴，快步走到營地圍牆那裡，扯斷另一條雜生的刺藤。她相信一切都會好轉。

✦✦✦

雨水打在鬃霜身上，她全身寒顫。昨天的烏雲帶來了暴風雨。雨是在晚上開始下的，到現在都還沒停，而這時候的她正跟著獅焰和點毛往森林邊緣走去。

「我們先去巡一下天族的邊界。」鬃霜朝金色戰士喊道，後者正在追蹤獵物氣味，但那味道已經淡了。「樹底下比較能遮雨。」

「她說得有道理。」點毛一臉企盼地覷著獅焰。「雨等一下可能就停了，到時我們就可以去查看風族邊界，不用擔心全身淋溼。」

獅焰抬頭看了樹冠一眼，雨水正從枝葉間滴滴答答地滴落。「不管怎麼樣都會淋溼，」他喵聲道，「我們還是趕在氣味線被雨水沖洗掉之前，先去查看吧。」

鬃霜貼平耳朵，做好淋成落湯雞的準備，獅焰已經在她前面衝出林子。她跟在後面，並瞇起眼睛，抵禦雨勢。點毛蓬起毛髮，挨近獅焰。鬃霜見狀趕緊豎起耳朵。從營地出來的這一路上，她就一直猶豫不決，好奇這兩位戰士會不會提到棘星的新規定。昨天晚上族貓們在空地上互舔毛髮時，她就察覺到大家的竊竊私語。不過她沒聽到有誰直接批評族長，他們的情緒似乎是困惑多過於憤怒，還不時瞥看擎天架，似乎是好奇棘星怎麼會突然改了部族長久以來的傳統。

「下雨總比下雪好。」點毛喵聲道。

「我比較喜歡下雪。」獅焰彈動耳朵，甩掉雨水。

「至少雨天比下雪的時候來得暖和。」點毛爭辯道。

「也沒暖和多少。」獅焰橫過那片通往荒原的草地。「不過獵物倒是回來了，所以下一點雨也是值得的。」

「感謝星族。」點毛看了天空一眼。

「別白費力氣了。」獅焰嘟囔道。「我們甚至不知道祂們還有沒有在聽我們說話。」

點毛眨眨眼睛看著他。「當然有。融冰的時間不是來得剛剛好嗎。所以沒有理由不聽我們說話啊。」

「可能還要一陣子，祂們才會回來找我們吧。」

鬃霜的焦慮像蟲一樣在她背上爬。「也許祂們想等我們完全恪遵戰士守則，才打算回來。」

獅焰眼神銳利地看了她一眼。「我們一直都有遵守戰士守則啊，」他頓了一下，

「只除了少數幾個。」

鬃霜皺起眉頭。他是在暗指哪隻貓嗎？

「我聞到兔子氣味了。」點毛停下腳步，抬起鼻吻。

獅焰嗅聞空氣，亢奮地聳起毛髮。「我也聞到了。」他豎起耳朵，環顧那一大片蔓生到風族邊界的石楠叢。只見兩叢石楠中間有個小小的灰色身影在窸窣晃動。

鬃霜心跳加快。**是兔子！**她等不及地舔舔舌頭，立刻蹲伏下來。這時點毛和獅焰正朝他們的獵物潛行過去，她也跟過去，肚皮始終貼近地面。這時兔子突然從石楠叢裡衝了出來，獅焰忙不迭地追在後面，鬃霜興奮到全身毛髮微微刺癢。兔子看見獅焰，趕緊轉向，兩顆又黑又圓的眼睛閃著驚恐。牠衝回石楠叢，消失不見。獅焰穿梭其中搜找，點毛緊跟在後。

鬃霜看見石楠叢微微顫抖，頓時緊張地直起身子。獅焰和點毛正朝邊界的方向追過去。

「小心點！」她喊道。他們絕對不能在風族領地上抓那隻兔子！可是她看見兩名戰士從石楠叢裡衝了出來，奮力追著兔子，直接就越過了那排代表邊界的金雀花叢，她嚇得愣住。獅焰一直追到邊界外幾條尾巴距離的地方才逮住兔子，將牠宰了。她看見他抬高鼻吻，喵聲感恩星族，然後就叼起牠，帶回雷族的領地。

鬃霜跑去找他們，肚子像被驚恐的情緒完全掏空。「你們是在風族領地上抓到牠欸！」她在他們面前剎住腳步，並瞪著獅焰看。在別族領地抓獵物是違反戰士守則的。

她試探性地望著他，以為會在他的目光裡看到驚慌與擔心。要是星族也看到了，那該怎麼辦？照這樣下去，星族怎麼可能再回來？

獅焰把兔子丟到草地上，環目四顧，兩眼突然瞪大，鬃霜知道他是現在才恍然大悟剛做了什麼錯事。「這也沒辦法啊。」他喵聲道，語氣聽起來像在自言自語。**他在說服自己。**

點毛停在他旁邊，嗅聞兔子。她點頭附和獅焰的說法。「牠會在風族領地是因為被我們追過去的。」

「可是你們破壞了守則。」鬃霜幾乎不敢相信自己的耳朵。難道他們不在乎星族再也不回來了嗎？

「這又沒傷害到誰，」獅焰告訴她。「而且照這雨勢來看，風族根本不會知道我們有越過邊界。」

「星族會知道的。」鬃霜驚惶地說道。

「星族從來不會譴責一個想餵飽族貓的戰士。」獅焰推了推那隻死兔子。「這絕對夠灰紋、雲尾和亮心吃頓大餐了。」

獅焰叼起兔子，沿著氣味線走。

「我們還要標示邊界嗎？」鬃霜對著點毛眨眨眼睛。

「當然要。」點毛快步走到一叢金雀花那裡，用多刺的枝葉來磨臉。「不過我懷疑雨勢這麼大，我們的氣味能停留多久。」

鬚霜不安到全身毛髮微微刺癢，但還是在隔壁的灌木叢上留下記號。這兩位戰士似乎都不在乎自己破壞了戰士守則，害她總覺得跨過邊界之後再標示記號，恐怕會更惹怒星族。

等他們抵達營地時，雨勢已經緩和。從邊界那裡大老遠走回來的鬚霜，腳爪早就酸痛不已。

「鬚霜！」

她抬頭一看，只見棘星站在擎天架那裡喊她，示意她上去。於是她爬上亂石堆，跟著他走進窩穴，一路上都覺得族貓們的目光全落在她身上。松鼠飛不在窩穴裡，不過她的氣味仍滯留在溫暖幽暗的空氣中。她是不是又無視棘星的苦勸，跑去參加巡邏隊了？

棘星坐了下來，垂下頭。「妳查看所有邊界了嗎？」

「是的。」鬚霜覺得緊張。她不曾跟棘星單獨相處過。她侷促不安地蠕動著腳爪，希望身上的毛髮別因被雨水淋溼而看起來張牙舞爪。她很想甩掉身上的水，但又怕弄溼棘星，於是身上的水就在她腳下四周的岩地上滴了一整圈。「天族最近才標示了他們的氣味記號，但在雨中很難聞得到，不過看來……」

「我相信其他部族會好好管理他們的邊界。」棘星的目光盯住她。「獅焰和點毛還好嗎？」

鬚霜當場愣住。難道他已經發現他們越過邊界？她垂下目光。「他們很好。」

「他們有談到新的獵物規定那件事嗎？」他的喵聲平穩但語氣堅定。

「沒有。」她再度迎視他的目光，慶幸自己說的是實話。

「其它族貓呢？」

鬃霜抽動耳朵。「我沒有聽到他們在討論，」她據實以告。「不過我感覺得他們很困惑。」

「困惑？」棘星歪著頭。「我以為我已經講得很清楚了。」

「你是講得很清楚，」她趕緊告訴他。「他們只是搞不懂你為什麼要訂出一個新的獵物規定。」

「有誰說了什麼嗎？」

「沒有，」鬃霜告訴他，「這只是我自己的感覺。」

棘星兩眼一亮。「很好。」他聽起來如釋重負。「所以沒有什麼事會惹惱星族。」他的這句話其實也是在對她提問。

「沒有，」鬃霜語氣遲疑，「只除了……」

棘星瞇起眼睛。「除了什麼？」他挨身過去。

鬃霜猶豫地迎上他的目光。她不想告發任何貓兒，可是獅焰和點毛越過了邊界。星族可能很生氣，要是她隱瞞族長，搞不好祂們會更生氣。

「妳什麼事都可以跟我說，」他輕聲說道。「別忘了，妳是在協助我保護部族的安全。如果有發生什麼事，我一定要知道，才能保護部族。」

鬃霜深吸一口氣。「獅焰和點毛在狩獵的時候，不小心越過邊界。」

棘星動也不動，他的目光一直停留在她身上，她開始覺得全身發燙。

「只越過一點點而已，」她很快說道。「是我跟他們講，他們才發現的。」

棘星坐了回去，肩上的毛髮服服貼貼，看起來像是很寬慰她對他說了實話。她的胸口漾著喜悅。她做得很對。他可以修補這件事。星族就不會生氣了。她不確定他會如何修補，不過他是族長，他會有辦法的。

但棘星的臉色瞬間黯了下來，目光陰沉，還突然亮了一下尖牙，鬃霜嚇得縮起身子。接著他霍地站了起來，從她旁邊走過去，大步跨出窩外。

她趕忙追出去，驚慌宛若星火在她全身上爆裂開來。他要做什麼？棘星站在外面的擎天架上，對著營地大吼：「獅焰！點毛！」

獅焰和點毛才抬頭張望，他就跳下了亂石堆。兩名戰士眼裡閃著好奇，走到石堆下找他。鬃霜停在一條尾巴之外的地方。她的胸口被恐懼掐住。他們有麻煩了嗎？

「這是真的嗎？」棘星怒瞪著獅焰。

「什麼真的？」金色戰士一臉不解。

棘星的目光掃向點毛。「你們有越過邊界進入風族領地嗎？」

點毛和獅焰的目光瞟向棘星後方。鬃霜感覺到他們看她的眼神就像刺一樣尖銳。顯然是她把這件事告訴棘星。她縮起身子，暗地裡希望棘星不會直接指控他們。

其他雷族戰士開始圍聚空地四周，情緒緊張，毛髮倒豎。莖葉一臉失望地看著點毛。煤心和蕨歌挨向彼此，不安地互看一眼。

棘星往地上戳進爪子。「到底有沒有？」

獅焰抬起頭。「有，但那純屬意外，而且沒有被誰看見。風族根本不知道。」

「是嗎？」棘星齜牙咧嘴。「你確定？你有把你留在草地上的氣味舔掉嗎？」

獅焰瞪著他看。「當時在下雨！」

點毛點點頭。「如果當時沒下雨，我們一定會聞到邊界的氣味，就不會衝過去了。」

「這就是你們的理由？」棘星的眼裡閃著怒光。「怪風族沒把邊界的氣味標示得夠濃烈？」

獅焰氣不過。「那不是我們……」

「要是兔星來這裡質問，」棘星嘶聲打斷他，「指控我們侵略他的領地，我們就把你那套話搬出來說嗎？誰叫他不把邊界標示清楚，不然你們也不會衝出邊界？」

獅焰聳起毛髮。「兔星不會來指控我們的，」他不客氣地回嗆，「以前發生過戰士不小心越過邊界的事，我們大家都知道啊。」他環顧族貓，但他們全都面無表情地看著他，似乎不想選邊站。

棘星瞇起眼睛。「你又不是不曉得過去幾個月來，星族一直沉默不語，所以我們必須恪遵戰士守則來挽回祂們。你覺得你在沒被允許的情況下越過邊界，祂們會作何感想？連這麼簡單的一條規定我們都做不到，你覺得祂們會再回來嗎？」

「星族不會因為我越過風族邊界，就棄我們於不顧。」獅焰低吼。

「祂們有這樣跟你說嗎？」棘星諷刺地說道。「所以現在是換成你代表我們在跟星族交通了嗎？」

「當然不是。」獅焰表情惱火。

棘星貼平耳朵。「那就不要告訴我星族現在在想什麼。你們破壞了守則，哪怕我先前就告訴過你們一定要完全遵守。」

點毛毛髮豎了起來。「每一隻貓都曾多少破壞守則，」她一臉憤慨地看著棘星。「有些貓犯的錯比我們的還嚴重。」

「妳這話什麼意思？」棘星縮張著爪子。

「我意思是松鼠飛以前欺瞞過大家，假裝她妹妹的小貓……也就是她那當巫醫貓的妹妹所生下的小貓……是她自己生的。她刻意隱瞞而且一隱瞞就是好幾個月。如果你可以視而不見她所犯的錯，為什麼不能用同樣標準來看我們兩個越過邊界的這件事？」

棘星瞪看著花點母虎斑貓，頸毛威嚇性地聳了起來。鬃霜嚇得吞了吞口水。雷族族長是打算攻擊自己的戰士嗎？她嚇得不敢喘氣，只見棘星蠕動著腳爪，最後頸毛又服貼了回去，似乎克制住了脾氣。

「不要把你們的事扯上松鼠飛。」他冷酷地喵聲道，「身為副族長的她一直為這個部族無私奉獻。我是一族之長，誰該受到懲罰是由我來決定。除非你們認為星族賜我九條命的這件事一點意義也沒有？」

點毛垂下目光，一副被打敗的模樣。獅焰朝她挨近，似乎想保護她。鬃霜瞄了族貓們一眼，只見灰紋從長老窩走出來，瞪著棘星看，彷彿不認識他了。刺爪一臉興味旁觀，目光陰沉。棘星瞪著點毛看，整座營地靜悄悄到鬃霜都懷疑是不是連鳥兒都停止了吟唱。後來才發現原來是她的心跳大聲到幾乎聽不見其他聲音。

「接下來這四分之一個月，」棘星開口道，「點毛被禁止跟任何貓兒說話。」點毛倏地抬頭，瞪看著雷族族長。鬃霜心裡一涼。這是正常的處罰嗎？她看了灰紋一眼。他一定知道。但是老戰士表情看起來就跟她一樣驚訝。

棘星望向獅焰。「至於你，逐出營地，時間也是四分之一個月。」

煤心上前一步。「你不能這樣做……」她瞪著棘星。「他是雷族戰士，我們要互相照顧。」

棘星冷漠地看著獅焰的伴侶貓。「他破壞了戰士守則，我試圖維護守則，他卻還質疑我。我絕不會讓任何貓兒像他這樣破壞我的威信和傷害我的部族。」他的目光移回獅焰身上。「你是經驗老到的戰士，你應該比我清楚。」

獅焰目光凜然。他不可置信地眨眨眼睛，但沒有說話。

棘星齜牙咧嘴。「你確定你可以像惡棍貓一樣在外面活上四分之一個月嗎？」

獅焰沒有回答。鬃霜一陣反胃。這一切都是她造成的。獅焰永遠不會原諒她的。

棘星繼續說道：「如果你讓任何部族貓在領地上……任何領地上……聞到你的氣味，我們就當你是入侵者，永遠都不准你再回來了。」

獅焰挺起肩膀。他環顧族貓，眼神憤慨，然後就往入口走去，離開營地。

鬃霜腳爪發抖。**我只是想幫忙啊**，她恐懼到肚子繃緊，一路往後退到擎天架的下方。**哦，星族，我到底做了什麼？**

✦✦✦

鬃霜眨眨眼睛，睜了開來。她腳下地面有些潮溼。天空清朗，星星在她頭頂上方閃爍不定。夜色趁她睡著的時候吞沒了整座營地。獅焰離開之後，她就藉著入睡來逃避心裡的痛苦。但此刻她又突然想起今天稍早前發生的事，罪惡感再度襲來。她抬起頭，環視營地。族貓們都在分食晚膳，看過去就像空地四周的幢幢黑影，鴉雀無聲。棘星不見蹤影，想必是跟松鼠飛待在窩穴裡。

這時育兒室後方有兩個身影在動，她連忙豎起耳朵。他們離彼此只有一隻老鼠身長的距離，毛色在月光下閃閃發亮。她立刻認出他們。**是莖葉和點毛。**鬃霜愣了一下，低著頭，慢慢坐起來。她不想被注意到。莖葉和點毛顯然在躲避族貓們的耳目。他們的嘴巴在動。他們是在交談嗎？難道莖葉忘了這四分之一個月的時間，誰都不准跟點毛說話嗎？她心跳加快。要是被棘星發現了怎麼辦？他也會像驅逐獅焰一樣把點毛趕出去嗎？她豎起耳朵，心頓時一沉，她真的聽到他們在低聲交談。她站了起來，在暗處小心穿梭，沿著營地邊緣走過去。

「你們不能交談！」她小聲提醒。

莖葉突然扭頭過來。「妳惹的麻煩還不夠多嗎？」

「妳是想向棘星檢舉我們嗎？」點毛的眼裡射出怒光。

「沒有！」他們真以為她想看見他們出包嗎？「我只是擔心要是被其他貓兒看見或聽見，那怎麼辦？」

鬃霜緊張到胃裡不停翻攪。莫非他們認為那些規定對他們並不適用？難怪星族對我們置之不理。「你們不應該交談的。」

「那妳覺得這公平嗎？」莖葉挑釁她。

「公不公平並不重要。」鬃霜語氣急切地低聲道。「棘星下達了命令，如果你們不遵守命令，就是在破壞戰士守則。」

點毛貼平耳朵。「可是他的命令蠢斃了！」

「妳不可以這樣說！」鬃霜聳起毛髮。「他是我們的族長！」

「自從他失去一條命之後，就不太像我們的族長了。」莖葉低聲吼道。

「他失去了他的第一條命，」鬃霜提醒他。「他還在復元當中，在他復元這段期間，我們必須乖乖遵守他的命令。」

「就算命令是錯的？」莖葉沮喪地彎起爪子。

「如果我們老是破壞守則，星族要怎麼回來呢？」鬃霜瞪著他看。為什麼他還是不明白？

點毛冷哼一聲道。「妳真的認為這四分之一個月大家都不跟我說話，星族就會回來嗎？」

「不是這樣而已，」鬃霜爭辯道，「還有很多事情需要改正過來。我從來不知道原來我們都曾不經意地破壞這麼多守則。所以每隻貓兒從現在起都要好好遵守。」

莖葉瞇起眼睛。「所以妳要確保我們都有遵守？」他挖苦地說道。

「我只是想要提醒你別像點毛一樣犯了錯。」鬃霜輕聲說道。「你總不希望棘星也罰你不准跟族貓們說話吧？」

莖葉瞪看著她，眼裡閃著星光。「妳還是搞不懂，對吧？問題的關鍵並不在於他准不准我們彼此交談。這一切實在很不對勁。」他把鼻吻轉向她。「我以前一直以為妳是隻好貓。再過不久我們就得做出選擇了。我希望妳已經做好心理準備，做出對的選擇。」說完便趾高氣昂地走了。

點毛對她眨著眼睛，眼裡閃著怒光，也從她身邊離開，朝空地走去。

獨自被留在暗處的鬃霜瞥看營地。沒有貓兒注意到點毛的舉動，後者走到戰士窩外躺了下來，莖葉則是坐在露鼻和蜂紋中間。莖葉的話言猶在耳，她突然有股強烈的不祥預感。**再過不久我們就得做出選擇。**

她渾身發抖，他這話到底什麼意思？

第九章

清晨的陽光滲進巫醫窩的入口，這時影望才剛從臥鋪裡爬起來，走到蟻毛那裡。他希望蟻毛今天已經恢復正常。這三天來，影望不時過來探視住在巫醫窩裡的蟻毛的病況，檢查他的目光是否還是無神，並問他一些問題，希望他已經恢復到可以合理回答任何提問。但蟻毛還是迷迷糊糊的，搞不清楚自己身在何處，回答問題時，也以為自己仍是城裡的守護貓。

在靜甯的黎明裡，影望的心跳好像格外大聲。雪鳥閉著眼睛，蜷伏在臥鋪裡，還好她腳爪的骨折已經沒有那麼痛了，晚上終於可以好好安睡。石翅的尾巴已經消腫，影望也得以放心他的尾尖終於保住。族貓們都恢復得很快。影望不由得自豪他和水塘光的處置得當。焦毛的瘀傷雖然還是一碰就痛，不過水塘光已經把他送回戰士窩了，因為他老在抱怨藥草的味道害他想吐。「如果他已經有精神抱怨，」水塘光曾這樣說道，「就表示他已經康復到可以回自己的臥鋪睡覺了。」所以也許影族的運氣並沒有那麼糟。

但是當影望在戰士的臥鋪旁邊停下來時，疑慮又開始在他肚子裡翻攪。**拜託讓蟻毛今天好一點吧。**他納悶蟻毛的腦袋問題對星族到底有什麼用途呢？他還是不確定這一切是不是祂們**製造**的。影望朝臥鋪低下身子。

「蟻毛？」他用腳爪推推還在睡覺的戰士。

蟻毛抬起頭來，在昏暗的光線下眨眨眼睛。他看著影望，一臉困惑。「是你嗎？手套？」

影望的心跟著一沉。「是我，影望。」

窩穴後方，水塘光的臥鋪一陣窸窣作響，只見巫醫貓爬了出來。「你為什麼要叫醒他？」水塘光穿過窩穴，朝影望走來，小聲問道。

「我想知道他有沒有好一點。」影望喃喃說道。

「有嗎？」水塘光停在他旁邊，抱著希望看著蟻毛。

「他的腦袋還在糊塗。」影望告訴他。

「他才剛醒來，」水塘光窺視蟻毛的眼神，「腦袋當然還在糊塗。」

蟻毛眨眨眼睛看著他。「發生什麼事？出了什麼問題？」他的目光望向窩穴入口淺淡的晨光。「我該去巡邏了嗎？」

「不用，」水塘光告訴戰士。「你應該好好休息。我們只是幫你檢查一下。」他用後腿坐下來，看著影望。「他的眼睛好像比較有神了。」

「有嗎？」影望擋住了入口的光，於是移動位置，讓淺色陽光從他旁邊探過去，反射在蟻毛琥珀色的眼睛裡。影望胸口像是有希望的火花正在跳躍。水塘光說得沒錯，自從他被樹枝砸到頭之後，眼神就霧濛濛的，但現在已然清澈。

蟻毛眨眨眼睛，看著他們。「你們為什麼都瞪著我？」

「你知道我是誰嗎？」水塘光問他。

「當然知道，」蟻毛瞪看著他，活像是在問鳥會不會飛這種問題。「你是水塘光啊。」

他認得我們！影望興奮到腳爪微微刺癢。「你知道你為什麼待在巫醫窩嗎？」

「我被樹枝打到頭。」蟻毛告訴他。

「當時誰跟你在一起？」影望追問。

蟻毛站起身來，甩甩毛髮。「鴿翅、焦毛和石翅。」

影望看了水塘光一眼，全身如釋重負。他第一次醒來時還有點糊塗，但現在腦袋似乎已經恢復到跟意外發生前一樣清楚了。

水塘光吁了一口氣。「看到你好多了，真是太好了。」他開心地告訴蟻毛。

蟻毛豎起耳朵。「我可以回去重拾戰士的任務了嗎？」

「應該可以吧。」水塘光告訴他。

影望看著他以前的導師。「你確定？這是他第一次好像能腦袋清楚地告訴我們怎麼回事。但是剛剛他還誤認我是手套。」

「他那時才剛醒來。」

「你不覺得我們應該再觀察他一兩天嗎？確定他真的完全好了，再讓他離開。」

「如果他覺得已經差不多好了⋯⋯」水塘光的喵聲愈說愈小，因為蟻毛已經跳出臥鋪。

「我之前腦袋可能有點糊塗，但我現在好的很。而且我又沒摔斷什麼。」戰士告訴他。「我的瘀青也好多了。」

窩穴入口一陣顫動，虎星走了進來，目光先瞟向雪鳥的臥鋪，白色母貓這時抬起頭來，睡眼惺忪。

「腳好一點了沒？」虎星朝她走去。

「有好一點。」雪鳥抬起腳爪，眉頭跟著皺了起來，她的腳爪上面仍裹著紫草，而且用四根平直的木條固定。

「那妳就再多休息一陣子，」虎星語氣輕快地告訴她。「相信沒過多久，妳就可以回來狩獵了。」說完穿過窩穴，來到水塘光旁邊，尾巴抬得高高的。影望懷疑他父親的心情是否真如表面所見那麼好。也許他只是想提振受傷戰士們的士氣。「那你呢？」虎星看著蟻毛。

「我已經準備好歸隊了。」公貓站得筆直地告訴他。

「歸隊？」虎星一臉驚訝。「你完全好了嗎？」

「我覺得他應該再休息個一兩天。」影望喵聲道。

水塘光若有所思地歪著頭。「歸隊參加平日的巡邏工作，對他或許有好處。」

這時影望注意到蟻毛的腿微微顫抖。棕黑色公貓表情痛苦。影望連忙衝向他，及時靠了過去讓有點搖晃的蟻毛倚在他身上。「你頭昏嗎？」

「有一點，」蟻毛承認道。「不過沒關係，我應該可以回去工作了。」

「你必須好好休息。」影望緊貼著他，撐住戰士的大半重量。蟻毛似乎不太能自行站立。這樣怎麼歸隊啊？

蟻毛抽開身子，自行站穩。「我已經休息了三天。」他指出。

虎星揮著尾巴。「他只是需要活動一下，戰士需要到外面活動，森林是幫忙療傷的最好地方。」

「再說，手套要帶我去找鼩鼱的巢穴。」蟻毛興奮地說道。

「手套？」虎星皺起眉頭。

蟻毛的眉頭也皺了起來，發現自己說錯了名字，於是試圖糾正。「我是說熾焰啦。」

影望不安到腳爪微微刺痛。「你是說熾火嗎？」難道他忘了他朋友的戰士名？

「對啦。」蟻毛抬高下巴。

虎星目光一黯。「也許你應該在巫醫窩裡多待兩天。」

蟻毛不悅地瞪大眼睛。「我不想被當成小貓或長老。我加入影族是因為我想當戰士。我真的沒問題。我應該照顧我的族貓，而不是被大家照顧。」

虎星捕捉到影望的目光。「你的看法呢？」

「我想再多觀察他幾天。」

「水塘光呢？」虎星看著另一隻巫醫貓。

「影望說得對。再多待一天會比較好。」水塘光喵聲道。

「不行！」蟻毛毛髮倒豎。「我現在就跟一隻兔子一樣活蹦亂跳。」他繞著窩穴轉，甩著尾巴。「我絕對可以勝任狩獵的工作。」他瞪著虎星看。

「可是萬一你出了營地，頭又昏了，那怎麼辦？」影望覺得不保險。

「我又不是單獨行動，」蟻毛告訴他，「我有隊友陪我啊。我的族貓不會讓我出事的。」

影望還是不確定。只要他還繼續隱瞞守則破壞者這個祕密，就不能放任任何一隻貓兒去冒險。要是星族真的是為了傳遞旨意才害蟻毛受傷，那該怎麼辦？祂們有可能再透過另一次的傷害傳遞另一個意旨嗎？「他應該留在這裡。」

虎星若有所思地皺著眉頭。「可是蟻毛說得也有道理，」他喃喃說道，「他又不會單獨行動。」

水塘光點點頭。他繞著蟻毛走，嗅聞他全身上下。「沒有腫脹，也沒有僵硬。如果他頭昏，可以休息一下，等到頭不昏就行了。」

「要是他腦袋又糊塗了呢？」影望瞪著水塘光看。

「他跟族貓們在一起，」水塘光看起來不為所動。「他們會幫他。」

蟻毛不耐地蠕動著腳。「我可以走了嗎？」他問虎星。「黎明狩獵隊就快出發了。」

虎星點點頭。「好吧，但要小心點。」

「我當然會小心。」蟻毛隨即低身鑽出窩外。

影望看著他離開。星族會保佑他嗎？還是蟻毛又會遇到危險？除非影望把守則破壞者的異象公開讓部族知道，才能解除危機。**我聽到了，好嗎？**他抬眼往上看，滿腔憤怒。**我只是盡力做到最好。**

虎星離開了窩穴，水塘光到庫房去幫雪鳥拿藥草，影望望著蒼白的曙光。也許運氣壞這件事跟星族無關。蟻毛不會有事的。新鮮空氣和族貓的陪伴或許更有助於他的復元，不是嗎？他試圖揮開那糾纏不休的疑慮。**星族，我知道祢們想告訴我什麼！**焦慮像蟲一樣在他身上爬。**求求祢們保護蟻毛。**

✦✦✦

這個早上過得很慢。影望在幫受傷的族貓們製作藥泥：石翅的尾巴用的是橡樹葉和秋麒麟草；焦毛的瘀傷得用蕁麻；鴿翅的耳朵要用金盞花。不過他始終豎直耳朵，注意聽有沒有蟻毛回來的聲響。那位體型嬌小的棕黑色公貓搞不好正玩得開心，慶幸總算逃離昏暗的巫醫窩，又能做回自己。

剛幫焦毛的傷口塗抹蕁麻汁液的影望，踩著被藥草染綠的腳爪，徒步穿過空地，這時入口傳來腳步聲，有巡邏隊回來了。

正在分食老鼠的螺紋皮和花莖抬頭張望。花莖的鼻頭緊張動，嗅聞空氣。見習生窩外的肉桂尾則立刻丟下她剛用來編織牆面的刺藤，背上的毛髮全豎了起來。

影望也緊張地循著她的目光望過去。到底是誰害他們個個神經緊繃？他從那單調的腳步聲聽得出來有毛髮一路磨擦著林地，活像這支隊伍抓到了一隻大兔子，正要拖回來給大家吃。入口一陣抖動，蛇牙走了進來。影望頓時透不過氣來，因為他看見虎斑色母貓神色悲戚。熾火和鷗撲跟著走進來，後面拖著一個東西，他們的爪子都勾著一坨黑棕色的毛髮。

影望愣住了。驚恐像冰水淹沒他，他認出他們帶回來的那具屍首。那不是兔子，是蟻毛。戰士顯然死了。他忍住反胃的感覺，看著熾火將屍體拖進空地，放在地上。

肉桂尾從見習生窩那裡衝了過去，她驚惶地瞪大眼睛。「出了什麼事？」她蹲在蟻毛旁邊瞪看著熾火。

「我們有提醒他要跟緊我們，」黃白色公貓語氣呆滯。「可是他跑去追一隻松鼠，追到樹上。我跟了過去，但他速度太快了，我還沒追上他，他就已經爬到樹頂，把松鼠逼到角落，然後突然頭暈，」熾火哭了出來。「就掉下來了。」

「我們根本來不及救他。」鷗撲難過地看著蟻毛的屍體。

肉桂尾瞪看著她死去的朋友。她跟熾火一樣，在加入影族前，曾住在城裡，她和這隻公貓從小就認識，同居一處窩穴。肉桂尾眼神哀戚。「他最近才受傷，根本不該出去。」

「他想參加狩獵。」熾火喃喃自語。

「從他知道戰士代表什麼意義的那一刻起，就一心想成為戰士，」肉桂尾哭號道，「他總是第一個察覺到獵物，第一個身先士卒地追上去。他盡全力想幫忙部族變得更強大，結果到頭來卻害死自己。」

鴿翅從窩穴裡走出來。她看見蟻毛的屍體，又聽見肉桂尾的嗚咽聲，便一跛一跛地趕忙穿過空地。她用面頰緊貼肉桂尾，兩眼望著影望。影望愣住了。難道她看得出來他罪惡感很重？愧疚像烈火一樣炙燒著他的肚子。**我應該堅持立場，不讓虎星准他出營的！**他垂下目光。不准他出營就能改變任何事情嗎？蟻毛一開始只是受傷，那是因為星族想透過他傳遞意旨給影望。他的死證明了這一點。這不是純屬運氣不好的問題。影望的腳爪像石頭一樣沉重。**這是來自星族的意旨。**他很清楚這一點。他覺得害怕，害怕到連腳下的地面似乎都在微微顫動。受傷和死亡一定會接二連三地出現，除非他出聲阻止。他愧疚地望著虎星的窩穴。不管他父親說過什麼，他都不能再冒險隱瞞此事。他必須警告其他巫醫貓。

第十章

根掌可憐兮兮地拱起背，跟在露躍後面步下那條通往營地的陡峭小路，絕望像大雨似地浸溼他全身上下。導師幫他上的這堂課，好像又被他搞砸了。

露躍很不高興地彈動尾巴。「我不曉得你到底怎麼回事，但你真的需要好好振作起來。我怎麼覺得自己像在訓練小貓一樣。每次我開始上課，你就分神。如果你不能專心，怎麼學得會？你現在應該要為自己的評鑑做好準備了才對，不過我想你在參加評鑑時，一定又會分神或者忘了自己在幹嘛。」

沮喪到全身毛髮微微刺痛的根掌跟在導師後面快步走進營地。再這樣下去，他永遠都過不了評鑑，永遠沒辦法向葉星和露躍證明自己可以當一個好戰士。懊惱像針一樣扎著他的肚皮。要是棘星的鬼魂不要老纏著他，硬是要他帶話給松鼠飛，他的訓練課一定可以上得很好。

我到底要怎麼解決這問題？雷族副族長根本不會相信根掌的話，他不過是天族的一個見習生，到頭來只會給部族製造麻煩，這樣有意義嗎？

露躍停在空地邊緣目不轉睛地看著他，看到他都不好意思地低下頭去。他很清楚現在是日正當中，族貓們都在放鬆和休息。針掌正在和鵪掌、鳶撓聊天。樹從生鮮獵物堆裡勾了隻老鼠出來，小心查看，似乎在挑一隻他喜歡的獵物吃。紫羅蘭光和灰白天看著鴿足示範昨晚自己是怎麼抓到一隻飛在半空中的蝙蝠。看來除了根掌之外，好像每隻貓兒的心情都很好。他看著露躍，暗地希望自己能有個好理由來解釋為什麼他會弄砸所有的課程。但就算他把真相告訴他的導師，聽起來也只像是一個瞎扯的藉口。「我會更努力的。」他喃喃說道。

這時他看見葉星朝他這裡望過來，一顆心頓時沉到谷底。因為葉星和露躍互看了一眼之後，眼神瞬間黯了下來。**難道他已經告訴她我的表現有多糟了嗎？**

天族族長穿過空地，停在他們旁邊。「他又來了？」她語氣沉重地問道，目光落在根掌身上。

他真的告訴她了。露躍嘆口氣。那當下根掌巴不得自己能鑽進土裡。

「他還是沒辦法專心。」灰色公貓低吼道。

「根掌，」葉星眼神陵厲地瞪著他。「我不在乎見習生是不是覺得課程太具挑戰性。我希望它很有挑戰性。學習本來就是很困難的事。但是露躍告訴我，你保證會好好學習。我本來以為這時候的我應該已經在封你為戰士了。你絕對有這個能力，但是你不能在受訓時滿腦子盡想著一隻非我部族的貓兒。那只是在浪費時間……浪費你的時間，也浪費你導師的時間。」

根掌眨眨眼睛看著她。「我沒有在想著誰啊。」

「真的嗎？」她聽起來不太相信。「那我就搞不懂露躍說你上課該盯獵物看時，老盯著林子裡看的原因是什麼了。」

根掌試著不去看她失望的神色。畢竟被露躍認定他不想抓老鼠，滿腦袋只有甲蟲，就已經夠令他難受了。

「五大部族危在旦夕。」葉星繼續說道。「天知道接下來會出什麼事？星族到現在都沒有隻字片語，棘星又惟恐天下不亂地想把守則破壞者揪出來。要是他是想利用星族的緘默來趁機坐大雷族，我們就必須隨時保持警覺才行。天族需要有強壯和可靠的戰士，沒有時間去讓你做白日夢。你必須更努力。這是你欠部族的，欠你導師的，也是欠你自己的。」

他迎視她的目光，巴不得告訴她要是鬼魂別老糾纏他，他一定會是個優秀的戰士。棘星的鬼魂知道它給他帶來了多大麻煩嗎？它現在一定也在這裡，看著這一切。「我很抱歉。」根掌喃喃低語。

「是為了沒抓到獵物而感到抱歉嗎？」葉星憤怒地甩動尾巴。「我要看到的是你的改變。」說完便揚長而去，背上的毛髮全豎了起來。

根掌一臉歉然地看著露躍。他的導師怒意不掩地瞪看著他。「我真的很抱歉。」根掌又低聲說了一次。

露躍貼平耳朵。「不要浪費口舌了。」他吼道，「你只要更用功就行了。」他跟著葉星走回她的窩穴，停在她旁邊，兩隻貓兒近身低聲交談。根掌看得出來他們是在討論他。他覺得既丟臉又愧疚，情緒五味雜陳到腳墊都微微刺癢。他不確定自己害怕的是什麼……是戰士評鑑過不了，還是他的族長和導師發現到他上課不專心的真正原因。

有沒有什麼辦法可以讓他擺脫這個鬼魂呢？他請教過躁片，也試圖讓樹看見它，但都沒有用。他瞥了他父親一眼，後者從生鮮獵物堆裡挑了隻瘦巴巴的老鼠，然後走到山茱萸旁邊的暗處，他向來喜歡在那裡獨自進食。**我得告訴他。**他必須在這個鬼魂害他惹出更多禍端前，先說出這個祕密。在天族裡頭，恐怕只有樹才能理解被鬼魂糾纏的感覺是什麼。更何況樹是他父親，他必須相信他，不是嗎？

穿過草地的他，每一步都走得沉重。他才一走近，他父親就抬起頭來，瞪大著眼睛。「嘿，根掌，還好嗎？」他歪著頭。「我看見葉星在跟你說話。她看起來有點生氣。你是不是忘了他們教過你的戰技？還是抓錯了老鼠？」

「都不是。」根掌懊惱地聳起毛髮。他知道他父親不願意當戰士，但是他可不可以在言語上多少尊重他兒子的這份志向？

樹把老鼠推向他。「坐下來一起吃吧。」他輕聲說道。「你可以告訴我為什麼你看起來像隻失魂落魄的麻雀嗎？」

根掌回頭瞥看。葉星和露躍還在交談。葉星的目光瞟向他。他不安地蠕動著腳。「我們可以到外面聊嗎？」他問樹。

樹覷了他的老鼠一眼，又看看根掌。「那老鼠就先放著好了。」他站起來，眼裡突然閃過憂色。「聽起來好像很重要。」他喵聲道。「要我找紫羅蘭光一塊來嗎？」

「紫羅蘭光幫不上忙。」根掌朝入口走去。

樹走在他旁邊，身上毛髮微聳。根掌看了他父親一眼。**他很開心我找他幫忙嗎？**他跟在樹後面，鑽進可通往入口的蕨葉叢裡，再爬岩塊壘壘的斜坡，直到爬上丘頂，才停下腳步。

在他前方，丘陵往遠處山巒綿亙。他深吸一口新鮮沁涼的空氣，然後面對他父親。「我最近老是碰到一個鬼魂。」他脫口而出。他以為他父親會兩眼發亮，**他一定會很得意我繼承了他的異稟**。他懊惱地聳起毛髮。

但樹若有所思地望著他，沒有說話。

「我以為你懂。」根掌追問道。為什麼樹一句話也不吭？**他不相信我嗎？**他胸口一緊。「只是它也不算是鬼，它是棘星的鬼魂。但不可能啊，因為棘星還活著。是我想像出來的嗎？這正常嗎？我快被它逼瘋了。」他心跳加快，因為他看見樹皺起眉頭。「也許我瘋了，因為只有我看得到它。而且它開始跟我說話，求我幫它。我要怎麼幫一隻死掉的貓呢？我甚至不……」

「你慢一點。」樹挨近他，目不轉睛地看著根掌的眼睛。

「你一定以為我瘋了，對不對？從你看我的眼神，我就看得出來。」根掌慌張到肚子開始翻攪，就連腳下的地面都似乎在旋轉。要是樹也認為他發瘋了，那他八成就真的瘋了。

「你沒有瘋，」樹堅定地說道。「我是不知道你怎麼會看見一隻活貓的鬼魂，但我相信你，我們一起來解決這問題。」

根掌喉頭一緊。他好想把鼻吻埋進樹的毛髮裡，就像小時候那樣。他如釋重負鬼魂終於不再是他的祕密。樹相信他。他對他父親眨眨眼睛。「還沒開大集會之前，它就出現了。這也是為什麼那天我會逃走的原因。我看見它一直盯著我看。它知道我看得到它。它想跟我說話，我快被嚇死了。」

「那一定很可怕。」樹的尾巴輕輕撫過根掌的後背。「你認為棘星的鬼魂想傷害你嗎？」

「沒有。」根掌趕緊告訴他。「它好像跟我一樣困惑。它只想知道為什麼它變成鬼了，但它的軀體還是可以繼續當雷族的族長。它說它的軀體被偷了，它不知道怎麼辦。我是唯一能看見它的貓，它要我幫它。」

樹坐了下來，目光橫掃丘頂。「所以貓的軀體是可以被別的靈體占據？」他皺起眉頭，顯然不解。

「它是在棘星死在荒原上的時候占據的。」根掌告訴樹這是鬼魂跟他說的。

「我以前從沒聽過這種事。」

「可是現在發生了。」

樹停頓了一下，若有所思地歪著頭。「我想這說明了何以棘星最近會性情大變。不過誰會想占據他的軀體呢？」他看著根掌。「如果不是棘星？那它是誰呢？」

根掌聳聳肩。

「這一定跟這一堆守則破壞者的事有關。」樹繼續說道。「不管它是誰，顯然是想在部族之間製造事端。」他瞇起眼睛。「我們一定要小心探查。」

「如果我們去警告其他部族這件事，會有幫助嗎？」根掌滿懷希望地豎起耳朵。

「大部份的戰士都看不到死去的貓。」樹告訴他。「他們會很難相信這種事。你們能想像刺爪或燼足這樣的老戰士買帳這世上有兩個棘星嗎？一個是死的，另一個是活的？」

「可是他們相信星族啊。而且他們曾在大戰役裡跟死貓打過仗，不是嗎？」

「那是好久以前的事了。」樹告訴他。「是在天族還沒搬來這裡之前發生的事。他們是有看到那些死去的貓，但我不相信會有任何一隻貓肯相信一個天族見習生看得到一個活生生的戰士他的鬼魂在外遊盪，而且只有你才看得到。他們可能會覺得我們是在故意挑起事端。」他的尾巴不安地抽動。「如果那位還活著的棘星真的是想傷害五大部族，那麼我們要是直接戳破他的假面具，只會讓他找到藉口來修理我們。」

根掌瞪著他看，失望到腳爪像石頭一樣沉重。他本來以為樹或許能幫上忙。**原來他跟我一樣無能為力。**他眨眨眼睛看著他父親。**也不一定啊！**他突然絕處逢生地燃起一線希望。「可是你是部族的調解貓，」他急切地說道。「他們會相信你的，不是嗎？棘星的鬼魂要我帶話給松鼠飛。但我只是見習生，沒有理由越過邊界。但你可以輕而易舉地拜訪雷族，就說有重要的事要找松鼠飛談，然後跟她說那個棘星是假的。」

樹表情嚴肅地看著他。「我不能這樣利用我的職務之便。」他溫和說道。「如果她不相信我，會對天族很不利。松鼠飛大可說我是在試圖削弱雷族，到時會出問題的。甚至可能引發戰爭。除非我們有確鑿的證據，否則不能輕易冒險嘗試。」

根掌的毛髮突然刺癢起來，感覺有另一雙眼睛正看著他。他轉過身去，心瞬間一涼，原來是棘星的鬼魂正朝他走來。

「他看得到我嗎？」鬼魂朝樹的方向點頭。

根掌搖搖頭。「但我跟他說你的事了。」

「他相信你嗎？」棘星瞇起眼睛。

「他相信。」根掌推推他父親。「棘星的鬼魂來了。」

樹愣了一下，環顧四周。「在哪裡？」

「在那裡。」根掌朝鬼魂的方向彈動尾巴。陽光下，鬼魂的毛髮宛若水波粼粼。

樹茫然地看著根掌剛剛指的那塊草地。

「你現在看到了嗎？」根掌心急地問道。既然他現在知道鬼魂在哪裡，也許再全神貫注一點，就……

樹聳聳肩。「我沒看到任何死去的貓。」他對著根掌眨眨眼睛。「我也不想看到。」

棘星鬼魂興奮地瞪著樹看。「他會幫忙去找松鼠飛談嗎？」

「他不會去，」根掌告訴它。「他擔心會害天族跟其他部族起爭端。」

棘星的眼神一黯。「他還是可以試試看啊。」

根掌的鼻吻探向他父親。「他要你去試著找松鼠飛談。」他解釋道。

「我不能去，」樹面無表情地看著空地，顯然正在全神貫注，試圖想看見棘星的鬼魂。「這必須靠根掌，只有他才能幫忙你跟她溝通，我是說如果她有要求的話……她一定會要求，因為她需要有證據證明你是真的棘星。但如果是我去，萬一她覺得我說謊，她可能會認為這是天族的某種詭計，到時恐怕會引起很多爭端……」

鬼魂若有所思。「我也覺得找根掌去說，比較可靠。」

根掌的毛髮聳得筆直。「可是我只是個見習生！」他不安地蠕動著腳，樹和棘星鬼魂都在看著他。「我要怎麼進到雷族營地？」

樹若有所思地瞇起眼睛。「你那裡有個朋友，不是嗎？」

根掌不悅地蓬起毛髮。「鬃霜不是我朋友，我只是認識她而已。」

鬼魂的眼裡燃起一線希望。「但你可以去拜訪她啊。」

「這會惹禍上身的！」根掌怒瞪著它。

樹豎直耳朵。「棘星說什麼？」

根掌忘了他父親聽不到棘星鬼魂所說的話。「它覺得我應該去拜訪鬃霜。」

「也許也不算是拜訪啦，」樹喵聲道，「但是等你到了那裡，搞不好她可以幫你忙啊。」

「我要怎麼進雷族？」根掌心臟撲通撲通地跳。他們兩個說得倒輕鬆。

「你偷溜進去。」棘星鬼魂告訴他。

「偷溜進去？」根掌瞪看著鬼魂，簡直不敢相信自己的耳朵。堂堂一族之長竟然叫他破壞戰士守則。

「我可以幫你。」鬼魂繼續說道。「我很熟那塊領地，我會教你怎麼進到營地不被發現。」它說完就轉身沿著丘頂走去。「走吧，我們現在就去。沒有時間可以浪費了。」

根掌驚惶地眨著眼睛，看著他父親。「它要我現在就去雷族營地。」他小聲說道。「它說它可以幫忙我進到裡面，不被發現。」

「你應該去。」樹告訴他。「要是真有另一個靈體在利用棘星的身軀，五大部族可能有危險了。」他表情嚴肅地迎視根掌的目光。「我知道它在要求你做一件既危險又困難的事。但我覺得你應該去試試看。萬一你出了事，我會盡全力幫你。但我知道你辦得到。松鼠飛必須知道這件事。若說有誰能說服得了她，那一定非你莫屬。」

根掌盯著樹的眼睛看，心臟撲通撲通跳。樹說得沒錯。如果棘星的鬼魂需要幫忙，他理當要幫它。於是他向他父親點點頭。「我會去。」

棘星的鬼魂已經消失在山頂的另一頭。「快點！」它喊道。

「你要小心點！」

樹的喵聲從草地另一頭傳過來，這時根掌已經追上棘星的鬼魂，往下坡走去。

✦
✦
✦

根掌緊張地抽動著耳朵，他正跨越雷族的邊界。

「走這邊。」棘星的鬼魂在陰暗的森林裡幾乎完全隱形，它快步經過大片刺藤，停在林地上，那裡有斜坡直通而下，下方是滿坑滿谷的蕨葉叢。

根掌快步跟在後面，鬼魂在前面帶路，穿梭在莖梗間。

雷族氣味迎面撲來，他的鼻子不停抽動。「附近有巡邏隊嗎？」

「我去前面偵察，」棘星的鬼魂彈動尾巴，示意他待在原地，然後就消失了。根掌原地等候，害怕到呼吸急促，終於鬼魂回來了。「到風鈴草林地之前，一路上都沒有貓，快走吧。」

棘星鬼魂悄然無聲地穿梭於莖梗間，跟在後面的根掌只能暗地希望身上的毛髮不會跟葉叢摩擦出聲。

「等一下。」鬼魂下令，全身警戒的根掌緊張到胸口像有刺在扎。他動都不敢動。鬼魂停下腳步，從矮木叢裡往外窺看。「有巡邏隊。」

根掌的肚皮緊貼地面，屏住呼吸，有腳步聲從遠處傳來。他全身發抖，直到對方從旁邊走了過去，消失不見。

「上來吧。」棘星的鬼魂毫不費力爬上一棵橡樹，消失在枝葉間。根掌跟著爬上去，撐起身子，掃視森林。他跟著鬼魂沿著枝幹走，但鬼魂的身影在暗處幾乎看不見。他全身警戒地看著鬼魂跳到隔壁樹上。站在樹枝末端搖晃不定的根掌瞪看下方林地。他不能掉下去。這裡沒有貓兒可以救他。他繃緊肌肉，一躍而起，跳了過去，及時伸爪戳進樹皮。樹枝在他腳下微微顫動，他牢牢抓緊，直到它停止抖動為止。

棘星的鬼魂已經快步走在樹枝上，它經過樹幹，再換踩另一根樹枝。根掌拜天族的訓練之賜，才能跟著鬼魂從一棵樹換到另一棵樹，但心臟撲通撲通跳得厲害。他從來沒在樹上待這麼久過，等到他終於跳回林地時，早被嚇得全身毛髮聳得跟刺蝟一樣。

「營地不遠了。」棘星告訴他。

根掌硬是吞下自己的恐懼。如果剛剛待在樹上的感覺已經夠可怕了，那麼偷偷溜進雷族營地裡，不就更可怕了？鬼魂這時低身鑽進一株荊棘底下，他快步跟上。

「從底下鑽進來。」它下令道。根掌壓低身子，在低矮的灌木叢底下拖行身軀，但毛髮不時被刺勾住，扎得他擠眉皺臉。他發現他被密密麻麻的枝葉完全包圍，離家好遠，他開始莫名恐懼。**我到底在做什麼？**要是他的毛被勾住了，再也出不去，那怎麼辦？誰能救他平安脫困？鬼魂救不了他。鬼魂根本碰不到他。他開始慌了，拚了命地往前爬，只想盡快爬到空曠處。至少到了那裡他就知道自己身在何處了。

「慢一點！」鬼魂的身影閃現在莖梗間，語氣警戒。

「我要快點爬出去。」根掌的雙耳充血。藏身在這布滿塵土的灌木叢底下的他幾乎無法呼吸。為什麼他要同意加入這麼危險的行動？**你不會有事的**，他告訴自己，**你沒有想傷害誰，這不是你的錯。**他終於看見開闊的森林，他快到了。就在他爬出來的那一刻，他全身如釋重負，大口吞著新鮮的空氣。

「等一下！」鬼魂的喊叫聲在他耳邊響起，這時一股強烈刺鼻的雷族氣味覆上他的舌尖。

「你在這裡做什麼？」他聽見錢鼠鬚的喵聲，毛髮瞬間倒豎，他扭頭一看，發現眼前竟是一支雷族巡邏隊，鬃霜、鰭躍和錢鼠鬚都瞪大眼睛，瞪看著他。

錢鼠鬚貼平耳朵，鰭躍帶著敵意，毛髮聳得筆直。鬃霜眨眨眼睛看著他。他縮起身子，一顆心像石頭一樣沉到谷底。這跟當初設想的完全不一樣。他甚至都還沒進到雷族營地。他無助地瞪著錢鼠鬚看，感覺到在鬃霜的目光下，他的全身像著了火一樣。他迅速瞥看四周，尋找棘星的鬼魂，但不見蹤影。他朝錢鼠鬚轉身過去，強逼自己不要發抖。「對不起。」他喵聲道。

錢鼠鬚看了鬃霜一眼，眼神譴責。「妳知道他要來嗎？」

鬃霜愣住。「我不知道啊！我絕不會破壞戰士守則。」

錢鼠鬚敷衍地點點頭，目光又回到根掌身上。他的怒色把根掌嚇到連腳墊都微微刺痛。「我們最好帶你回去見棘星。」雷族戰士吼道。「你自己跟他解釋你來這裡做什麼？」他粗魯地把根掌往前推。

根掌身體僵硬地往前走，很清楚雷族巡邏隊的眼睛全射在他身上，他們分散在他四周，押解著他。恐懼像爪子一樣攫住他的肚子。他當初為什麼要聽他父親和鬼魂的話？又不是他們得面對棘星。他強迫自己不要發抖，但突然警覺到自己犯了一個大錯。

第十一章

鬃霜跟在錢鼠鬚和鰭躍後面，押解著根掌往營地走去。她不安到背上毛髮如水波起伏。她不想離天族見習生太近，免得他們以為她跟他的突然出現有關。看在星族的份上，他為什麼跑來這裡。上次就已經夠糗了，當時葉星准他送獵物過來跟她致謝，謝謝她把他從湖裡救起來。鬃霜本來希望那是他最後一次做那麼鼠腦袋的事，但顯然他對她的愛慕之情比她想像得還嚴重。她靦腆地抽動著耳朵。她是有點喜歡他，他其實還不錯，可是他們分屬不同部族，而且他只是見習生。她絕不可能對他產生任何情愫。

她蓬起毛髮。棘星會怎麼想？他一直在試著阻止各部族破壞戰士守則。而根掌現下就破壞了其中一條最重要的規定。這裡是雷族領地。他不應該來這裡。她焦急到全身發抖，深怕棘星跟錢鼠鬚一樣驟下結論，認定是她叫他來這裡見她。

巡邏隊就快走到營地入口，一路上沒有貓兒開口說話。根掌的尾巴毛蓬了起來，她猜他八成嚇壞了。她希望他是有正當的理由才來這裡。她鑽進陰暗的入口通道，再進到陽光遍灑的空地，這時看見原本躺在擎天架底下的棘星站了起來。松鼠飛就在他旁邊，尾巴原本還漫不經心地抖動著，一看見巡邏隊，立刻跳了起來，表情興味，兩眼發亮。她跟著棘星穿過空地，停在巡邏隊前面。

雷族族長目光先瞟向根掌，再落在錢鼠鬚身上。「他來這裡做什麼？」他的喵聲帶著怒氣。

「他不肯說。」錢鼠鬚告訴雷族族長。「鬃霜跟他比較熟，」他意有所指地看著鬃霜。「也許她可以解釋清楚。」

這跟我沒關係啊！她心跳加快，松鼠飛這時朝她走近，瞇起眼睛。空地四周的雷族戰士都轉身過來看，眼裡閃著好奇。長老窩外的雲尾和蕨毛互看一眼。蕨歌從長草堆那裡過來，點毛本來在亂石堆旁吃一隻老鼠，這時也抬頭張望。

鬃霜很是防備地抬起下巴。「我不知道他為什麼來這裡，」她告訴棘星，「他躲在離我們營地很近的一叢荊棘底下。」

「他擅自侵入雷族領地的行為，已經違反戰士守則。」棘星眼裡閃著凶光。「如果我們還想要星族回來，就必須徹底遵守戰士守則。」

根掌不住的縮，似乎縮小了。

快說話啊！她真希望根掌能為自己辯解。他來這裡一定有他的理由。「他只是見習生。」她喵聲道，希望棘星別太為難他。「他可能只是不小心犯了錯。」

棘星貼平耳朵。「大老遠地跑來這裡犯錯？」

松鼠飛揮動尾巴。「我們可以問清楚啊。」

根掌突然直起身子，轉過頭去，彷彿是看到旁邊有隻獵物。他豎起耳朵，目不轉睛地盯著空蕩蕩的空氣看。他是忘了自己身在何處嗎？他不知道棘星要他給個說法嗎？

「所以呢？」棘星怒瞪著天族見習生。「你進到我領地到底要做什麼？」

根掌朝雷族族長扭頭，但鬃霜注意到他的耳朵仍朝著另一個方向轉，彷彿正在聽誰說話。他遲疑了一下，漫不經心地看著棘星，靜肅的空氣被一隻畫眉鳥的吟唱聲打破。

棘星蠕動著腳，目光愈來愈陰沉。

終於根掌似乎回神了。「我好像在我們邊界那裡聞到惡棍貓的味道，我擔心他們可能惹事。」他沒有坦盪盪地迎視棘星的目光。鬃霜皺起眉頭。他在做什麼？為什麼在天族邊界聞到惡棍貓的味道，就代表他必須拜訪雷族。棘星絕不可能相信這個鬼話。但根掌繼續說道。「不久前，你才幫忙趕走那群母貓……」他遲疑了一下。「那個團體叫什麼？我想不起來了。」

鬃霜不安地抽動尾巴。**姐妹幫啊！**怎麼可能有貓兒忘記她們的幫名呢？尤其是根掌！戰役過後，她們就住在他們的營地裡啊。

根掌一臉期待地看著棘星。「是叫貓后幫嗎？」他眨眨眼睛看著雷族族長。聽起來他好像是在測試他，鬃霜恍然大悟。「是這個名字嗎？她們的幫主叫月光……」

「你到底在囉嗦什麼？」棘星吼道。

根掌毛髮豎了起來。「我只是想記起那群貓的幫名……」

「這跟你跑到雷族領地這件事有什麼關係？」

「我……我只是以為你知道，因為……」根掌的喵聲愈說愈小，棘星怒瞪著天族見習生，陰沉的眼神裡閃著怒光。

松鼠飛訝色地眨著眼睛看著棘星。「棘星，你應該記得啊。」

鬃霜蠕動著腳，棘星竟然忘了，這實在很奇怪。當初松鼠飛支持姐妹幫，結果跟棘星意見相佐到整個雷族都感受到那股張力。

「我記得所有發生過的事情！」棘星厲聲說道，然後朝根掌轉過身去。「但你是住在她們的土地上，如果連你都記不住她們的幫名，我怎麼記得住？」

鬚霜上前一步。「姐妹幫，」她喵聲道，「她們自稱姐妹幫。」

她看見營地四周的族貓們緊張地蠕動著腳。點毛把老鼠勾近一點，尾巴不停抽動。錢鼠鬚左顧右盼，好像對自家族長的表現感到難為情。

根掌表情如釋重負。「對啦，是姐妹幫。我以為你會想知道她們可能還在附近。」

棘星貼平耳朵，眼裡射出敵意。「你為什麼不告訴自己的族長？」他吼道。

根掌無辜地豎起耳朵，但尾巴毛仍然聳著。鬚霜看得出來他很害怕。「我知道松鼠飛曾經跟她們很要好。」他說道。

棘星的表情困惑。

根掌繼續說道：「我以為我是在幫你忙。」

「幫我忙？」棘星朝根掌走近，頸毛豎得筆直。鬚霜屏住呼吸。他看起來好像要攻擊天族見習生。「你侵入我的領地，在我的營地裡質問我，然後說你是在幫我？」

根掌龜縮起身子，眼神驚慌。

錢鼠鬚走上前來，站在年輕公貓旁邊。「他只是瞎編故事來推諉真正來此的目的。」他緊張地覷了棘星一眼，後者看起來已經作勢要攻擊。「他來這裡的目的可能跟上次一樣。大家都知道他暗戀鬚霜，搞不好他只是想見她而已。」

鬃霜突然覺得很丟臉，「才不是呢！」她全身熱燙地喊道。

錢鼠鬚用一種鼓勵的眼神看著天族見習生。「就算鬃霜對這件事一無所知，但我們都知道年輕貓兒一旦喜歡了誰，總是很衝動行事。」

棘星的頸毛稍微貼了下來。「是真的嗎？」他問根掌。「你是來看鬃霜的嗎？」

根掌眨眨眼睛看著他，那眼神就像在看著轟雷路上的怪物眼睛一樣。「是……是真的，」他結結巴巴。「是這樣沒錯。我只是想來跟鬃霜打個招呼。」

鬃霜當場愣住，她莫名一把火，因為族貓們全都盯著她看。她看到鰭躍的鬍鬚很是興味地抽動著。鬃霜覺得丟臉到巴不得鑽回自己的窩穴。她怒瞪著根掌。他為什麼要這樣羞辱她，而且還是在她的族長面前？難道他覺得她會因為這種愚蠢行為而喜歡上他嗎？他腦袋裡長蜜蜂嗎？

松鼠飛走到棘星身邊，尾巴撫過他毛髮倒豎的身子。「他只是個愚蠢的見習生，」她告訴他。「我們年輕時也都做過蠢事。別太苛責他。就把他送出我們的領地，別再追究了。」

棘星發出低吼，表情還是跟懲戒點毛和獅焰時那樣陰沉。如果他連對自己的戰士都無法寬待了，又怎麼可能輕饒別族的貓？

「感情這種事又不牴觸戰士守則。」松鼠飛接著說道，「就只是這樣而已。我相信根掌和鬃霜沒做什麼壞事……」

「當然沒有！」鬃霜厲聲打斷。「是他在單戀，我又沒有！我從來沒有破壞過戰士守則！」她急切地看著棘星，無視根掌尾巴的下垂。

棘星皺起眉頭，但毛髮已經在松鼠飛的安撫下變得服貼。「好吧，」他咕噥道。「我這次就饒過他。不過錢鼠鬚和鰭躍要去一趟天族邊界，帶話給葉星，叫她派支隊伍過來接他。我不會讓他偷偷摸摸地溜回去的。他的族貓得來這裡一趟解釋清楚他們是怎麼教自己見習生的，竟然放任他們越界，侵入別族領地。」

錢鼠鬚眨眨眼睛看著棘星。「也許我們護送他回去就行了。到了那裡，我再當面告訴葉星他闖了什麼禍。」

「他們得自己來一趟。」棘星堅持。「我不會讓天族太好過。他們應該要管好自己的見習生。」

錢鼠鬚垂下頭，轉身朝入口走去，同時彈動尾巴示意鰭躍跟上來。他們一消失不見，棘星就轉頭怒瞪著鬃霜。「既然是妳帶他來的，就由妳負責看守他，直到他的族貓來接走為止。」

我沒有帶他來！鬃霜蓬起全身毛髮，但沒有爭辯，因為棘星說完就昂首闊步地走回擎天架下方暗處，尾巴不悅地彈動著。她看著根掌。「你到底在想什麼？」她領著他朝育兒室走去，路上嘶聲指責他。她把他推進牆邊暗處，那裡不會有誰聽見他們的談話。「你不能這樣隨隨便便地跑進別族的領地。還有你為什麼一定要告訴他們，你是因為我才跑來這裡？棘星才剛開始重視我。現在他一定覺得我跟一個鼠腦袋的見習生沒什麼兩樣。你就不能撒一下謊嗎？」

「我撤啦。」根掌一本正經地眨眨眼睛看著她。

「你說什麼？」難道他是專程來這裡羞辱她的嗎？

根掌鬼祟地瞄了四周一眼，然後目光果決地看著她，彷彿下定了什麼決心。

「我不能跟他們講我來這裡的真正目的。」

「那姐妹幫的事呢？」鬃霜質問道。

「那個也是在撒謊。」他望向旁邊，活像又瞄到獵物一樣，接著意有所指地說道：「那是一個很鼠腦袋的藉口。誰會向別族舉發惡棍貓啊？點子真是蠢斃了。」他懊惱地抽動著耳朵。

鬃霜瞪著他看。「所以你來這裡不是為了要見我？」

「不是。」他喵聲道，眼神還是漫不經心。

鬃霜頓時失望到肚子像被什麼東西塞住似的，只能試圖無視這種感覺。**我根本不在乎**，她告訴自己，**我很高興他不是因為我才來的**。只不過在被莖葉拒絕之後，得知有別隻貓兒仰慕她，本來讓她覺得自己還挺有身價的，哪怕對方是來自別族、完全兔腦袋的見習生。

根掌突然朝他那看不見的獵物轉身過去。「我真的很抱歉，」他急切地告訴它，「如果還有別的方法，我早就做了。」

「做什麼？」她一頭霧水。他到底在幹什麼？為什麼他要對著空氣說話？

根掌又把身子轉回來，瞪著她看了一會兒，好像正在想該怎麼告訴她。

「到底怎麼了？」她追問，表情嚴肅地彈動尾巴。

他表情突然變得堅定。「妳知道樹可以看到死去的貓嗎？」他喵聲道。

「我聽說過。」他到底想說什麼？「樹跟這件事有什麼關係？跟死掉的貓又有什麼關係？」

「我也看到一隻。」根掌看著自己的腳，耳朵不安地抽動。然後他坐下來，無奈地嘆口氣。「是它帶我來的。」

「誰帶你來的？」

「一隻死掉的貓帶我來的。」根掌告訴她。「是它帶路的。」

根掌竟然比她原本想像的還要兔腦袋。「所以有隻死貓帶你來到雷族領地？」她瞇起眼睛。「你真的以為我會相信你？」

「不會，」根掌喵聲道。「我不寄望任何貓兒相信我。怎麼可能相信呢？而且那隻死貓甚至沒死掉，他還活著。可是我還是看得到他的魂魄。」

鬃霜試圖理解。根掌沒有那麼笨啊，他的說法一定有他的道理。她認真看著他。「你看到一隻活貓的鬼魂？」

「沒錯，」他的語氣聽起來似乎很確定。他慢慢地轉一圈，望向育兒室的入口，彷彿想確定附近沒有別隻貓兒。然後他又轉身回來。「這一個月來，棘星的魂魄一直在森林裡跟著我。誰都看不到它，只有我看得到。可是我知道它是真實存在的。就是它要我來這裡。它說現在領導你們部族的那隻貓是個冒牌貨。它趁棘星失去一條命的時候偷了軀體，害真正的棘星回不去。」

鬃霜的目光瞟向擎天架。棘星正躺在陰涼處。松鼠飛僵硬地坐在旁邊。他當然不是冒牌貨！根掌一定是在做惡夢。「不可能！」

「我也希望他不是冒牌的。」根掌聳聳肩。

鬃霜惱火到腳爪微微刺痛。今天本來一切都很順利的。她參加第一支巡邏隊就抓到了一隻兔子，也把風族邊界的氣味記號全都標示好了。她知道棘星一定會很賞識她的表現。結果現在全被根掌破壞了。先是當著所有族貓面前羞辱她，現在又告訴她這個故事，活像她是隻小貓，他說什麼她都相信？「你為什麼要跟我說這個？」

「因為這件事太重要了，我不能不交待清楚就離開這裡。」根掌喵聲道。「在雷族裡，我最信任的貓就只有妳。我以為我們是朋友。」

鬃霜表情愧疚地別開臉，然後遲疑了一下。她為什麼要愧疚？「我是雷族戰士，」她不客氣地回答他，「我忠於我的部族和我的族長。我憑什麼要相信一個天族見習生的鬼話？」

「因為雷族有危險，」根掌繼續說道。「天知道那個冒牌貨有什麼打算或者他偷竊棘星軀體的理由是什麼？」他一臉企盼地搜尋她的目光。

她吸吸鼻子。「你在胡說八道！怎麼可能有誰竊取得到別隻貓的軀體。」

根掌的肩膀垮了下來。「我知道這聽起來很瘋狂，我也能理解妳為什麼不相信我的話。」他瞪著她看，身後的尾巴癱垂在地。「但是妳可以幫我一個忙嗎？」

「什麼？」她怒瞪著他。他現在要做什麼？

「棘星的魂魄帶我來這裡的目的是要我警告松鼠飛。」根掌告訴她。「他要我傳話，要我跟她說：『我不知道是誰跑進我的軀體裡，但那不是我。』」他的眼睛瞪得又圓又大，表情哀求。「拜託妳，妳可不可以這樣告訴她？」

鬃霜惱火地甩甩毛髮。「我不會告訴松鼠飛這麼可笑的事。你是想徹底毀了我的名聲嗎？」

根掌垂下目光。「這絕對不是我的本意。」

鬃霜轉過身去，專注看著空地盡頭。如果根掌是在騙她，想讓她有罪惡感，那麼她根本不必聽他胡說八道。

但是她聽見他嘆口氣，然後在她旁邊坐下來，可憐兮兮地望著營地入口。在他的族貓到來之前，整個等待過程想必漫長又尷尬。

✦✦✦

鬃霜看著露躍和梅子柳從營地帶走根掌。年輕的黃色公貓走在他們中間，垂著尾巴，垮著肩膀。棘星剛剛趁機對天族戰士說了一番教，要他們管好自己的見習生。她看得出來他們被雷族族長羞辱得很火大。她為根掌感到難過。等他回到自家營地，恐怕會更不好過。

她試著不去想根掌可能面臨到的懲罰，也盡量不去想他告訴她的那些鬼話。為什麼他不能誠實告知他來此的真正目的？他會不會真的是來看她，只是因為當面承認太尷尬？她走到生鮮獵物堆。今天真是漫長的一天，她不能再想著根掌的事了。她決定先去吃一隻老鼠，早點回臥鋪睡覺，明天早上才起得來組織黎明巡邏隊。

暮色正籠罩營地，她的族貓們都在分食獵物，在暮光中輕聲交談。棘星已經在擎天架下方打起瞌睡，松鼠飛趁機走到族貓們那裡，穿梭空地，不時停下來與他們閒聊。鬃霜看見副族長站在刺爪旁邊，聽他跟她說，他在櫸木林那兒找到的兔子蹤跡。空地的另一頭，赤楊心正在和火花皮、鰭躍分食一隻畫眉，莖葉則坐在一條尾巴之距的地方，朝獨自坐在戰士窩旁的點毛看了一眼，要花斑母貓寬心。

鬃霜從獵物堆裡拾起一隻老鼠，帶到竹耳那裡，後者正在跟百合心、焰掌一起進食。但她才走近，莖葉便朝她走來，將她推開。

她放下老鼠，眨眨眼睛看著他。「幹什麼啦。」

「我有話要跟妳說。」莖葉伸長鼻吻，挨近她，然後壓低聲音。「妳不該鼓勵根掌的，」他低聲道，「他會一直跑來。」

鬃霜不客氣地抽開身子。「我沒有鼓勵他！」她滿肚子火。

「妳可能是無意的，但他今天就跑來了，不是嗎？妳必須讓他知道你們之間不可能。來自不同部族的貓兒要談感情，根本不可能成功。而且我們本來就應該遵守戰士守則啊。」

「我有遵守。」她的頸毛倒豎。他竟敢暗示她可能破壞了守則？盡全力奉行守則的是她好不好？「根掌不是來找我的。」

「他不是這樣說的哦。」莖葉低聲道，同時環顧部族一眼。「雲尾說他是想見妳才跑來的。」

「那是他在撒謊！」

莖葉瞪大眼睛，滿臉興味。「不然他為什麼要來這裡？」

鬃霜瞪著他看。她不能把根掌告訴她的事說出來。那太荒謬了。「這不關你的事。」她很不高興地甩著尾巴。「別來煩我。」她拾起她的老鼠，帶到竹耳那裡，放在地上，在旁邊坐下來。

竹耳對著她眨眨淺琥珀色的眼睛，眼神滿是關切。「莖葉跟妳說什麼？」

「沒什麼。」鬃霜強逼自己讓身上的毛髮服貼下來，然後咬了一口鼠肉。

竹耳皺起眉頭，顯然明白鬃霜不想跟她討論，於是轉頭回去繼續跟百合心聊。

嚼著鼠肉的鬃霜食而無味。她的思緒翻騰。為什麼根掌要編出這麼鼠腦袋的故事？她甚至沒辦法轉述給其他族貓聽。這太離譜了。而且根本不可能。他們一定會覺得她怎麼會笨到任由他這樣瞎掰。不過他為什麼執意要她告訴松鼠飛呢？他很清楚這一切聽起來有多瘋癲。也許他是從星族那裡得到了什麼神祕的意旨，但又無法解讀。要是她幫他帶話，搞不好松鼠飛能聽出什麼端倪。這是一個她和根掌都搞不懂的謎團，不過雷族副族長也許有辦法解答。

她又咬了一口，意興闌珊地咀嚼著。她甚至不覺得餓。她吞下鼠肉，站了起來，肚子裡像有蝴蝶在撲撲拍打翅膀。也許她應該幫他傳話。松鼠飛一定判斷得出來這訊息重不重要。她看了雷族副族長一眼。棘星已經醒了，正睡眼惺忪地眨著眼睛。鬃霜不敢在他面前轉述這件事，天知道他會作何反應？他現在恐怕還在氣根掌，而這消息只會令他更不爽。

這時棘星站了起來，朝穢物處的通道走去，鬃霜豎起耳朵。他一消失，她就趕緊爬起來。**我要去告訴松鼠飛，這是忠貞的戰士會做的事。就算是胡說八道，那又怎樣？**松鼠飛可以不予理會啊。但至少要讓她知道別的部族可能在謠傳什麼。

松鼠飛抬頭看著走過來的她。「是妳啊，鬃霜。」她點頭招呼她。

「不好意思打擾妳了，」鬃霜緊張地覷著副族長看，只希望自己待會兒說出來的話不會太鼠腦袋。「但我想跟妳談一下根掌的事。」

松鼠飛的耳朵不安地抽動著。「我希望妳忘了他，」她喵聲道，「跨部族的戀情是很危險的，尤其現在這個時機。」

「不是啦，」鬃霜緊張地眨眨眼睛。「我不是要跟妳談那種事。」她的腳爪發燙。「只是他跟我說了一些事情。」

松鼠飛眼神銳利。「什麼事情？」

「他要我帶話給妳。」

松鼠飛朝她挨近。「妳說。」

鬃霜深吸一口氣。「我知道這聽起來很瘋狂，我聽了之後也覺得可能是他瞎編的。可是我認為我還是要告訴妳，因為要是根掌跟我說了這件事，搞不好他也會告訴別的貓，那麼謠言就會傳開來。而我……」

松鼠飛打斷她。「妳快說。」

「根掌說棘星的魂魄這一個月來一直跟著他。」鬃霜不敢再說下去，但還是強逼著自己繼續說。「他說那個魂魄要他帶話給妳，所以他今天才會來這裡。」

「帶什麼話給我？」松鼠飛的目光瞟向穢物處的通道。

鬃霜循著她的目光，心頓時抽緊。棘星回來了嗎？

「他說，『我不知道是誰在我的軀體裡，但那不是我。』」

松鼠飛似乎愣住了，她瞪看著鬃霜一會兒，隨即別開目光。「胡說八道。」她蓬起毛髮。「我很高興妳沒讓棘星聽見這番話。這是我聽過最可笑的事。根掌真的覺得有誰會相信這鬼話？」

鬃霜緊張地蠕動著腳。「他其實也不覺得有誰會相信。但他一定要我告訴妳。」

「我很高興妳跟我說了。」松鼠飛的眼神不安地閃爍。鬃霜胸口一緊。難道松鼠飛覺得這件事多少可信嗎？但這時副族長又恢復了神色。「能預先知道別族可能在謠傳什麼，也是好事，不過現在妳已經告訴我了，我們就把它忘了吧。根掌顯然跟他父親一樣是個怪胎。」

「這說法很瘋狂，是不是？」

「是啊，」松鼠飛點點頭。「是很瘋狂。也許根掌真的相信，不過可能是夢到的，於是以為是星族要他代為傳話。最有可能的是，他只是利用它來掩蓋他來此的真正目的。」她意有所指地看著鬃霜。鬃霜靦腆地聳起毛髮，但松鼠飛還沒說完，「大家都知道他暗戀妳。但我們最好別再理會這件事，這與雷族無關。」她示意鬃霜離開。「快回去把妳的老鼠吃完。」

鬃霜一臉感激地朝松鼠飛點點頭。她終於如釋重負。告訴松鼠飛的這個決定是對的。她不認為根掌在撒謊，他可能認定這是來自星族的意旨，剛好給了他一個藉口過來看她。這是最合理的解釋。她不要再去想根掌或鬼魂的事了。她會忘了他，專心在自己的份內工作上。棘星和松鼠飛都很倚重她，希望她能盡最大努力成為最優秀的戰士。

第十二章

冷冽寒風橫掃影望四周，他全身發抖。遠處上方月池所在的山谷被月色點亮，在幽暗荒原的背景襯托下冗自發光。他總覺得它正等著他，它知道他終於要來分享守則破壞者的異象了。這三天來他心裡隱約有疑慮，卻只能盡量無視。對於那些出現在異象裡的貓……包括鴿翅在內……星族會要求他們怎麼贖罪呢？

他跟著水塘光沿著溪流走，爬上漸趨陡峭的岩塊。他一步一步地往上爬，終於爬上山頂，撐起身子，進入盈滿銀色月光的山谷，這時的他早已氣喘吁吁。其他巫醫貓像石頭動也不動地坐在山谷裡，旁邊的月池粼粼閃爍。

水塘光停在他旁邊。他看了影望一眼。「你今天很安靜欸。」

「我在擔心被我們留下來的雪鳥，」他告訴他。但其實他只說了一半的實話，不然他要怎麼說呢？他還沒告訴水塘光他打算在會議裡宣布什麼。「她的腳癒合得不如預期。」他想到那隻受傷的母貓，也想到焦毛，後者身上仍敷著藥膏在療傷。還有鴿翅裂開的耳朵以及石翅的尾巴。蟻毛三天前已經埋葬，全部族都還在服喪。他必須將守則破壞者的異象告知大家。這是保護影族不再被星族怒氣波及的唯一方法。

就在他沿著坑坑疤疤的岩地往下走時，他才發現月池已經融冰了，池水宛若夜色那般幽黑，沒有星光反照在光滑的水面上。星族似乎仍離他們很遙遠。

斑願一看到影族貓來了，立刻站起來，走過來點頭招呼他們。「你們認為星族今晚會跟我們交通嗎？」

水塘光的目光暗沉。「希望會。」

水池邊的松鴉羽用盲眼瞪著前方。「如果星族想交通，自然會跟我們交通。」

赤楊心看了幽暗的池水一眼。「只有我覺得月池今晚看起來很怪嗎？」

「它看上去比平常要幽黑。」隼翔的耳朵不安地抽動。

「不過就是池水而已。」蛾翅突然說道。「我們到時就知道怎麼回事了。」她蹲在水池邊，彈動尾巴示意柳光靠近。

影望腳爪不禁發抖，但強忍住。他必須搶在他們用鼻子接觸水面前先說出實情。他得趕在星族又一次對他們沉默不語之前，先讓他們知道哪裡出了錯。他深吸一口氣。等他告訴了他們之後，他們會怎麼說呢？「我想我知道星族為什麼不再跟我們交通。」他脫口而出。

隼翔朝他扭過頭去。「你為什麼會知道我們不知道的事？」

「星族有讓我看見一個異象，但我沒告訴你們。」影望繼續說道，其他貓兒全都驚訝地眨著眼睛。「幾個月前我們來這裡的時候，有個聲音對我說，部族貓忘記了守則，」他閉上眼睛，引述對方的話。「守則一再被打破，因為守則破壞者的關係，每個部族都要付出代價，他們必須受到折磨。」

「折磨？」斑願瞪著他看。「星族以前從不會想要我們受到折磨。祂們都想幫助我們。」

影望沒有退卻。「這是祂們告訴我的，」他堅稱道，「祂們還讓我看到有哪些貓兒是守則破壞者。」

隼翔貼平耳朵。「有誰？」他追問道。

「鴉羽、松鼠飛、松鴉羽……」

松鴉羽聽見影望點名他，不禁愣了一下。「我？為什麼是我？」

影望看著他。「我也不知道。」

「還有誰？」赤楊心緊張地問道。

「鴿翅，」這名字令影望哽咽，因為他點名自己的母親也是守則破壞者。他雖然頭昏沉沉的，還是強迫自己繼續說下去。「獅焰、嫩枝杈和蛾翅。」他避開河族巫醫貓的目光，全身充滿罪惡感。

水塘光瞪著他看，眼裡閃現怒光。「你事先為什麼沒跟我講？」

「我不能說啊，」影望看著自己的腳。「虎星要我隱瞞這件事，因為他擔心鴿翅。」他看了巫醫貓一眼。「他也擔心所有守則破壞者。」

松鴉羽低吼。「他擔心得對，棘星一直在主張處罰那些破壞守則的貓。」

「也許棘星說的是對的，」影望輕聲說道。「這個異象說，五大部族會因守則破壞者的所作所為而受到折磨。不過也許只要守則破壞者改正過來，其他貓兒就能逃過一劫。」

蛾翅惱火地甩打尾巴。「胡說八道！這證明了我以前的想法是對的。我們不應該讓祖靈牽著我們的鼻子走。只有少數貓兒犯了錯，憑什麼讓所有貓兒都跟著受罪？」

「我們不能因為不同意星族的想法，就轉身離開祂們，」柳光眨眨眼睛看著他以前的導師。「祂們無所不知，懂的比我們多。」

蛾翅發出不悅的低吼聲，影望迎視她的目光。「最近影族有很多貓兒受傷，要是這是星族刻意給的教訓，我們就不能坐視不管。我們必須導正才行。」

「貓兒受傷是家常便飯，」蛾翅反駁道。「如果每次有戰士受傷，我們就認定是星族在教訓我們，那我們恐怕得一併認定星族從來沒有喜歡過我們。」

「這次不一樣，」赤楊心輕聲說道。「這是第一次星族不再跟我們交通，」他朝那片幽黑靜止的池水點頭示意。「你們想想看，有哪一次月池水面上沒有星光在閃爍？這真的不太對勁。如果影望看到了異象，告訴我們哪裡出了錯，我們當然應該聽進去。」他緊張到那身暗黃色毛髮不停起伏。

影望不免同情起赤楊心，因為後者的母親也在名單中，所以他知道要承認守則破壞者可能是造成星族沉默不語的主因，這對赤楊心來說有多困難。「我不能讓我的族貓受苦。」

隼翔突然怒瞪影望。「你確定你聽到的異象真的是這樣？」

「我已經把我所聽到和看到的都告訴你們了。」影望告訴他。

「可是我們要怎麼確定你沒有記錯？」隼翔環顧其他貓兒。「他是我們當中最年輕的。我們憑什麼要相信一隻沒什麼經驗的貓？」

水塘光走到影望旁邊。「他從小就看得到異象，」他語氣堅定地說道。「他只是想把事情做對。」

斑願點點頭。「這個異象很清楚，我不覺得影望有可能聽錯。」

隼翔皺起眉頭。「可是這沒道理啊，」他喵聲道，「為什麼鴿翅被點名，虎星卻沒有？他們都一樣愛上別族的貓啊。他們兩個是一起私奔的。為什麼只有鴿翅要負責？這似乎不太公平。」

松鴉羽氣憤地揮動尾巴。「還有為什麼我被點名？獅焰也被點名？我們什麼時候破壞了守則？」

「我們難免都會破壞守則，」隼翔直言道，「而且都是在不知情的情況下。」

「那為什麼不把每隻貓都點名出來？」松鴉羽不客氣地回嗆。「就因為我母親破壞過守則，我就活該被懲罰嗎？跟別族的貓生下小貓的是她，又不是我！」

斑願對著松鴉羽眨眨眼睛。「星族都已經開口了，」她喵聲道，「我們必須聽命服從。」

松鴉羽哼了一聲。「妳說得倒容易，妳又沒被點名！天族貓一個都沒被點名到！」

赤楊心皺起眉頭。「我不懂為什麼星族現在才決定這些守則破壞者必須受到處罰？以前為什麼不說？戰士破壞守則的這種行為，從好幾代以前就有了，早在我們出生前就發生過。但星族從沒要求過部族必須為此贖罪，直到今天才出聲。」

影望不安到毛髮微微刺痛。其他巫醫貓為什麼要質疑他？他們應該付諸行動，而不是討論。「我們在浪費時間，」他說道。「我們應該決定接下來該怎麼做才對。」

「我們應該把這異象告訴部族嗎？」柳光陰沉的眼神在月光下閃爍不定。

「不行，」松鴉羽的藍色盲眼射向她。「要是被棘星知道該把誰揪出來扛罪，天知道他會做出什麼事。」

「但我們也不能繼續隱瞞啊，」赤楊心爭辯道，「這件事太重要了。」

斑願點點頭。「它會影響所有部族貓。」

影望的胃突然揪緊。「我們必須告訴他們。」他的族貓已經因為他的噤聲而受到太多的苦難。

隼翔點點頭。「如果這是真的，我們的族貓理當知道真相。」

「他們早就該知道了。」水塘光喃喃說道。

影望聽得出來他同伴話中帶刺。**他是在氣我對他隱瞞實情。**

赤楊心甩動尾巴。「守則破壞者愈早贖罪，部族就能愈早脫離苦難。」

斑願抬起鼻吻。「我們現在就各自回去稟告族長。」

柳光抽動著耳朵。「希望他們知道該怎麼做。」

山谷裡的寒氣掃過影望的毛髮。他其實還有另一個告解。他只能打起精神，做好準備。其實打從一開始，他就知道第二個告解遠比第一個難多了。他得親自告訴虎星，他自食其言地告知了其他巫醫貓。他不敢想像他父親會有多憤怒，但他知道自己終將面對這一切。恐懼像蝴蝶一樣在他的胸口撲撲拍打。但是他仍覺得如釋重負。他終於說出了他所見到的異象。現在五大部族可以採取行動了，族貓們所受到的折磨就要結束了。

他看見松鴉羽在月池邊趴了下來，盲眼貓用鼻頭輕觸水面。他還在指望星族今夜與他交通嗎？松鴉羽閉上了眼睛。雷族貓的話言猶在耳。**要是被棘星知道該把誰揪出來扛罪，天知道他會做出什麼事。**影望全身差點打起哆嗦，但強忍住。他的異象會終結族貓們所受的苦難嗎？還是會讓苦難變本加厲？

✦✦✦

影望一直等到天亮。他不想再試著讓自己入睡，反而焦急地從臥鋪那裡往外張望。好不容易等到淺淺的天光終於驅走黑暗，黎明巡邏隊的腳步聲在空地響起，準備集合。心跳加快的他從臥鋪裡爬出來等候，一直等到蛇牙、蓍草葉、松果足、和鷗撲都出了營地，他才低身鑽出窩外，穿過空地，朝他父親的窩穴走去。

「虎星。」他朝窩裡低聲喊道，一顆心撲通撲通跳到他都感覺得到全身上下好似也跟著心跳在脈動。水塘光本來提議陪他一起去跟虎星招認昨晚月池的事，但影望覺得他必須自己單獨處理。是他背叛了他父親對他的信任。

窩裡的蕨葉一陣沙沙作響，影望往後退，他聽見腳步聲在裡頭響起。

他父親出現了，眨眨眼睛進入空地。「出了什麼事？」他瞪大眼睛，表情擔憂，掃視還在沉睡中的營地。

「部族平安無事。」影望要他放心。

鴿翅也從虎星旁邊鑽出來，一臉焦急地看著影望。「現在還很早，」她喵聲道，「一切都還好嗎？」

「我有事要告訴你們。」影望回頭看了一眼，想確保沒有其他貓兒會聽見。「是半月會議的事。」

虎星眼色一黯。他猜到了嗎？

鴿翅表情嚴肅地偏著頭，「聽起來很嚴重。」

「是很嚴重。」影望緊盯著他父親的目光，呼吸急促。「我把我看到的異象告訴其他巫醫貓了。」

虎星眼裡閃現怒火。

鴿翅一臉不解。「什麼異象？」

「星族讓我看見的異象，」影望的目光移向他母親。「祂們告訴我，各部族裡都有守則破壞者，族貓們是因為他們才飽受苦難。」

鴿翅的耳朵豎了起來。「守則破壞者？」

「祂們還點名了哪些貓兒破壞守則。」他語氣哽咽，強迫自己不能移開目光。「妳也在其中。」

鴿翅好像突然縮起身子，她焦急地看著虎星。「那你父親呢？」

「祂們沒有點名他。」

「還有哪些貓？」鴿翅的喵聲裡夾雜著恐懼。

「鴉羽和松鼠飛，」影望不敢看虎星。他從眼角餘光看到他父親呼出的鼻息在冷空氣裡化成裊裊白煙。他想祈求他的原諒，但仍繼續說道：「還有松鴉羽、嫩枝杈、獅焰和蛾翅。」

「只有這幾個？」他母親瞪看著他。

「祂們只讓我看到這幾個。」

「不可能只有我們這幾個破壞戰士守則。」鴿翅朝虎星扭頭。「你也破壞過啊，為什麼你沒被點到名？」

虎星瞪看著影望。「你不該告訴他們的。」他低吼道，不悅地彈動著尾巴。

「我必須說出來，」影望堅守立場。「厄運一再降臨我們族貓身上。蟻毛死了，這是星族給的警告，你難道看不出來嗎？祂們曾警告我部族貓必須付出代價，他們必須受到折磨……所以我得說出來，才能阻止可怕的事情繼續發生。」

虎星貼平耳朵。「萬一知道了守則破壞者是誰，反而招致更多傷害和痛苦，那怎麼辦？」

「我必須行動，」影望堅稱道，「我不能坐視不管，讓更多厄運降臨在我的族貓頭上。」

虎星瞇起眼睛。「所以松鴉羽和赤楊心要去告訴棘星嗎？」

「沒錯，」影望吞了吞口水。「他們必須說出來。」

「你為什麼沒被點到名？」鴿翅又追問了虎星一次。

虎星冷峻地看著她。「星族可能會揪出更多貓兒，就算祂們沒有，我相信棘星也會揪出更多。」

影望的心頓時揪緊。這只是開始嗎？五大部族會因為這些點名和指控而分崩離析嗎？他突然恍然大悟自己做了什麼，腳下地面似乎也跟著顫動。「對不起，」他脫口而出，「我只是想保護我們的部族。我必須告訴他們我看到的異象。」

虎星怒瞪著他。「就算不管傷害到誰，也沒關係嗎？」他的語調因怒氣而變得強硬。

「你別那麼兇嘛，」鴿翅用尾巴輕撫虎星的尾巴。「我們不是從小就教導他要誠實嗎？」她對著影望眨眨眼睛。「而且我幾天前才告訴他要講實話。」影望的心好像碎了一地。他母親顯然明白是她的話鼓勵他背叛自己的母親，據實以告其他巫醫貓。他看見她的綠色眼眸裡閃著慈愛的光，不禁羞愧。「我以他為榮，」她喵聲道，「是我破壞了守則，如果星族要懲罰我，我就必須面對它。」她抬起下巴，毛髮平順光滑。「我們必須服從祂們的命令。」

虎星氣得毛髮倒豎。「看你做了什麼好事！」他對著影望大吼。「等到其他族長聽到這件事，天知道會互揭瘡疤到什麼程度？要是有誰檢舉我，那影族怎麼辦？我就再也不能保護你母親了。」

影望挺起身子。他的心不再被羞愧緊緊攫住。他做了對的事情。他相信自己做得很對。他表情堅定地迎視他父親的目光。「忠貞和誠實是每位戰士的責任，你向來為你的部族盡心盡力，因為有你，影族才能繼續站在這裡。沒有貓兒有資格指控你。」他看了鴿翅一眼，「你們兩位都不是壞戰士。」

鴿翅的腰側貼著虎星。「他說得沒錯，」她低聲道，「我們也許曾經破壞戰士守則，但每位戰士一生中難免都會做錯一些事。我們必須相信星族會公平處置。」

「那祂們為什麼現在才揪出守則破壞者？」虎星對她眨眨眼睛。「我們犯的錯並不比以前的戰士犯的錯來得嚴重，為什麼是我們得受到懲罰？」

「我不知道，」鴿翅低聲道。「但如果可以因為我的贖罪而拯救影族，那麼我願意。」

某種可怕的預感陰森出現在影望的思緒裡。他強忍住心中的恐懼。他知道把實情告訴其他巫醫貓是對的，但接下來會發生什麼事呢？鴿翅必須為了拯救自己的部族而受盡折磨嗎？虎星說得也有道理。為什麼星族只點名這幾隻貓？又為什麼現在才點名？他的心跳不免加快。**星族啊！求祢們憐憫，我已經照祢們的話做了。**他看了黎明水色的天空一眼，只希望祂們能夠聽見。**千萬別因我的誠實而害鴿翅受苦。**

第十三章

根掌拉了一坨青苔穿過空地，把它堆在空地的邊緣。自從露躍和梅子柳把他從雷族營地押解回來之後，葉星就派他去打掃臥鋪。他下定決心要證明給大家看，他是部族裡最厲害的清掃員。但是目前為止，清掃員就只有他一個。他甩掉身上的灰塵，走回戰士窩裡。棘星鬼魂正看著他把汙濁的石楠從鼠尾草鼻的臥鋪裡抽出來。他已經工作了一整個早上，鬼魂始終沒離開他身邊。

根掌用後腿坐了下來，「你又幫不了我的忙，幹嘛一直在我旁邊轉？」

「我還能做什麼呢？」棘星鬼魂走到入口，往外窺看。「只有你能看得到我啊。」

根掌很是惱火，伸爪揉搓掉卡在他鬍鬚裡的細枝枯葉。鬼魂老是黏著他，不過至少他已經說服它上課的時候別來找他。他終於讓它明白他需要重新取得葉星和露躍的信任，而要做到這一點，最好的方法就是證明給他們看，他真的想成為戰士。鬼魂不是很高興，但勉強同意，畢竟它還是很感激根掌至少有幫它帶話給松鼠飛。現在他們也不能做什麼，只能靜觀其變。

「根掌！」鬼魂從入口那裡嘶聲喊他。

根掌抬起頭來，腳爪上盡是壓扁的石楠。「什麼事？」

「葉星在召集部族會議！」鬼魂鑽出窩穴。「快一點來！」

根掌擦掉腳爪上的葉渣，跟在鬼魂後面出來，好奇開會的目的是什麼。

他走到空地邊緣時，族貓們已經齊聚草地上。葉星站在中間，目光冷靜，這時斑願和躁片走到她旁邊。

根掌掃視族貓們，棘星的鬼魂繞著他走來走去。

「發生什麼事了？」根掌低聲問馬蓋先，後者就停在他旁邊。

馬蓋先聳聳肩。「我不知道啊。」

鬼魂坐到他們中間，覷著巫醫貓看。「你覺得是星族有意旨要傳遞嗎？昨晚巫醫貓們開過半月會議了，但是為什麼沉默已久的星族現在才要傳遞意旨給他們？」根掌甩甩毛髮。他還有三個臥鋪要清理，清理完了之後還得去上課。他真希望鬼魂暫時別再問他問題。被鬼纏身真是件很累的事。

棘星眨眨眼睛，急切地望著斑願。「搞不好是松鼠飛把我傳的話告訴巫醫貓了。」

「族貓們，」葉星的目光掃過空地。「斑願從半月會議裡為我帶來了新的訊息。」她朝雜棕色的虎斑貓點頭示意，後者上前來發言。

「影望從星族那裡得到一個異象，」斑願開口道。族貓們驚訝的低語聲如漣漪漫了開來。「祂們告訴他，部族忘了戰士守則，祂們還讓他看見有哪些貓是守則破壞者，祂們說，因為他們的關係，部族必須受苦。」

哈利溪豎起耳朵。「就跟棘星先前說的一樣嘛。」他喵聲道。

鬼魂喉間響起低吼。根掌沒理它。他想聽清楚巫醫貓接下來要說什麼。他一臉企盼地看著斑願。

空地對面的梅子柳甩動尾巴。「為什麼必須受苦？天族向來很重視戰士守則啊。」

戰士們焦急地互看一眼，雀皮看著斑願。「星族有說是誰破壞戰士守則嗎？」他質問道。

「祂們點名獅焰，」斑願開始說出名字。「鴉羽、松鼠飛、松鴉羽、鴿翅……」她還沒說完，馬蓋先就打斷她：「沒有天族貓啊。」

「這表示我們不會跟著遭殃吧？」哈利溪滿懷希望地瞪看著巫醫貓。

「我不知道，」斑願蠕動著腳。「不過沒錯……天族貓沒有被點名到。」

空地上的天族貓似乎都如釋重負。他們的毛髮服貼，尾巴鬆垂。根掌看了鬼魂一眼。好多隻雷族貓被點名。鬼魂憤怒地甩打尾巴。「為什麼星族要附和那個冒牌貨？」他低吼。「難道祂們不知道他只是想在部族間製造事端嗎？」

「噓！」根掌很小聲地說道，卻被馬蓋先狠瞪一眼，他當場愣住，趕緊把目光移回斑願身上。

巫醫貓的眼裡閃著不安。「星族沒有說我們要怎麼修補這件事。或者我們必須受多少苦。」

哈利溪看著葉星。「如果棘星是對的，那麼我們一定要確保自己是重視戰士守則的。」

梅子柳怒瞪著他。「我們有啊。」

雀皮在她旁邊點點頭。「所以我們才沒被點名啊。」

「守則破壞者必須道歉和贖罪。」哈利溪堅稱道。「這樣星族才會回來。」

棘星鬼魂全身毛髮倒豎。「他的語氣跟那個冒牌貨一樣。」它瞪著根掌看，眼神戒備。「為什麼大家都相信那個騙子的話？」

根掌沒理它。

鷹翅瞇起眼睛。「星族要我們做什麼呢？」他喵聲道，「我們的表現已經合格了啊，還能再做什麼呢？」

葉星聳聳肩。「我猜我們就靜觀其變其他部族的做法吧。」

樹上前一步。「那棘星呢？」他冷峻地說道。

「他一定會照他自認適當的方法處置他們的守則破壞者。」葉星回答。

「可是你見過他在大集會上的態度了，」樹追問道，「只要有誰反對他，他就指控對方是守則破壞者。我不信任他。他是在利用星族讓各部族反目成仇。」

鬼魂豎起耳朵。「樹太瞭解了。」它對著黃色公貓眨著眼睛。「冒牌貨是想讓大家互揭瘡疤，藉此離間各部族。為什麼只有他看出這一點呢？」

根掌試著不讓身上的毛髮蓬亂起來。樹和鬼魂都看到了問題，但他們看到的問題也可能永遠不會發生。來自星族的意旨已經明確告知，問題是出在守則破壞者身上。

葉星眨眨眼睛看著樹。「棘星是很積極地在找出守則破壞者，」她承認道。「不過既然現在他知道了星族怪罪的是哪幾隻貓，可能他就會鬆口氣，不再那麼挑釁。」

「她真的相信這種事？」鬼魂不可置信地說道。

葉星看著她的戰士們。「對其他部族來說，現在並不好過，」她告訴他們。「因為我們的家園就在湖邊，雖然星族沒有點名到我們，但不管其他部族做了什麼決定，我們都應該予以支持。」

「要反抗那個冒牌貨，才是支持他們啊！」鬼魂的毛髮豎得筆直，但這時葉星已經跟在斑顧和躁片後面往巫醫窩走去，天族戰士也都各自回去工作。

根掌走回戰士窩，示意鬼魂跟他保持一條尾巴的距離。「也許等守則破壞者都被處置完畢之後，星族就會讓你回去自己的軀體了。」他們一遠離其他族貓，他便這樣低聲說道。

鬼魂一臉訝色地瞪看著他。「你認為是星族故意讓冒牌貨占據我的軀體？」

「也不見得啦，」根掌垂下目光，「可是松鼠飛有被點到名，」他直言道，「所以也許是星族認為交由別隻貓兒來處置這件事，比較不會有包袱。」

鬼魂縮張著爪子。「不，是冒牌貨在利用星族。我們必須阻止他，免得為時已晚。」

「他要怎麼利用星族呢？」根掌迎視他的目光，表情不解。「祂們的力量比任何一隻貓兒都大。」

鬼魂瞪看著他，眼裡盡是挫折。「這中間一定出了什麼問題。」它臉色陰沉地低聲說道。說完轉身離開，尾巴微微發抖。

「根掌，」紫羅蘭光正朝他走來，眼神關切。「你一定要答應我，別再去找鬃霜了。」她緊張地說道。

他對她眨眨眼睛。「我不是去找她啊。」

「我知道，」她聽得漫不經心，但又隨即說道，「如果星族對守則破壞者很不滿，你在行為上就最好多注意一點，不要再偷偷跑到雷族。現在還沒有天族貓被點名，我不希望你成為第一個被點名的天族貓。」她神情惶恐。「而且我也不希望你跟一隻雷族貓交往。不管葉星怎麼說，但我相信棘星一定會拿這件事當藉口製造事端。」她的耳朵緊張地抽動著，「我只希望嫩枝杈沒事。她是在你還沒出生前就更換了部族。」紫羅蘭光表情擔憂。「不知道這算不算破壞守則？」

根掌聳聳肩。「斑願沒提到她。」

紫羅蘭光焦慮地看著他。「你保證不再去見鬃霜？」

「我保證。」他拿鼻頭輕觸她的面頰。他沒有騙她，只是他不確定自己能不能守住這個承諾。要是這則消息會給雷族帶來很大的問題，鬃霜或許需要幫手。

✦✦✦

根掌蓬起毛髮。今夜很冷，寒風肆虐整座島嶼。棘星在巫醫貓宣布了影望所看見的異象之後，隔天便要求緊急召開大集會。根掌低頭鑽進族貓當中，在紫羅蘭光和樹中間坐下來。他的目光越過其他貓兒的頭，看見棘星早已端坐在大橡樹的低矮樹枝上。

雷族族長抬起鼻吻。「我們開始吧。」

虎星和霧星正匆忙往橡樹走去，他們的族貓群聚在樹蔭底下。兩位族長爬上樹幹。兔星和葉星在樹枝上挪動身子，騰出空間。

鬼魂正從空地邊緣窺看。擠在貓群裡的根掌幾乎無法從自己的視線看見它。自從斑願宣布了那個異象之後，鬼魂就一直很不安，老是糾纏著根掌，要他保證會想辦法阻止那個活的棘星利用此異象來傷害各部族。根掌試著不對這件事抱任何成見，畢竟目前為止，雷族的這位族長並沒有實際傷害過任何一隻貓。根掌只希望星族停止憤怒，趕快回來。但是如果這表示得先忍受冒牌貨一陣子，那也不是不可以。

「你們都已經知道影望所得到的異象了。」棘星的目光在星光下猶如兩團怒火。貓群一臉提防地看著彼此。「我一直以來的主張是對的。星族憤怒是因為有太多戰士破壞守則。祂們給了我們一份名單，全是犯行最嚴重的破壞者。」他的目光從鴿翅那裡掃到鴉羽，再瞟向蛾翅和松鴉羽。根掌好奇他會不會也對松鼠飛同樣憤慨。畢竟她也在名單裡。但是雷族族長沒有望向正全身僵硬地坐在其他副族長當中的松鼠飛，反而繼續說下去：「我有個計畫。」他才瞇起眼睛，幾乎所有族貓就同時往他的方向傾身過去，不約而同地豎起耳朵。「守則破壞者得為他們的罪行負起責任。他們必須贖罪！」

在他旁邊的虎星豎起毛髮。「贖罪？」他不客氣地打斷，「這話到底什麼意思？」

下方的鴿翅動也不動地坐著，反而是她四周的族貓緊張地蠕動身子。根掌注意到虎星的目光不安地瞟向他的伴侶貓，然後又彈回棘星身上。

棘星鼻吻轉向影族族長。「他們理應受到懲罰。」

「怎麼懲罰？」虎星質問道。

棘星緊盯住他的目光。「這次大集會就是為了這個目的開的。」他自信地說道。「除非守則破壞者為自己的罪行受到懲罰，否則星族不會回來。」

松鼠飛抬眼看他，眼神陰黯。「你確定星族想要他們受到懲罰嗎？」她緊張地問道。「祂們只是說每個部族都必須付出代價。所以也許我們應該一起承擔，而不是針對個別的貓兒。」

棘星的目光射向她。「祂們已經逐一點名每個守則破壞者了！」他不客氣地回嗆。「顯然是要他們受到懲罰。」

松鼠飛看著自己的腳，整個身子瞬間像縮小了一圈。根掌皺起眉頭。她怎麼這麼容易就退卻了？就在松鼠飛低頭看著自己的腳時，雷族族長再度環顧貓群。

「我們必須決定要怎麼懲罰這些守則破壞者。」他低吼。

「我們？」虎星貼平耳朵，喵聲憤慨。「你的意思是你自己吧？這件事發生後，你開口閉口都是要貓兒受到懲罰。你根本是在利用星族的沉默不語來離間各部族！」

根掌看見鬼魂朝橡樹走近，它瞪看著虎星，亢奮地豎直毛髮。

樹枝上的棘星這時壓低身子，齜牙咧嘴，表情威嚇。「但星族不再沉默了，祂們給了我們這個異象，明白告知誰是守則破壞者以及他們必須受到懲罰的原因。所以除非道歉贖罪，否則牠們不會回來的。在雷族，我們已經開始對那些破壞守則的貓兒施以更嚴厲的懲處。你們應該有注意到獅焰不在這裡……」

低語聲像漣漪一樣在貓群裡漫了開來，他們現在才發現金色公虎斑貓不見蹤影。貓兒們緊張地低聲交談，訝色地互看彼此。獅焰是老資格的雷族戰士了，早在根掌還沒出生前，就曾參與過幾場重要戰役……不過這些對棘星來說似乎不再重要了。

「他被放逐了，還沒回來，」雷族族長繼續說道。「因為他破壞了守則，必須付出代價，接受懲罰，點毛也一樣……」他的尾巴指向花斑母貓，後者跟莖葉站在空地邊緣。「她應該心存感激她只得到小小的懲戒，族貓們都不准跟她說話，刑期只有四分之一個月。是不是啊，點毛？」

點毛沒有吭氣。棘星滿意地喵嗚笑了……那笑聲令根掌全身不舒服到微微刺痛。

「你們會發現星族很高興我們這麼做。」

樹在根掌旁邊不安地蠕動著腳。「他是在利用這個機會想把所有部族改造成一群復仇心切的惡棍貓。」他在根掌耳邊低語。「這個冒牌貨比暗尾好不到哪裡去。如果他不收斂點，所有部族早晚被他毀了。」

根掌眨眨眼睛看著他父親。「也許他只是想幫忙。」

「像他這樣折磨大家，是能幫上什麼忙？」

「搞不好星族就會回來了。」根掌堅稱道，哪怕疑慮仍像針尖一樣扎著他的腳爪。

「如果星族只想看見我們痛苦，你還希望祂們回來嗎？」樹瞪看著根掌，眼裡有光閃爍。

根掌不知道如何回答。驚恐像蝴蝶一樣在他的胸口撲撲拍翅。這場大集會是不是已經害樹心灰意冷到決定帶全家離開部族？

虎星的毛髮根根倒豎。「你無權決定別族貓兒的命運。」他對著棘星齜牙低吼。

「你也沒有權利為守則破壞者辯護，因為你的伴侶貓也是其一！」棘星回嗆。

「你的也是！」虎星的目光射向松鼠飛，後者似乎畏縮了好一會兒才一無所懼地抬高下巴。

「她的問題我自會處置。」棘星喵聲道，「我也會嚴厲處置我部族裡的守則破壞者，希望你也能做到。獅焰、松鴉羽、嫩枝杈……」他那威嚇的目光射向他的族貓們，「他們都會贖罪的。」

嫩枝杈！根掌的心抽了一下。他看了紫羅蘭光一眼。她的姊姊也被點名了。紫羅蘭光的目光射向嫩枝杈。雷族母貓正弓背坐在她的族貓當中，瞪大著眼睛。根掌的背脊一涼。原來嫩枝杈也是星族報復的目標之一，這使得根掌終於能感受到其他部族的貓兒這一陣子以來的心情。他突然義憤填膺起來，**如果我沒有親屬受到威脅，我會開口為他們抗辯嗎？**

根掌望向鬼魂，它正懊惱地走來走去，頸毛豎得筆直。它捕捉到根掌的目光，眼裡閃著驚恐。根掌從貓群中間擠過去，鑽到鬼魂所在的空地邊緣，帶著它離開貓群。「你說得對，」他小聲說道，「那個冒牌貨只想傷害貓兒。他根本不在乎這會對部族造成什麼影響。」

棘星鬼魂的表情如釋重負。「謝謝你，」他喃喃說道。「謝謝你相信我。也許你也可以說服其他貓兒……」

但聲音愈說愈小，因為他正朝大橡樹轉頭，剛好看見兔星小心翼翼地走向枝幹邊緣，迎視冒牌貨的目光。「我們怎麼知道星族想要做出什麼樣的處置？」他緊張地問道。

「星族顯然相信我們可以自行決定。」棘星告訴風族族長。

霧星瞇起眼睛。「我們真的能夠確定那個異象是來自星族嗎？」

「當然是！」棘星朝虎星扭頭，目光嚴肅。「你的兒子不會撒謊吧？」

「他當然不會！」虎星蓬起毛髮。

棘星目光移回霧星身上。「是巫醫貓把來自星族的異象告訴我們，你要否認這一點嗎？」

「我沒有，」霧星告訴他，「我只是想在我們開始處罰貓兒之前，先搞清楚自己在做什麼。」

「他們破壞了戰士守則，不是嗎？」棘星瞪著她看。「如果守則不能確實遵守，那要守則幹什麼？」他沒有等她回答，反而看著葉星問道：「妳一直沒發言。對於維護戰士守則的這件事，妳也打算反對嗎？」

霧星豎起毛髮。「我沒有反……」

但棘星直接打斷她，兩眼盯看著天族族長。「葉星，妳同意守則破壞者應該受到懲罰吧？」

葉星把尾巴蜷在腳下。「天族貓沒有被星族點到名，所以其他部族要怎麼處置他們的守則破壞者，由他們自行決定。」

棘星垂下頭。「很好。那麼我們現在就來決定適當的懲戒方法。」他朝貓群轉身回去。「大家有什麼想法？」

根掌看見棘星的目光掃向族貓們，頓時覺得噁心想吐。

鬼魂繞著根掌轉。「為什麼沒有貓兒敢質疑他？」

根掌沒有吭氣，發現現場一片寂靜。

「你一定得做點什麼！」

「我能做什麼呢？」根掌嘶聲說道，同時緊盯著旁邊的貓群，他們像被催了眠似地只會瞪著棘星看。

「說話啊！你總要說點什麼啊！你不能坐視不管！」鬼魂甩著尾巴。「不管是誰待在我的軀體裡，他要製造的亂子才剛開始而已。」

根掌試著不理他，往貓群移近。現在發言也無濟於事，只會害他惹禍上身。

鬼魂把鼻吻探近。「他就要毀了五大部族了！」它吼道，「他會先讓各部族反目成仇，再離間各部族。」

根掌滿是沮喪，**不要對我吼！我跟你一樣無助！**他低頭躲開鬼魂。

但它緊跟在後，站得更近，鼻子離根掌的臉只有一根鬍鬚之距。「總要有誰開口說話吧！」

「閉嘴！」根掌忍不住脫口而出。

好多張臉瞬間朝他轉向，月光下，每雙眼睛都炯炯發亮。他全身發燙，因為那個冒牌棘星正從大橡樹那裡瞪著他看。

「你剛說什麼？」雷族族長慢條斯里地低聲吼道。

根掌瞪看著他，嘴巴發乾。他想逃跑，但總覺得自己的腳爪好像陷進地底下。「對不起，」他咕噥說道，「我剛想到別的事情，我沒有要發言，我剛分神了。」

棘星覷看了根掌一會兒，才轉頭回去看著貓群。「所以有什麼想法嗎？」他彈動尾巴，無視根掌的打斷。「大家有什麼提議？」

就在棘星等候回答的同時，根掌注意到莖葉和點毛正瞪著他看。他們就站在雷族貓的外圍，幾乎沒跟其他戰士一塊。剛被棘星單獨點名的點毛樣子看上去還是不太自然，但眼睛像莖葉一樣炯亮有神，她充滿興味地看著根掌。他靦腆地垂下目光。

貓群裡的焦毛很是不安地抬高鼻吻。「在我們行動之前，必須先想清楚。」附和聲在貓群中如漣漪般漫開。

「這是一個重要的決定，」呼鬚附和道。「我們必須先討論好。」

霧星走到棘星旁邊。「他們說得沒錯，」她喵聲道。「我們先回自己的營地討論，找出最好的方法，今天的大集會就到此為止。」

她說話的同時，貓群也開始移動，準備散會。本來擠在一起的貓兒們漸漸稀疏，都從大橡樹那裡轉身各自離開，朝長草堆走去。虎星從樹枝上面一躍而下，疾步走向鴿翅，一到了她那兒，立刻貼緊，像深怕有誰會欺負她似的。葉星從樹幹上溜了下來，快步走向她的族貓。

橡樹上的棘星仍怒目瞪著霧星。「難道這裡只有我才想要徹底奉行星族的旨意嗎？」他眼裡閃著憤慨。

「我們都想照著星族的旨意做。」她語氣持平地回答。

兔星走到河族族長旁邊。「但你不能強迫大家都聽從你。」

「在我們當中，最後一位見到星族的族長是我，」棘星不客氣地回嗆。「別忘了，我失去一條命。所以我比這裡的貓兒都更有資格代表星族說話。」

根掌看見一個橘色身影穿過貓群。他的心跳加快。松鼠飛正快步朝他走來。他全身繃緊，看著她停在他面前。「快點，」她嘶聲道，同時回頭快了棘星一眼。「我沒有多少時間了。你幫棘星帶話給我，是真的嗎？」

根掌瞪著她看，在他眼角餘光裡的鬼魂亢奮地蓬起全身毛髮。

「快告訴我！」她表情驚恐。

「是真的！」他脫口而出。

「我憑什麼要相信你？」她表情絕望地搜尋他的眼睛。

棘星甩動尾巴。「告訴她，跟姐妹幫的那場戰役過後，我們就坐在這處空地抬頭望著星星，好奇哪一顆是葉池。她說是哪一顆都沒關係，因為葉池總是守護著雷族。」

根掌看了他一眼，然後又瞟了還在大橡樹上的冒牌貨一眼。這會害他又惹禍上身嗎？

「不要光瞪著我看！」松鼠飛火大說道。「快告訴我，我為什麼要相信你？」

「那場戰役過後……」他停頓一下，試著記起剛剛那番話，「妳跟棘星坐在這裡，你們看著星星，好奇哪一顆星是葉池。是哪一顆都沒關係，因為她總是守護著你們。」他說的話快到就像連珠砲一樣。

松鼠飛詫色瞪著他。「真的是他的鬼魂？」

「他現在就在這裡。」根掌很快地說道。

她掃視眼前空蕩蕩的空氣。

「他回不去自己的軀體，是因為軀體被別的靈體占據了。」根掌告訴她。他的胸口彷彿有希望的火苗被點燃。也許她可以導正這一切。

「松鼠飛！」冒牌棘星的吼聲劃破夜空。「我們要走了！」

松鼠飛又一次掃視空無一物的空氣，隨即轉身快步離去。她追上正大步離開空地、鑽進長草堆裡的棘星，後者全身毛髮憤怒賁張。鬼魂看著她走遠，後者突然回頭留戀地看了最後一眼。根掌掃視逐漸散去的貓群，尋找自己的父母。今晚被冒牌貨這麼一鬧之下，樹會說什麼呢？他之前就說要離開部族，今晚的事件一定會令他更相信部族的本質已經變了，但不是變得更好。

兩名雷族戰士正穿過貓群，朝根掌走來。原來是點毛和莖葉，他不免愣了一下。他們是要來譴責他不夠尊重他們的族長嗎？

「那是意外……」他們一走到他面前，他便趕緊解釋。

「你在說什麼？」點毛停下腳步，歪著頭，一臉不解。

「我叫棘星閉嘴的事啊。」他歉然地說道。

「我們不是來這裡談這個的。」莖葉鬼鬼祟祟地回頭看了一眼。「我們只是想告訴你，我們打算祕密集會。」

他眨眨眼睛看著橘白色公貓。「這跟我有什麼關係？」

「只要是對部族現況有疑慮的貓，都可以來參加，」莖葉小聲說道，「我們覺得你可能會感興趣。」

「因為你叫棘星閉嘴。」點毛補上一句。

「我沒有叫他閉嘴。」根掌喃喃說道。

莖葉沒聽進去。他好像很趕。「我們得設法趕在棘星繼續懲罰更多貓兒之前阻止他。」

「我們會在綠葉季兩腳獸地盤那裡碰面。」點毛低聲道。

「三天之後的晚上，」莖葉補充道，「月升的時候。」

根掌還來不及答應，他們就轉身匆匆跟在族貓後面走了。根掌背上的毛這時全聳了起來。

「你會去吧？」鬼魂的喵聲嚇了他一跳。他都忘了它就在旁邊。

他對它眨眨眼睛。「上次我偷溜出去惹的禍都還沒解決呢。」他直言道。

「但總算有貓兒察覺到不對勁了。」鬼魂急切地瞪著他看。

「要是我去參加祕密集會被逮到，我就再也當不了戰士了。」

「但要是樹決定帶你離開部族，你也可能永遠當不成戰士。」鬼魂威嚇地說道。「如果冒牌貨再讓大家這樣痛苦下去，樹一定會帶你離開這裡的。」

根掌不知道該說什麼。因為鬼魂說得沒有錯。

「你必須去，」鬼魂瞪看著他。「只有你和樹知道冒牌貨的事，也許你們可以拯救部族。」

根掌悶不吭聲地瞪著鬼魂。他突然覺得在這廣袤的夜空下，自己是多麼地渺小。他根本不是戰士，可是五大部族的命運似乎都扛在他肩上。要是他付諸行動，可能會惹禍上身，但是如果他什麼都不做，樹搞不好會帶著他們全家離開這裡。他是可以選擇單獨留下，但要是冒牌棘星藉由各種指控把五大部族搞得四分五裂，那該怎麼辦？到時他就沒有親屬也沒有部族可以倚靠了。

他眨眨眼睛，無助地看著鬼魂。「好吧，」他喵聲道，「我會去。」

第十四章

鬃霜把忍冬的莖梗戳進長老窩的牆面，然後塞進去，不讓它掉出來。

「我看得到那個洞。」焰掌在窩頂朝她喊道。小公貓正小心翼翼地站在用莖梗編織的頂蓬上，腳爪上抓著一片蕨葉。

「你搆得到嗎？」鬃霜喊回去。

「可以。」焰掌試著把蕨葉編進織好的忍冬枝葉裡。

鬃霜用後腳坐下來，如釋重負長老窩的最後幾個洞終於快補好了。太陽已經升高，雷族早就派出兩支隊伍出去了。鬃霜之前詢問百合心可否讓焰掌留在營地幫忙修補窩穴。因為他手腳敏捷，體重又輕，很適合爬上窩頂工作，不會將它壓垮。

百合心趁機清理了自己的臥鋪，現在正在把石楠拉進戰士窩裡，而樺落、煤心、和雀掌正在巫醫窩裡分類藥草。罌粟霜則在幫忙雲尾和灰紋的臥鋪鋪設新鮮的青苔。這些日子以來，鮮少見到雷族戰士得閒的時候。他們寧願工作。這令鬃霜很高興，自信星族一定很稱許他們的努力付出。就連巫醫窩旁邊的蕨葉叢，也可以看到火花皮、點毛、和莖葉正在那裡清除枯萎的葉子，騰出空間給新長出來的嫩葉。

在擎天架底下，棘星從他平常最愛待的那塊草地上站起來，睡眼惺忪地走向通往穢物處的通道。松鼠飛一看到他消失在通道裡，便趕緊起身，快步穿過空地。鬃霜當場愣住，眼睜睜看著神色憂慮的松鼠飛朝她走來。

她把鬃霜從窩穴那裡推開，遠離其他族貓。「我必須找妳談一下。」她低聲道。

鬃霜毛髮倒豎。「妳還好嗎？」

「記得根掌說過的話嗎？」松鼠飛語氣急切地告訴她。「在大集會上？那不是棘星？」她緊張地望向那條通往穢物處的通道。

「當然是他啊。」鬃霜眨眨眼睛看著她。「不然會是誰？」

「我知道這聽起來很瘋狂，」松鼠飛嘶聲說道，「但棘星是我的伴侶貓，我分辨得出來。我之前就覺得不對勁……但我告訴自己那是因為他失去了一條命。可是現在我覺得不光是不對勁而已。我今天很仔細地觀察他，他……不一樣。」

「可是他是我們的族長，」鬃霜抬起下巴。「他服從星族的旨意。」他就是棘星啊，怎麼可能是別隻貓？現在一切都很上軌道，族貓們變得比以前更遵守戰士守則，獵物也很充沛。一定是因為星族很滿意。棘星正在把雷族打造成森林裡最強大的部族。

松鼠飛瞪著她看，目光突然變得深不可測，隨即退回擎天架底下，安坐在她剛離開的位置上，這時棘星剛好走進營地。

「鬃霜。」雷族族長彈動尾巴示意她過來。

她趕緊過去報到，一到他那裡，立刻俐落地甩甩毛髮。她瞇起眼睛，他看起來很像棘星啊。他的聲音跟以前一模一樣。她表情不解地瞄了松鼠飛一眼。為什麼一個來自別族的見習生就可以輕易說服松鼠飛她的伴侶貓是別隻貓頂替的？「什麼事？」她抖擻眨眨眼睛。他要派另外的任務給她嗎？

「我想跟妳私下聊一下。」他緩步繞著空地走，停在遠處，離其他族貓有段距離。

「營地的秩序良好，」他朝正在編織蕨葉的焰掌點個頭。「我們的族貓似乎都有奉行守則。都是多虧了妳，部族才變得更好。」

鬃霜全身暖呼呼的，很是自豪。她靦腆地垂下目光。「我只是希望星族可以回來。」

「我當然知道。」棘星的目光瞟向森林。「獵物很充沛，這是個好指標。我很高興看見生鮮獵物堆上堆滿獵物。不過我想我們的戰士也許可以做得更好。」他把目光移回鬃霜身上。「妳同意吧？」

她眨眨眼睛看著他。他是對她不滿嗎？難道她令他失望了？焦慮像小蟲一樣爬在她全身上下。「……同意。」她搜尋他的目光，試圖揣測他在想什麼。

「我去過森林了，有看到獵物常走的幾條小徑，但是沒看到貓兒追蹤的痕跡，也看到了幾處完整無缺的老鼠窩。我擔心我們的戰士還不夠認真。」

鬃霜如釋重負。現在的她比以前更勤於狩獵，怎麼可能被他指責。「我覺得大家都很努力。」她熱心地說道。她的族貓們都很認真工作。她不希望棘星對他們感到失望。

「每隻貓都很認真工作嗎？」他歪著頭問道。

她迎視他的目光。「沒錯。」

「妳確定？」

他瞪著她看，她遲疑了。**我確定嗎？**她試著回想，又好像沒那麼確定了。狩獵隊裡的每隻貓兒都像她一樣認真追捕獵物嗎？她想起昨天有火花皮、點毛、和刺爪隨行的那支狩獵隊，不禁皺起眉頭。火花皮捕捉到的獵物量不像平常那麼多，哪怕她比其他隊員更深入林子去搜找獵物。鬃霜感覺到棘星的目光灼印在她身上。提一下火花皮應該沒關係吧？畢竟她是棘星的女兒。要是她的狩獵成績不理想，他應該會幫她吧。「火花皮昨天狩獵時，有脫隊。」她喵聲道，「她說她知道領地邊緣有個很棒的狩獵點，但是她沒帶獵物回來。」

「完全沒有？」棘星瞇起眼睛。

「她後來有抓到一隻老鼠，回程路上又抓到一隻鼩鼱。」鬃霜趕緊告訴他。「她真的是很優秀的狩獵者，只是那天運氣不太好。」

她看到棘星若有所思，跟著緊張起來，大氣都不敢喘。這應該是他想知道的吧？這樣他的戰士們才會拿出令星族滿意的表現。但是他突然用力甩著尾巴，大步走開，她愣在原地。

「火花皮！」他大聲喊著他女兒的名字。後者轉身，眨著眼睛看著他。

鬃霜的胃頓時揪緊，躡手躡腳地繞著空地走，想查探棘星臉上的表情。他的語氣很不高興，表情也是嗎？

「什麼事？」當火花皮看見她父親的臉時，翡翠綠的眼睛頓時瞠大，緊張了起來，還朝松鼠飛看了一眼。

「不要看著她，」棘星不客氣地說道。「我是妳的族長。」

鬃霜有種不祥的預感，那預感強烈到連腳墊都微微刺癢。她剛剛不該提這件事嗎？

松鼠飛看見火花皮穿過空地，也不自覺地跟著站了起來。

「有什麼事嗎？」火花皮停在棘星前面。鬃霜躲在空地邊緣，害怕到毛髮豎得筆直。

「妳昨天狩獵的時候搞失蹤？」棘星吼道，「妳去了哪裡？」

火花皮挺起胸膛。「我在狩獵。」她告訴他。「我想去查看臨近邊界的領地。我們已經有一陣子沒去那裡狩獵了。」

棘星鎖住她的目光。「為什麼其他隊員沒跟妳去？」

「我不知道，」她告訴他。「我沒有要他們一起去。我不懂我為什麼一定得要他們跟我一起去？我以前也獨自狩獵過。我們大家都有過類似的經驗。」

「但現在不一樣了，」棘星吼道。「星族正在生氣。我們必須更小心自己的舉止。我們必須跟族貓結伴同行。」

「結伴同行就能讓星族高興？」火花皮的耳朵不停抽動。

「會讓我高興。」棘星不客氣地回嗆道。「星族沉默不語的這段期間，我就是祂們在森林裡的代言者。祂們賜給我九條命，所以我想祂們一定也相信我能管好自己的部族，不是嗎？」他朝火花皮挨過去，「還是妳認為妳比星族懂得更多？」

「當然沒有。」火花皮被激怒。

「妳到底去了哪裡？」棘星低吼。

「我去狩獵！」

「那為什麼沒有帶獵物回來？妳忘了追捕技巧了嗎？」

「我沒有！」火花怒氣沖沖，頸毛全豎了起來。松鼠飛朝這裡走近，焰掌從長老窩的窩頂悄悄地溜下來看，瞪大眼睛，眼神提防。

鬃霜滿懷罪惡感地看了見習生一眼。她不是故意要害他母親惹禍上身的。她只是想幫棘星管好整個部族。

「妳到底去了哪裡？」棘星再次質問。

火花皮怒瞪著他。「我去找獅焰，可以嗎？星族有規定不准關心自己的族貓嗎？」

鬃霜嚇得心跳加速。她不知道火花皮跑去找獅焰。要是她知道的話，她還會告訴棘星他女兒半途失蹤的事嗎？火花皮有打破戰士守則嗎？她現在都搞不清楚守則裡的規定是什麼了。

她看了雷族族長一眼，只見他貼平耳朵。「妳好大的膽子！」他對火花皮怒吼。「我放逐了獅焰，妳竟然想跟他走。」

「我沒有要跟他走，兩天前就已經滿四分之一個月了，可是他沒有回來。我想知道他是不是已經在回來的路上。」

棘星怒目以對仍不肯認錯的火花皮。四周的族貓不發一語，一片靜寂。大家都在張望，不安地蓬起毛髮。

松鼠飛緩步走到棘星旁邊。「她只是去查看一下自己的族貓。」她喵聲道。

他霍地朝她轉身。「這件事跟妳無關，別多管閒事。」

「她是我的孩子！」松鼠飛厲聲回答。

「她是雷族戰士，她破壞了戰士守則！」棘星回嗆。

「破壞哪一條？」松鼠飛質問道。

棘星露出尖牙。「她未經允許，擅離隊伍，跑去找一個被我放逐的守則破壞者。」

火花皮瞪著她父親看，他正步步進逼松鼠飛，火花皮眼神驚恐。「對不起，好嗎？」她脫口而出。「都是我的錯。我不會再犯了。」

鬃霜一看到棘星朝自己的女兒轉身，便嚇得縮起身子。他看上去好像準備揮爪賞她一巴掌。她大氣不敢喘，但還好雷族族長的毛髮終於服貼下來，她才鬆了口氣。

全程盯著母親看的焰掌一直在發抖。火花皮眨眨眼睛看著棘星，身形突然變得好小。「不要放逐我，」她小聲說道，「我不能離開我的部族，我的小貓都還在當見習生，他們需要我。」

棘星一臉平靜地看著火花皮。鬃霜強忍住，不敢發抖。他是在得意地欣賞他女兒臉上的恐懼表情嗎？**當然不是，他不是一個狐狸心的父親。**早知道他會有這樣的反應，她就絕對不會告訴他火花皮脫隊的事。可是火花皮破壞了戰士守則，不是嗎？棘星只是想確保部族完全服從星族。既然影望都已經公布守則破壞者的異象了，服從星族的這件事不是更刻不容緩嗎？

棘星緩緩地抬起頭來。「赤楊心，我們的貓薄荷快沒了嗎？」他低沉的吼聲響徹空地。

貓薄荷？鬃霜眨眨眼睛看著她的族長。這跟貓薄荷有什麼關係？

赤楊心的頭探出巫醫窩外，表情疑惑不解。「我猜是快沒了，不過現在還不需要用到。」

棘星的目光又移回火花皮身上。「如果能收集到足夠的貓薄荷，應該也沒什麼壞處吧。」

赤楊心皺起眉頭。「我不確定貓薄荷現在長出來了沒。最好再多等一個月。」

棘星仍然瞪著火花皮。「妳想再等一個月才讓妳的部族有足夠的貓薄荷嗎？」

火花皮一臉不解。「不……不想。」

「那就到廢棄的兩腳獸巢穴那裡去找找看有沒有貓薄荷長出來？」棘星的尾巴甩打著地面。

「如果你要我去，我就去。」火花皮不安地看了她母親一眼。

棘星朝她走近。「這是個好方法可以向族貓們證明妳比較想幫助他們，而不是只會脫隊跑去做自己的事。」他凶惡地看了焰掌一眼，「一個想要好好照顧自己孩子的母親，一定會想為他們立下好榜樣。」

鬃霜的心突然一涼，被棘星的威脅語調給嚇到。

「當然，」火花皮點頭稱是，「當然要立下好榜樣。」

「那就去吧，」棘星朝營地入口點頭示意。「妳走吧。」

火花皮聽命離開，穿過空地時還緊張地回頭看了一眼。

但棘星已經轉身走回擎天架底下那個老位子坐了下來，並一臉期待地等著松鼠飛過來陪他。

雷族副族長看著她女兒離開營地，然後又看了鬃霜一眼，那眼神好似在說，**妳看吧？就說那不是他。**

鬃霜全身寒顫。**一定是他！不然會是誰呢？**她看見松鼠飛走過去陪棘星，背上毛髮如波起伏，心裡頓起不祥的預感，但只能強逼自己別胡思亂想。

✦✦✦

鬃霜又看了營地入口一眼。火花皮已經去了一整個下午。她快回來了吧？多數的巡邏隊都回來了，焰掌已經補好長老窩窩頂的洞。

鬃霜的肚子咕嚕咕嚕叫，於是朝生鮮獵物堆走去。她從上面拿了一隻鼩鼱，竹耳和嫩枝杈正在草地上分食老鼠，於是她朝他們走去，這時入口傳來腳步聲。她的心猛地一抽，是獅焰回來了。毛髮凌亂、眼窩凹陷的他穿過空地，抬高著頭，站在棘星面前。

他的族貓全轉身過來看，表情如釋重負，但都沒有出聲。

「四分之一個月已經到了，」金色戰士喵聲道。「我回來復職。」

「四分之一個月在兩天前就到了，」棘星低吼，「你為什麼拖了那麼久？」

獅焰低頭看著自己的腳。「我不想在部族領地附近狩獵，」他低吼道，「所以我離開湖邊，愈走愈遠，不小心闖進兩腳獸的部落裡，牠們的小兩腳獸很鼠腦袋，想收編我當牠們的寵物貓，一直追我！我好不容易才擺脫牠們，結果反而迷路了。」

棘星冷笑一聲，站了起來。鬃霜搜尋他的目光。他看到獅焰平安回來，表情有鬆了口氣嗎？但是他看起來莫測高深。

「他瘦了。」竹耳看著獅焰，低聲說道。

「但是他平安回來了。」鬃霜愧疚地蠕動著身子。如果她沒有舉發他，他就不會被放逐。**他現在真的安全了嗎？**她記得棘星在大集會上的警告。他說守則破壞者必須贖罪。獅焰也被點到名。也許雷族族長打算再一次處罰獅焰。

棘星的目光掠過獅焰。「看來你的離開讓你學會了感恩這裡的生活。」他喵聲道。

獅焰甩甩身子。「戰士本就不該離開部族獨自生活。」他喵聲道，「不過我現在回來了，準備重新回到自己的工作崗位上。」

棘星瞇起眼睛。「沒那麼快。」

鬃霜豎起耳朵。他又要趕走獅焰了嗎？

「你離開的這段時間，星族點名你是守則破壞者。」棘星目光陰沉地瞪著公貓看。

獅焰愣住。「什麼？」

「影望看到一個異象，」棘星解釋道，「那異象逐一點名了五大部族裡的所有守則破壞者，他們必須贖罪，否則部族會被懲罰。」

「有誰被懲罰了嗎？」獅焰意有所指地環顧族貓們，最後目光落在堆得滿滿的生鮮獵物堆上。

棘星瞇起眼睛。「懲罰還沒開始。」他語氣凶惡地說道。

「你相信影族貓的話，甚過於相信自己族貓的品德？」獅焰挺起肩膀，「我沒有破壞任何守則！」

「越過風族邊界那件事怎麼說？」棘星低吼。

「我已經為此付出代價。」獅焰怒瞪著他。

松鼠飛站起來，毛髮蓬亂。「我也被點名了，」她告訴獅焰，彷彿是在向他證明這不是在誆他。「所以松鴉羽和……」

「松鴉羽？」獅焰的目光射向巫醫窩。「他做錯了什麼？他為部族付出了這麼多！」

松鼠飛看著地面。「我想你們只是代我受過。」

「就因為妳和葉池曾經騙過我們生母是誰？」獅焰語氣聽起來好像不相信自己聽到了什麼。

她溫順地點點頭。

「但那是好久以前的事了！」獅焰厲聲說道，「為什麼星族現在才點名？而且這干我和松鴉羽什麼事？難道我們的出生也破壞了戰士守則嗎？」

棘星聳聳肩。「這些爭論沒有意義，」他圓滑地說道。「反正星族已經開口，我們就必須服從。」

「怎麼服從？」獅焰不客氣地問道。「向祂們道歉我還活著？」

「當然不是，」棘星緩步走到空地中央，環顧他的族貓。「不過我覺得該是贖罪的時候了。」

鬃霜看了竹耳一眼，後者正瞪著棘星看，眼帶憂色。空地四周的族貓們也都不安地互看彼此。

獅焰走在棘星後面。「我們要怎麼贖罪？」

「守則破壞者必須彌補錯誤。」

鬃霜的肚子瞬間揪緊。他會對被點到名的貓兒做出什麼要求呢？她緊張地看了嫩枝杈一眼。灰色母貓坐了起來，耳朵不停抽動。

棘星看著獅焰。「守則破壞者必須發下重誓。」

就這樣？鬃霜頓時如釋重負，在她旁邊的竹耳肩膀也鬆懈了下來。嫩枝杈長吁一口氣。空地四周的族貓們似乎也都吁了口氣，毛髮服貼了下來。

「好啊，」獅焰抬高下巴。「如果能把這件事做個了斷，我願意配合。要是星族認定我是守則破壞者，我就乖乖贖罪。」

嫩枝杈站起來，走進空地，「我也是。」

棘星抬起鼻吻。「松鴉羽？」

過了一會兒，松鴉羽從巫醫窩裡出來。身上沾著藥草渣。「什麼事啊？」他的盲眼對著營地入口眨了眨。「火花皮回來了嗎？」這時鼻子抽了抽。「獅焰！」他聞到他哥哥的味道，趕忙走到空地，喵嗚出聲，鼻頭輕碰獅焰的面頰。「你還好嗎？有吃飽嗎？」他焦急地嗅聞獅焰。

「我很好。」獅焰向他保證道。

「我要你到巫醫窩來，我幫你檢查一下。」松鴉羽告訴他。「你身上聞起來有點酸。」

「那是因為我先前睡在一種很奇怪的蕨葉上。」獅焰告訴他。

棘星彈動尾巴。「你們可以晚點再敘舊，先過來起誓。」

「起誓？」松鴉羽瞪大眼睛。

「他要我們為破壞守則向星族贖罪。」獅焰解釋道。

松鴉羽冷哼一聲。「如果我破壞守則，我一定致歉。但大家都知道我向來忠貞不二，我不需要起誓贖罪。」

「你照做就是了，」獅焰告訴他，「也許之後就能回到常軌。」

棘星抖了抖身子。「能不能回到常軌是我說了算。」他低吼道。「這次的起誓只是要讓族貓們知道你們有多懊悔，還有你們願意從現在起完全奉行守則。」

「下一次我出生前，」獅焰咕噥道，「一定會先查看一下我父母是誰。」

鬃霜看見棘星的目光閃著怒光，心頓時一沉。為什麼獅焰老愛激怒他？雷族族長看起來好像要反嗆那位戰士，但松鼠飛趕在他開口前，快步走了過來。她眼帶愧色。「我也要起誓嗎？」

棘星彈動尾巴，揮開她。「妳最近才去了星族，被我們的祖靈送了回來。」鬃霜曾聽過副族長和她那巫醫貓妹妹葉池的故事。有一次山崩，她們兩個都受傷，松鼠飛後來從星族那裡回來，但葉池沒有。

「祂們顯然原諒了妳。」棘星繼續說道。「所以妳不必起誓。」

松鼠飛一臉訝色地看著他。

妳瞧！鬃霜暗自得意，**棘星沒有變，他還是很公平的。**她眨眨眼睛，一臉企盼地看著松鴉羽、獅焰和嫩枝杈。是起什麼樣的誓呢？她相信祖靈一定會因此原諒他們的。**星族，希望祢們能聽見他們的誓言。**

棘星轉身面對松鴉羽、獅焰、和嫩枝杈。「你們跟著我說，」他下令道，「星族，請原諒我破壞守則。」

三隻貓兒結結巴巴地覆誦著他的話。獅焰尷尬地蠕動著腳，棘星繼續說出他想聽到的誓詞。

「我承諾我會永遠服從我的族長，絕無異議。」雷族族長停頓一下，要他們覆誦。「為了這個部族，不管我被要求做什麼，都無怨無悔。」

「說的好像我們以前都沒做到似的。」松鴉羽覆誦完後，嘴裡不免咕噥。

棘星哼了一聲。「照著說就對了，」他低吼道，「不用多嘴，這是為了部族好……是為了讓星族回來。」他催促道。「我只幫我的部族狩獵。為了保護部族，就算犧牲性命也在所不惜……」

起誓還在繼續，鬃霜趁機看了入口一眼。火花皮還沒回來。她納悶那隻母貓是不是沒在兩腳獸那裡找到貓薄荷，於是跑到更遠的地方去找？她的目光又移回空地。松鴉羽、獅焰、和嫩枝杈正在覆誦最後幾句誓詞。

「如果我再破壞守則，為保護族貓免於被星族遷怒，我自願被放逐，離開我的部族。」

放逐？鬃霜皺起眉頭，同時注意到她的族貓們也都一臉疑色地互看彼此。她知道他們的想法跟她一樣……是永遠被放逐嗎？

刺爪走上前來。「我們的貢獻和付出一定多過於破壞守則的行為，不至於到被放逐的地步吧。」

棘星眼神責備地覷著暗色戰士看。「如果他們選擇再次破壞戰士守則，就要有面對嚴重後果的心理準備。」

「可是……」刺爪正要開口反駁，入口突然傳來呻吟聲。鬃霜扭頭朝向聲音處，瞬間聞到血腥味，心跟著一沉。沒一會兒，火花皮蹣跚走進營地，全身是血，有幾撮毛被扯落。每一步都走得像是再也沒有力氣走下去。

松鼠飛衝了過去，在她倒下來之前及時趕到。

松鴉羽跑到火花皮旁邊。「赤楊心！快拿蜘蛛絲來。」他的吼聲響徹空地。

「出了什麼事？」松鼠飛的鼻吻緊貼著火花皮的耳朵。

「有狗！」火花皮上氣不接下氣，「就在兩腳獸的巢穴那裡。牠們攻擊我……」松鴉羽趕緊嗅聞她的腰側。

鬃霜跳了起來。怎麼會發生這種事？她看著棘星，他一定很難過自己派火花皮去兩腳獸那裡吧。可是當她瞄向族長時，不禁愣住，驚愕像電流似地貫穿她全身。雷族族長竟冰冷地覷著火花皮，彷彿在看著一塊獵物肉。正當火花皮的族貓們都圍上來關心，想幫忙扶她進巫醫窩時，棘星竟坐了下來，開始洗自己的臉。

鬃霜瞪著他看，一股寒意竄進全身。她往後退，低頭鑽到長老窩後面，差點喘不過氣來。棘星到底怎麼回事？他的女兒才剛被狗攻擊，難道他不在乎嗎？

她朝入口走去。如果他不在乎，那麼她在乎！她要去查探那些狗在雷族領地做了什麼。如果牠們在領地裡安頓了下來，部族就必須有所提防才行。不能再讓貓兒遭到狗的攻擊。

她一來到營地外面，立刻往前疾奔。暮色正滲進森林，暗處更顯幽深。她穿過林子，全身毛髮倒豎，鼻子不停抽動。等到她快跑到廢棄的兩腳獸巢穴時，早已上氣不接下氣。她慢下腳步，嗅聞空氣。這裡有狗的氣味，但味道已經腐舊。她躡手躡腳地繞著碎石地走，不停嗅聞地面，沒有任何聲音或動靜。這裡也聞得到火花皮的氣味，但也還有別的味道……感覺熟悉。鬃霜朝那味道走去，鬍鬚不停抽動。

巢穴石牆旁邊的地面泡在一灘血裡。那不是火花皮的血，也不是狗的。她又聞了一下。**是獵物的血。**這地方聞起來就像一處生鮮獵物堆。她的腦袋飛快地轉。有貓在這裡擺了一堆生鮮獵物。

她皺起眉頭。惡棍貓不會堆集獵物。他們一抓到獵物就當場吃掉。只有部族貓才會把生鮮獵物堆在一起。難道是獅焰在回來的路上，曾暫時住在這裡？

她嗅聞血地四周的石牆，只聞到狗味。獅焰不可能待在這兒，這裡太危險了。

她愣了一下，一個念頭在腦海裡閃現。會不會是哪隻貓兒故意在這裡堆放獵物想吸引狗過來？她腳下的地面突然像在晃動一樣，因為她想到當時松鼠飛忙著把自己的女兒送到巫醫窩時，棘星卻事不關己地坐在空地上洗起臉來。他不只漠不關心，甚至毫不訝異火花皮會帶傷回來。她頓時反胃。松鼠飛的警語在她耳裡響起。**根掌是對的，他不是棘星。**所以是她錯了嗎？倚著牆的她，腳爪開始發抖。

棘星想殺掉自己的親生女兒？

第十五章

暮色模糊柔化了松樹林裡的幢幢黑影，影望輕刮地面，低頭嗅聞地上縫隙，那兒有株新芽正從土裡冒出來。新鮮的金盞花氣味覆上他的鼻頭，他坐起來，滿意到肚皮都覺得暖哄哄的了。自從棘星臨時召開過大集會之後，已經過了三天，離營地不遠處的地方已經長出新的植物。他當下的念頭是等到新葉季把新芽催生出成熟的葉片，他就能混合藥草和油膏了。但是當他望著陰暗的林子時，又開始起了疑慮。原本得意金盞花冒出新芽的那種雀躍漸漸消失，寒意取而代之地爬上他全身上下。

他把異象告知其他巫醫貓，這件事是對的嗎？因為根本什麼也沒改變，還是沒有星族的蹤影。自從大集會過後，影族領地上的森林裡也沒有出現更多獵物。雪鳥那隻斷掉的腳一樣復元緩慢。他到底在期待什麼？期待星族再給他一個異象，向他道賀嗎？他站了起來。他沒有再看到任何異象。但他本來以為在跟其他巫醫貓分享了守則破壞者的名單之後，就會有種如釋重負的感覺，但他卻覺得自己好像把鴿翅推進了火坑，就如虎星所料。棘星似乎決心對守則破壞者殺雞儆猴地做出懲處。根本沒有寬恕和原諒這回事。

「影望，」鴿翅的叫聲把他從思緒裡拉回來。他的母親正穿過林子朝他走來，眼裡滿是慈愛。「原來你在這裡。」她走到他旁邊，用鼻頭輕觸他的耳朵。

影望對她眨眨眼睛，一臉擔心。她為什麼來找他？他又沒有離開營地很久。「是水塘光在找我嗎？」

「不是，」鴿翅環顧森林。「我只是擔心你。自從大集會過後，你就一直心不在焉的樣子。」

「我沒事。」影望往地上的縫隙撥了些鬆軟的土，保護剛冒的新芽，然後就回頭往營地的方向走去。

鴿翅陪著他一起走。「你在煩惱你的異象，對不對？」

「我不確定當初該不該說出來，」他承認道，「我覺得它引起的禍事恐怕比它解決的問題還要多。」

「你做了你自認對的事。」鴿翅輕聲告訴他。

「虎星不認為這是對的。」自從他公開異象之後，他父親就幾乎不跟他說話。

「他會想開的，他會瞭解你做的是對的。」鴿翅的身體輕輕擦過影望。「他總有一天會明白的。」

「可是要是我做錯了呢？」影望看了他母親一眼。「我害妳惹禍上身，搞不好連虎星也被我害到。在大集會上，棘星根本不想聽他說話。」

「棘星只是對守則破壞者的這件事太過在意，」她告訴他。「所以才不聽任何貓兒的意見。」

「不過他一定認為如果妳是守則破壞者，那麼虎星八成也是。」

「你父親是位忠貞又值得敬重的戰士，」她提醒他，「他是因為當時沒有別的選擇，才做出下策……可是從那以後，再沒有誰比他更奉行戰士守則。」

「但要是他也被點名了怎麼辦？」影望的尾巴緊張地抽動著。「他還能繼續當影族的族長嗎？」

「我們不要憂心過頭，」她安慰他，「影族貓都很尊敬他。要是沒有他，影族搞不好就消失了。不會有誰敢罷黜他的。」

「可是我相信妳一定有聽到什麼閒話，」影望在他們快走到營地入口時，這樣低聲說道。「焦毛跟著草葉說，星族說不定會因為妳和虎星的關係而對影族氣憤難平。」

「我希望你當面告訴他這是胡說八道。」鴿翅厲聲回答。「就算星族氣的是我和虎星，他們也不會遷怒族貓。」她低頭穿過荊棘通道，影望目送她消失在通道裡，心裡納悶到底要怎樣才能讓她聽進去他說的話。

影望跟在後面走進營地，但立刻察覺到族貓們都在覷著他看。正在吃老鼠的莓心抬起頭來，瞇起眼睛。蛇牙也循著她的目光望過來，兩耳不停抽動。影望忍不住全身刺癢。他知道他們都覺得他是叛徒，竟然把守則破壞者名單上的影族貓也供了出來。

他垂著眼，朝巫醫窩走去，慶幸鴿翅一路陪著他。「他們認為我做錯了選擇。」他對鴿翅低聲道，鼻吻指向那兩名戰士。

「螺紋皮就認為你做的事情很對。」鴿翅在經過那隻灰白色公貓前面時，特地很有禮貌地垂頭致意。「有很多族貓都認為我們必須贖罪，星族才會回來。」

「不盡然。」影望覺得憎恨像某種尖銳的利器正戳進他的肚子。「之前只有我聽得到星族聲音的時候，他們都為我感到自豪，但自從我帶來了他們不愛聽的消息，就反過來說我經驗不夠，沒真的搞懂異象的含意。」

他們走到了巫醫窩那裡，鴿翅停下腳步，用尾巴撫著他的背脊。「我知道被族貓這樣批評，很傷你的心。但你千萬不要聽信那些閒話，戰士們都會有自己的看法。最重要的是，你做了你自認對的事情。你說出實話。因為最後會造部族分崩離析的絕不會是實話，而是謊言。」她慈愛地看著他。「我希望你對自己有信心，我就對你很有信心。」

「哪怕我害妳惹禍上身？」影望一臉愧疚地眨著眼睛看她。

「也沒那麼糟，」她告訴他，「如果贖罪可以彌補我對守則的破壞行為，那麼我願意贖罪。承認犯錯沒有什麼不好。」

她的勇氣多少寬慰了他。他感恩地對著她眨眨眼睛，但這時巫醫窩裡傳來深長的呻吟聲。他當場愣住。有隻貓兒正痛苦難耐。

影望趕緊衝進去，看見撲步躺在臥鋪裡，心跟著一沉。後者痛到眼眶閃著淚光。褐皮僵硬地站在她旁邊，好像不確定該怎麼辦。水塘光朝臥鋪彎身下去，腳爪輕輕按壓撲步的腰側。

「怎麼了？」影望在臥鋪旁邊蹲下來，他的姊姊又在呻吟。

褐皮瞪大眼睛。「她誤觸黃蜂窩，就從樹上摔下來了。」

鴿翅趕忙走到褐皮旁邊，眼神警戒地從她受傷的女兒身上移向水塘光。「她怎麼了？」

水塘光的腳爪沿著撲步的腰側摸索。「感覺她好像斷了一根肋骨，不過沒有摸到任何腫脹，裡面沒有流血。」他看著褐皮，「她是四腳落地的嗎？」

褐皮還沒來得及回答，撲步就虛弱地抬起頭來。「我嚇到了，根本來不及把身子轉過來。」她呻吟一聲，又躺回臥鋪

影望看得出來她有隻眼睛腫了起來，還有鼻吻也是，那是被黃蜂螫到的地方。「我去拿藥膏來。」他趕緊走到儲藏室，暗自慶幸撲步的傷雖然很痛，但至少沒有生命危險。螫傷處只要擦一點酸模和蜂蜜就會好了。肋骨也會自行痊癒。

可是他甩不掉那種又出了事的感覺。這又是另一樁意外。他本來以為公開了異象之後，就能扭轉影族厄運連連的問題。是因為他拖太久才告知，所以星族還在餘憤難平嗎？他從庫房裡拉了一片葉子，將它打開。他幾個月前好不容易收集到的蜂蜜仍然黏稠。他再伸爪抓了一坨酸模出來和幾顆罌粟籽，然後拿到撲步的臥鋪那裡。

「你們晚點再回來看她。」水塘光正在哄褐皮和鴿翅離開。

褐皮焦急地覷著她的窩友。「她會好起來，對吧？」

「她會好起來的。」水塘光告訴她。「她只是需要休息。」

鴿翅用鼻頭輕觸她女兒的耳朵。「我很快就回來。」她承諾道。

撲步對她感激地眨眨眼睛。「我不會有事的。」

兩位戰士剛低身鑽出窩穴，影望就撕了一小片酸模葉放進嘴裡嚼。然後將葉泥吐進蜂蜜裡混合。這時水塘光塞了幾顆罌粟籽給撲步。

灰色母虎斑貓閉上眼睛。「呼吸也好痛哦。」她低聲說道。

「會痛一陣子，」水塘光告訴她，「不過以後就好了。」

撲步閉上眼睛，影望趁機把草藥輕輕敷在被螯傷的傷口上。過了一會兒，她的呼吸愈來愈沉，最後沉入夢鄉。

影望焦急地看了水塘光一眼。「我們應該叫醒她嗎？」他不想要她睡得太沉。

水塘光搖搖頭。「睡眠對她有好處。」

影望眨眨眼睛看著他。「我以為我說出異象之後，就不會再發生意外。」

「任何時候都可能發生意外，」水塘光告訴他，「這跟星族無關。」

可是影望仍被疑慮啃蝕。「也許我該早一點公布異象，」他喵聲道。「不過也可能是虎星說對了，我根本不該公布的。」

「事後揣測沒有意義，」水塘光的目光澄明晶亮。「你只是做了你自認最妥當的事情。」他偏著頭。「你還有其他異象嗎？」

「沒有了，」影望垂下目光。「祂們不再跟我說話。」他突然覺得失落。哪怕是在漫長的禿葉季裡，星族不再跟其他巫醫貓交通，但還是肯跟他說話。「為什麼現在祂們都沉默了呢？我不是都照祂們的話做了嗎？」

水塘光嚴肅地看著他。「你確定你的異象來自星族？」他突然問道。

影望瞪著他。「當然是啊！」水塘光以為他是自己想像出來的嗎？

「祂們只找你交通，這一點有點奇怪。」水塘光表情若有所思。

「我保證那真的是異象，」影望急切地說道。「不是我想像出來的。」

「我知道，」水塘光皺起眉頭。「但我是覺得在星族沒有跟所有巫醫貓交通之前，部族實在不應該因為一個異象就冒然行動。」

影望覺得反胃。「你是覺得我做錯了？」

「不是這意思，」水塘光趕緊說道。「只是現在的每個異象似乎都在把部族往衝突的深淵裡推。我不懂為什麼星族要我們走上這條路。」

影望瞪著他看。難道水塘光也認為他應該保護影族，不該把異象說出來？他突然覺得好空虛，轉身往入口走去。

「你要去哪裡？」水塘光在後面喊道。

「我要思考一下，」他回答道。「我去外面走一走。」

夜色已經降臨，他穿過空地時，營地已經一片黑。他的族貓都坐在窩穴旁邊互舔毛髮。他避開他們的目光，往營地入口走去，鑽進森林。

水塘光的話令他不安，難道他真的誤解了星族給的異象？他的祖靈試著傳遞更深奧的意旨給他，他卻鼠腦袋地無從理解？他直覺往林子邊緣和小溪那裡走去，那兒可以通到月池。如果他向祂們懺悔他不懂那些異象的含意，祈求祂們直言要求到底是什麼，也許祂們就會開口了。

他撐起身子，攀上山谷的邊沿，沿著坑坑洞洞的岩地步下月池時，月亮已經高掛天空。黑色的池水沒有星光，幽暗到令他心慌。星族是決心不再傾聽了嗎？他蹲在水邊，心跳加快。**求求祢，星族，請跟我說話，我只想做對事情，為了祢們，也為了部族。**祂們應該聽得到他內心的渴望，予以回應吧？池水冰涼，當他的鼻子碰觸水面時，已融冰的水瞬間漫起陣陣波紋。他讓思緒沉澱下來，想看見星族那片綠油油的大草原在他眼前開展，也希望曾在異象裡聽到的那個聲音可以再度出現。

但他只看到無邊無際的黑。腳下石頭冰冷到好似穿透他體內，他覺得自己就快凍成冰塊。恐懼沿著他的背脊爬了上來，他渾身發抖，突然緊張起來。他感覺到有某隻貓的目光探向他。是誰在偷看他？他倏地抬頭，睜開眼睛眨了眨。在寂靜的夜色裡，他感覺得到山谷裡有另一個存在體。他蓬起毛髮，突然覺得在這無邊無際的黑色夜空底下，待在月池山谷裡的他是多麼脆弱和容易遭受攻擊。恐懼像小蟲一樣爬滿他全身，他壓低身子，躡手躡腳地爬出水邊，快步走上曲折小徑，回到山谷的邊岩，爬了出去，沒入黑影，這才吁了口氣。

他在山谷裡絲毫感受不到星族的存在。他快步沿著那條貫穿荒原的小溪，朝森林裡走去時，突然有種不祥的預感，嚇得自己毛髮都倒豎了起來。他恍然警覺在他所見到的異象裡，星族那片陽光普照的大草原從來沒有出現過，也沒有星光點點的身影，只有一個從暗處傳來、什麼形體都沒有的聲音。那個聲音叫他帶棘星去荒原等死，還告訴他除非守則破壞者受到懲罰，部族的苦難才會結束。

水塘光的話在他腦海裡再度響起。**每個異象似乎都在把部族往衝突的深淵裡推。**他的導師說得沒錯。他每分享一次他所看見的異象，部族就愈是驚慌害怕，愈是提防。**我不懂為什麼星族要讓我們變成這樣。**星族向來都希望我們平平安安、快快樂樂的。為什麼現在竟執意要我們受盡折磨？

他回頭朝山谷的方向看了一眼，只看到星空下一個模糊的山影。他去月池是為了尋找澄明的心境。他找到了，但是那種澄明跟他原先想得不一樣。他心裡有股篤定穩當地坐定在他的胸豁裡。那個聲音……那個曾告訴他讓棘星死去才能治好病的聲音，以及秀給他看守則破壞者是誰的那個聲音……其實是來自於某種惡靈，這個惡靈對五大部族知之甚詳。不過現在他終於懂了……胸有成竹的他心裡充滿恐懼，因為他確信那個聲音絕對不是來自於星族。

第十六章

根掌從窩穴入口窺看，嗅聞夜裡潮溼的空氣。森林特有的腐葉味敷上他舌尖。黑幽幽的空地空無一貓。他豎起耳朵，只聽見貓頭鷹在林間遠處啼叫。他看了月亮一眼，情緒焦急不安到宛若蝴蝶在他肚子裡撲撲拍打。月亮已經高掛在鴉烏烏的夜空。他的族貓們早就回到窩穴裡安睡。**我開會要遲到了。**

他身後的蕨葉沙沙作響，他扭頭去看，警戒到全身像被電光火石流竄。是哪隻族貓醒了？他看到暗處臥鋪裡的鵪掌正把身子緊緊蜷伏起來，塞進青苔裡，旁邊的針掌鼾聲微響。

根掌屏住呼吸，鑽到窩外，繞過空地，朝入口走去。他加快腳步。一旦到了外面的林子，就只需要擔心可能撞見狐狸和野獾。這是他第一次暗地希望棘星的鬼魂要是也在就好了。他不喜歡夜裡獨自待在林子裡，如果能有另一雙眼睛幫他留意四周動靜，自然再好不過。可是鬼魂昨晚就消失了，根掌再也沒見到它。可能是跑去看松鼠飛了，當時她發現她的伴侶貓是冒牌貨時，神情很是害怕。

「根掌？」暗處傳來的低語聲害他嚇得當場呆住。毛髮立時倒豎的他環顧四周，一眼就看到他父親那一身在月光下閃閃發亮的毛髮，心情不免一沉。

樹從營地圍牆旁邊的暗處走過來。「你這麼晚還沒睡。」

「你也是啊。」根掌滿肚子火。為什麼他父親就不能像其他族貓一樣在臥鋪裡早早入睡呢？「你在這裡做什麼？」

「我喜歡趁大家都睡覺的時候出來看星星。」樹看了夜空一眼。「自我獨處的感覺很不錯。」他的目光移回根掌身上。「你為什麼沒睡？」

根掌不自在地蠕動著腳。「我要去方便。」

樹看起來不相信。「那為什麼不走穢物處的那條通道？」

「我……我想伸伸腿。」根掌眨眨眼睛，思緒翻騰。他要怎麼擺脫樹呢？會議馬上就要開始了。

樹瞪大眼睛。「我以為葉星在你去雷族之後就跟你說過，以後沒有允許，不得擅自離營。」

根掌不高興地彈動尾巴。樹真難纏。「我就是有地方要去啊。」他不客氣地說道。

「去哪裡？」樹歪著頭。

「我要去開會，好嗎？」為什麼樹不讓他走呢？

「這件事跟那個鬼魂有關嗎？」樹挨身過去，眼神關切，目光黯了下來。

「沒有關係，」根掌告訴他。「我已經一整天沒看到它了。」

「你要去見鬃霜？」樹眨眨眼睛看著他。

「沒有！」根掌抬起下巴。「點毛和莖葉邀我去參加一場會議，與會者都是擔心部族現況的貓兒。」

樹豎起耳朵。「別的貓也會擔心？」他聽起來如釋重負。

「他們當然會。」根掌的肩膀垮下。這下他得向樹全盤托出了，「莖葉和點毛趁我們要離開大集會的時候跑來邀我。他們想知道有沒有方法可以扭轉目前的情勢。」

樹揮動尾巴。「那我最好跟你一起去。」

「不行！」根掌瞪著他，表情沮喪。如果他帶父親一起去，別的貓兒會怎麼想。

「為什麼不行？」樹一臉詫色。「你知道我向來擔心部族的未來。如果有貓兒打算開會討論，我也想去參加。」

根掌這才明白他再怎麼反對也無效。要是樹去不了，八成也不會准他去。「好吧，」他咕噥道，「但是我們得快點，會議會在月亮高掛的時候開始。」

樹看了一眼夜空。「那就走吧。」

樹快步走出營地，根掌跟在後面。他蓬起毛髮。**至少我現在有另一雙眼睛幫我留意路上的動靜了。**森林從四面八方沒入黑暗，他不由得發抖，卻強忍住。這趟旅程突然讓他覺得危機四伏。他就要私下會見別族的貓兒了。他瞥了陰暗處一眼，突然慶幸有樹陪在身邊。

他們輕聲穿過林子。樹在前面帶路，耳朵豎得筆直，鬍鬚不停抽動，他們循著小路直通影族領地邊緣，再抄近路穿過林地，前往綠葉季的兩腳獸地盤。

「你要告訴他們鬼魂的事嗎？」樹問道，這時他們正蹲在森林邊緣，專注看著寂靜的草地。

「不要。」根掌掃視斜坡，尋找月光下的身影。沒有任何動靜，於是他嗅聞空氣。微風送來微弱的雷族氣味。他突然發現他父親正瞪著他看。

「你不說出來？」樹一臉訝色地看著他。「為什麼不說？」

「我不要向別族戰士承認我能看見死去的貓。」根掌告訴他。「你可能覺得這種天賦異稟很正常，但我不覺得。」

「可是這很重要啊。」

「我會找到別的方法讓他們知道棘星不是他自己說的那樣。但我不想告訴他們我一直在跟他的鬼魂對話。我希望他們把我當一回事。」根掌瞇起眼睛。草地邊緣的長草堆裡有身影在移動。

樹皺起眉頭。「為什麼你告訴他們你看得到鬼，他們就不把你當一回事？」

「他們可能會覺得我跟你一樣。」他脫口而出，愧疚頓時像烈焰一樣燒灼他全身。這話太殘酷了。他看了他父親一眼。**對不起**，但他還沒來得及道歉，有個暗影突然跑過斜坡。他豎起耳朵，那是一隻貓。他用鼻吻指著對方。「你有看到嗎？」他問樹。

樹的耳朵不停抽動。「看到什麼？」

「在那裡。」根掌朝那隻貓點頭示意，後者的花斑毛色在草堆裡宛若草浪。

樹愣在原地。「那是斑願！」

根掌眨眨眼睛。他父親說得沒錯。天族巫醫貓正繞著草地邊緣鬼祟前進。

樹跑上前去。「斑願！」

巫醫貓當場愣住。

「是我啊，樹！」

根掌快步跟在他父親後面。難道他不知道這是一場祕密會議嗎？

斑願在樹朝她跑來時，不自覺地弓起背，倒豎起毛髮。

「別擔心，」樹在她旁邊剎住腳步，氣喘吁吁。「只有我們。妳在這裡做什麼？」

「你在這裡做什麼？」斑願一臉懷疑地覷著樹看，這時根掌也趕了過來。

「莖葉和點毛邀我們來開會啊。」樹告訴她。

根掌厲色地看了父親一眼。「他們是邀我來。」他咕噥，「樹是不請自來。」

「妳是不是也要去？」樹追問，同時盯著斑願看。

「是啊，」斑願抬起下巴。「莖葉和點毛認為上次大集會時，我看起來很沮喪。所以告訴我有這場會議可以參加。」

根掌蠕動著腳。「妳也在擔心守則破壞者的事嗎？」

「我擔心他們所受到的對待。星族以前從來不會想懲罰我們。」斑願目光越過草地，望向斜坡，那裡有灌木林叢生在一處凹坑的四周。她朝那裡點頭示意。「我想其他貓兒應該都在那裡。」

「走吧。」樹快步走去，尾巴興奮地彈動著。

根掌跟上去，斑願走在他旁邊。

「我不喜歡背著葉星做事，」她低聲道，「但是我想聽聽那些貓兒的說法。」

「我也是。」根掌很慶幸能在這裡見到巫醫貓，這樣感覺比較不像在背叛部族。

他跟著斑願鑽進灌木林裡。各種貓味迎面撲來，他的鼻子忍不住抽動，因為味道多到他都分辨不出到底有誰。他聳起毛髮，穿梭在枝葉間，直到眼前豁然開朗一處小坑地。他止住腳步，看見月光下有眾多身影在動，心不禁揪緊。**這麼多貓！**莖葉和點毛旁邊站著鰭躍和嫩枝杈。影族則來了螺紋皮和熾火。**花心！**她一定是趕在他之前溜出營地的。風皮在暗處躊躇不前，旁邊還有煙霧雲和微足。斑紋叢和噴嚏雲則是挨擠在一起，身上都溼了，顯然是渡河來的。

樹已經在跟莖葉打招呼。他先向雷族公貓垂頭致意之後，就慢慢走到嫩枝杈和熾火中間。他彈動尾巴，示意根掌也過來。

就在根掌穿過坑地時，莖葉對他眨眨眼睛。「我很高興你來了。」他喵聲道。點毛目光炯亮，閃著不安。「我們沒料到會有這麼多貓兒來參加。」戰士們小心翼翼地覷看彼此，根掌朝樹挨近。他蓬起毛髮，試著不去想萬一被棘星發現這個祕密會議，莖葉和他的同族夥伴們會有什麼遭遇。

斑願低頭鑽到根掌旁邊。「我不知道開這個會的目的是什麼，」她在他耳邊低語，「不過也許有誰已經想好一套計畫了。」

莖葉環顧貓群。「謝謝你們前來，」他告訴他們。「我知道要從部族脫身溜出來，並不容易。但我覺得這場會議有其必要。」

風皮瞇起眼睛。「你真的認為我們能阻止這一切嗎？」

「如果不是因為棘星，各族本來都過得好好的。」螺紋皮譴責地瞪向雷族貓。噴嚏雲點點頭。「他只是想拿守則破壞者來殺雞儆猴。」

斑願皺起眉頭。「但他的確有星族當他的靠山。」

貓群遲疑了，全都不安地看了斑願一眼。

她繼續說道：「影望最後一次看見的異象完全吻合他這幾個月來所鼓吹的主張，所以聽起來星族也要守則破壞者受到懲罰。」

莖葉的目光黯了下來。「我知道，」莖葉冷峻地說道。「如果我們想要反抗棘星，就得挑戰星族。」

根掌蠕動著腳。「也許星族並不像棘星那樣只想要守則破壞者付出代價。」他試探性地說道。「也許祂們只是希望他們承認自己破壞了守則而已。」

點毛皺起眉頭。「不是每個守則破壞者都知道自己做錯了什麼。」

嫩枝杈的耳朵抽動著。「像我就很想知道我到底做錯了什麼。」她喵聲道，「如果我真的有錯，我樂於承認。我想當一個忠貞的戰士。」

苜蓿足迎視她的目光。「所有守則破壞者都想當忠貞的戰士，所以我不明白為什麼他們要受到懲罰。」

「棘星似乎鐵了心要讓雷族裡的守則破壞者都過得很悽慘。」鰭躍喵聲道，同時甩甩頭。

「他打算放逐他們！」苜蓿足的喵聲裡有著怒火。「可是部族應該團結一氣，而不是拋棄自己的族貓。」

「我們理當風雨共濟的。」噴嚏雲喵聲道。

微足的毛皮微微抽動。「戰士之所以可敬是因為他們講究榮譽，而不是因為害怕被處罰才被迫做那些事。」

「我們照顧自己的族貓，是因為我們在乎他們，」螺紋皮打岔道，「不是因為必須服從規定。」

斑願皺起眉頭。「但是星族的確要我們遵守戰士守則。」她喵聲道。

「這樣說好了，要是棘星不要一天到晚叫囂要怎麼處罰，部族其實可以找到更好的方法來處置守則破壞者。」莖葉惱火地說道。

苜蓿足瞇起眼。「你有什麼建議嗎？」

莖葉抬起下巴。「棘星正在極盡所能地把我們改造得跟暗尾的幫派一樣。他想要我們互相鬥爭。但是戰士並不殘暴成性……從來都不會。棘星的腦袋裡一定長了蜜蜂。我們得趕在他永遠毀了部族之前，先擺脫他。」

根掌的胸口頓時揪緊。這隻雷族貓是在提議大家跟他的族長翻臉嗎？

「擺脫棘星，不就等於破壞守則嗎？而且還是以最惡劣的方式。」苜蓿足爭辯道。

斑願瞪大眼睛。「星族會怎麼想呢？」

莖葉瞪著天族巫醫貓看。「我們一定得有所行動！星族不可能真的要我們互相鬥爭。如果棘星打算放逐貓兒，我的想法是，那我們就先放逐他！」他掃視大夥兒，根掌看見噴嚏雲、微足和風皮都點頭附和。

要是鬼魂在這裡，他會怎麼說？根掌心想道，**它會要我告訴他們，雷族族長只是個**

冒牌貨，根掌的爪子在地上縮縮張張。要是讓他們知道他們對抗的不是部族貓，而是入侵者，這一切對他們來說，就會簡單多了。樹正盯著他看。他很清楚他父親臉上的表情。那表情像是在說，**快告訴他們。**根掌試圖強迫自己開口，但是他不能。那會很丟臉。要是他們覺得他瘋了，該怎麼辦？要是他們認為他撒謊，那又該怎麼辦？

苜蓿足搖搖頭。「我們怎麼可能放逐雷族族長？」她的目光掃過他們。「反對他的貓兒數量又不夠多。」

噴嚏雲點點頭。「而且我們分屬不同部族。就算我們能各自說服自己的族貓這麼做是為了大家好，又能怎麼樣呢……難不成入侵雷族營地嗎？」

「而且最後可能引發戰爭。」苜蓿足同意道。

「但如果有足夠多的貓都有共識，認同棘星必須下位離開，就不會開戰了。」莖葉爭辯道。

風皮冷哼一聲。「有哪一次不是先開戰，最後各部族才終於取得共識？」

貓兒們互看彼此，表情猶豫。

樹抬起鼻吻。「真的值得開戰嗎？如果你不喜歡現況，離開部族不是比較合理的做法嗎？」他環顧貓群。

苜蓿足的耳朵貼平。鰭躍的尾巴憤怒地不停彈動，但樹繼續說道。

「你們可以建立自己的部族。或者自由自在地過你們自己想過的生活。我以前獨立生活了很久，感覺很棒。為什麼要讓一隻發了瘋的貓來指揮你們做什麼，反正你們已經意見不合了。」

根掌的頭垂了下來。樹知不知道他在說什麼啊？他對身為戰士這件事完全都不懂嗎？他推了推樹，可是他父親不肯罷休。

「我覺得我們應該離開部族，讓棘星知道我們有多不認同他的守則破壞規定⋯⋯」

根掌上前一步，打斷樹的談話。「離開不是一個好選擇。」他直接看著樹。「如果我們不能靠蠻力驅走棘星，就得另謀它途來處置他。」他的腦袋飛快地轉。這是一個好機會，他得利用這個機會讓其他貓兒看出雷族族長的真正問題所在。「難道你們都沒注意到自從他失去一條命之後，就性格大變了嗎？」他表情存疑地看著貓兒，發現其中有幾個附和點頭，這才鬆了口氣。「失去一條命是很可怕的，但也不至於徹底改變你的性格吧？」

「葉星就沒改變啊。」花心喵聲道。

根掌毛髮瞬間倒豎。葉星曾失去一條命嗎？他本來以為她仍有九條命。也許花心搞錯了。

斑願對花心瞪了一眼，暗地警告她。薑白色母貓見狀垂眼不語。

苜蓿足皺起眉頭。「虎星失去一條命的時候，性格也沒有大變。我不懂為什麼會有貓兒性格大變。每條命應該都一樣啊。棘星還有八條命，比多數族長都要來得多。」

鰭躍彈動尾巴。「老棘星以前的個性絕不是這樣。」

老棘星，根掌對著雷族公貓眨著眼睛。難道他也猜到自己的族長是冒牌貨？

「我希望他能恢復過來，變得像以前一樣正常。」鰭躍繼續說道。

根掌心一沉。鰭躍顯然不知道實情。「也許他再也不會恢復正常。也許他死掉的那瞬間出了一點狀況。」他對著其他貓兒眨眨眼睛，希望他們能猜得出來。他感覺得到樹瞪著他看。他知道他父親在催他說出來，但是他避開他的目光。**說出來就好了！**話已經在他舌尖了，可是他就是沒勇氣說出口。

點毛瞪著他看，一臉不解。「你是覺得星族在他死掉的那瞬間，有跟他說過什麼嗎？」

樹上前一步。「他死的時候，是出了一點事。但我不覺得跟星族有關。」其他貓都瞪著他看，豎直耳朵，樹則繼續說道。「復活後的那隻貓不是棘星。」

「你這話什麼意思？」莖葉表情不解。

「那隻貓不可能是棘星，」樹告訴他，「因為我有在林子裡看到棘星的鬼魂，也跟它說過話。」

莖葉的眼睛瞪大。「你看到他的鬼魂？」

「你跟它說過話？」點毛不可置信地瞪看著樹。

根掌對他父親充滿感激。真相終於曝光。他不必親口承認他看得到死去的貓。他們現在總得做點什麼了吧，不是嗎？

斑願皺起眉頭。「可是棘星還活著，不可能有鬼魂。」

「復活的棘星不是真的棘星。」樹告訴他。「不知道是誰利用他的軀體傷害部族。

真正的棘星現在成了孤魂野鬼，他看得到眼前所發生的事，可是他跟星族連不上線。我是他唯一能溝通的貓。」

斑願瞪著樹，全身毛髮豎得筆直。「你意思是雷族族長是個冒牌貨？」

樹點點頭。

根掌看見貓兒們互換眼神，瞪大眼睛，表情不解。

「貓的軀體被別隻貓兒偷走……」螺紋皮瞪大眼睛，張大嘴巴，愈說愈小聲，顯然還在努力地相信自己剛說出來的話。

風皮的耳朵不停抽動。「怎麼可能？怎麼可能軀體被偷走？」

樹聳聳肩。「我只知道棘星的鬼魂被困在森林裡，軀體被別隻貓兒拿去用了。」

「這說法瘋狂到太難以置信。」苜蓿足小聲說道。

根掌的身子急切地往前傾。**你必須相信他！**

貓兒們面有疑色地看著彼此，樹揮動尾巴。「如果你們不相信也無妨，但是你們要怎麼解釋棘星性情大變的原因？」

莖葉和點毛互看一眼。風皮皺起眉頭。根掌很是緊張。他們會反對樹的說法嗎？

嫩枝杈上前一步。「正在領導部族的那個棘星，絕對不是我們以前認識的那個棘星。」她的眼裡閃著焦慮。「自從他訂下新規定，說他和松鼠飛可以比長老和貓后優先從獵物堆上挑選獵物之後，就愈來愈變本加厲。」

風皮訝色地眨眨眼睛。「松鼠飛也同意這條新規定？」

嫩枝杈不安地蠕動著腳。「她好像不是很高興。」她低聲道。

風皮頸毛聳了起來。「哪有戰士搶在長老和貓后之前進食的？」

「這是什麼狐狸心啊？」苜蓿足嘶聲道。

斑顧眼裡有點光一現。「我想我們必須找影望談一談。」

「為什麼要找影望？」莖葉看著她。

「因為是他告訴雷族把病重的棘星帶到荒原去，」斑願解釋道。「棘星取得第二條命的時候，他也在那裡。他不是說是星族叫他這麼做的嗎？」

「你認為他是幕後黑手？」苜蓿足表情驚駭。

根掌搜尋斑願的目光。影望在暗助冒牌貨嗎？他向前傾身，這時天族巫醫貓的眼神黯了下來。

「他很年輕，」她若有所思地說道，「我當初就很訝異星族怎麼會這麼信任他。但如果他牽涉其中，我不認為他知道自己闖了什麼禍。奇怪的是，整個禿葉季下來，他是星族唯一交通的巫醫貓。但祂們要傳遞的意旨恐怕非他所能理解。」她看著苜蓿足。

「你能問問他關於異象的事嗎？」

苜蓿足不安地蠕動著腳。「他是虎星的兒子。如果影族副族長質疑他，看在別隻貓兒眼裡會怎麼想？自從暗尾的事情過後，影族還很脆弱。我不想引起大家的疑慮。再說，可能會把他嚇到只想掩飾自己犯錯的痕跡。」

「所以你認為是他在搞鬼？」莖葉彈動尾巴。

「我不認為影望有那麼大的本領來唬弄大家，只是他可能搞錯了。」苜蓿足說道。

「我來跟他說好了。」斑願抬起下巴。「我是巫醫貓。我可以理所當然地問他異象的事，不會受到誤解。也許是有些細節他沒注意到。」

「我可以幫妳忙，」根掌對著天族巫醫貓眨眨眼睛。「我跟他算是朋友。如果我在，他可能願意開口。」

「好吧，」莖葉抬起尾巴。「在我們決定下一步動作之前，我們先看看能不能從影望的異象裡查出更多線索。」其他貓兒點頭稱是。莖葉朝灌木叢走去。「我們最好趕在別的貓兒察覺我們不見之前，回到營地。」

根掌鬆了口氣。現在除了他和樹之外，其他貓兒也都知道冒牌棘星的事了。**這不再是我的祕密了。**他對著樹感激地眨眨眼，相偕穿過坑地。如果他們現在離開，就能趕在族貓們醒來之前回到家了。

這時根掌突然愣了一下，心猛地一跳。坑地盡頭的枝葉叢沙沙作響，一個身影從暗處鑽出來。祕密會議被發現了嗎？他立刻認出那身淺灰色的毛髮，頓時喘不過氣來。**鬃霜！**她在這裡做什麼？

「快跑！」嫩枝杈驚慌到毛髮全豎了起來。「那是棘星的眼線！快離開這裡！她會舉發我們！」

根掌愣在原地，其他貓兒爭相朝灌木叢奔去。他瞪著鬃霜。**棘星的眼線？**他的喉嚨一緊。她在幫忙那個冒牌貨嗎？

第十七章

鬃霜惶恐地眨著眼睛。他們真的相信她背叛了他們嗎？「我不會舉發你們。」驚恐宛若電光火石流竄她全身。「我來這裡是因為……」她聲音愈說愈小，這時貓兒們開始遲疑地停下腳步，轉身瞪著她看，那眼神就像獵物撞見狩獵隊一樣。她為什麼要來這裡？她甚至不確定自己該不該來。她真的準備好要反抗棘星了嗎？罪惡感拉扯著她。棘星對她的信任程度甚過於任何雷族貓。但是她的族長真的不太對勁。他試圖殺害自己的女兒！根掌之前說得沒錯，她親耳聽到他說那不是棘星。她抬起鼻吻。「我是來加入你們的。」

莖葉一臉狐疑。「加入我們？」

四周的貓兒不安地蠕動身子。點毛瞇起眼睛，噴嚏雲和斑紋叢挨近彼此，表情存疑地覷著她看。風皮貼平耳朵。

「我很擔心棘星。」鬃霜脫口而出。她不想承認自己一直在偷聽，但她想要雷族快點回到常軌。

「你在這裡多久了？」莖葉的頸毛全聳了起來。

「沒多久，」她告訴他。「我只聽到最後一小段。」她告訴他。「我知道棘星不是真正的棘星。」她搜尋莖葉的目光。他相信她嗎？「你們想要擺脫他。」

莖葉皺眉，彷彿在決定自己該不該相信她。

點毛從他旁邊擠了過來，耳朵憤怒地抽動著。「妳是怎麼知道有這場會議的？」

「我聽見妳跟莖葉的對話。」鬃霜告訴她。

「所以妳又在當他眼線？」點毛不客氣地說道。

又在？這兩個字刺痛了她。她的族貓們真的認為她是棘星的眼線嗎？她只是想幫棘星確保雷族都有遵守戰士守則。「不是當眼線，」鬃霜喵聲道，「我那時剛從穢物處回來，剛好聽見你們跟嫩枝杈和鰭躍討論這件事。我不是有意要偷聽的。」

嫩枝杈走近。「妳為什麼要來？」

「我說過了，」鬃霜吞吞口水。有一小部份的她本來相信她的族貓會很樂於見到她的，她很失望他們一點也不高興。「我擔心棘星。他最近表現得怪怪的。你們說那不是棘星。原來原因在這裡。棘星以前很和善，總是為部族著想，但我覺得這個棘星只想傷害雷族。」她想起廢棄的兩腳獸巢穴那裡曾被故意堆積生鮮獵物留下氣味。「他根本不在乎誰會受到傷害。」

其他貓兒朝她圍了過來。他們的尾巴不安地彈動著，但眼裡閃著興味。她發現根掌也在，不覺鬆了口氣。他信任她，不是嗎？他們是朋友。

「我們要去請教影望他所看到的異象。」根掌告訴她。「也許他能給我們一些線索，查出那個冒牌貨是誰。」

鬃霜覺得這做法不錯，但她有個更好的點子。「可是然後呢？」她沒有他回答。「我們必須先揭發棘星，這才是保障我們安全的唯一方法。我們需要更有份量的貓兒支持我們。」

「更有份量？」斑願甩著尾巴。「影望是巫醫貓，我也是。族長們會聽從我們的話。」

「可是影望是影族貓，而你是天族貓。我們需要有更多雷族貓的支持。」鬃霜看了圍觀的貓兒們一眼，發現他們的毛髮都服貼了下來，這才鬆了口氣。他們相信她是來幫忙的。於是她接著說。「在雷族裡，已經有一隻貓在懷疑棘星不是真正的棘星。如果我們能說服她加入我們，也許就能在不開戰的情況下擺脫冒牌的棘星。」

點毛豎起耳朵。「你說的是誰？」

鬃霜迎視她的目光。**松鼠飛**，但她遲疑了，把名字吞了回去。如果告訴他們，會不會把她好不容易建立起來的一點信任又抹煞掉？**他們可能不相信我**。松鼠飛是棘星的副族長，也是他的伴侶貓。她抬高下巴。她必須告訴他們。雷族副族長或許會是他們最強而有力的盟友。「松鼠飛。」

「松鼠飛？」莖葉驚訝地眨眨眼睛。「她是他的伴侶貓，怎麼可能對抗他？」

點毛點點頭。「要是她控告我們叛變，那怎麼辦？」

根掌愣了一下。「她絕對不會。」

鬃霜看見他背上毛髮蓬了起來，充滿企盼地望著他，其他貓兒也都瞪著他看。

莖葉瞇起眼睛。「你為什麼那麼篤定？」

「我有幫鬼魂傳話給她。」根掌輕聲道。

貓兒們都瞪大眼睛。

樹上前一步。「是我要他這麼做的，」他告訴他們。「鬼魂告訴我，我必須傳話給松鼠飛。而根掌比較容易溜進雷族營地，又不會引起懷疑。」

鬚霜對樹皺起眉頭，一臉不解。「鬼魂告訴你的？」根掌不是跟她說，是鬼魂告訴他的嗎？怎麼變成告訴樹了？

「沒錯。」樹回答道。

根掌表情哀求地對著她眨著眼睛。「樹可以看到死去的貓，」他喵聲道，「所以鬼魂有跟他說。」

她遲疑了。根掌顯然要她附和這個說法。樹也瞪著她看。他們撒謊的背後應該有個正當理由吧。她甩著尾巴。「他說的是真的。」她喵聲道。

斑願瞇起眼睛。「你傳了什麼話給她？」她問根掌。

「鬼魂想告訴她什麼？」螺紋皮追問。

鬚霜看了根掌一眼。她記得他傳的話，那幾個字彷彿已經刻印進她的腦袋裡。

根掌表情嚴肅地看著螺紋皮。「他想要告訴她，他不知道誰在他的軀體裡，但那不是他。」

貓群彼此互看一眼，眼裡閃著不安與焦慮。

「她一開始並不相信，」鬚霜補充說道，「但因為棘星最近的表現都很怪，她再也無法否認。」

風皮若有所思地歪著頭。「但就算她現在相信了，也無法擺脫他啊。她需要族貓們的支持，這風險很大。」

莖葉點點頭。「我們不想看見我們的族貓互相交戰。」他附和道。

「而且我們不能冒險害棘星的軀體受到傷害。」點毛打斷道。「棘星的鬼魂需要有付完整的軀體才能回來。」

莖葉環顧其他貓兒。他們焦急地互看彼此，坑地瞬間被沉默籠罩。

鬃霜蓬起毛髮，一臉挫折。「我們必須做點什麼，」她催促道。「冒牌貨甚至想試圖殺害火花皮。」

嫩枝杈毛髮瞬間倒豎。「妳說什麼？」

「她根本不是意外撞見狗的，」鬃霜環顧他們。「棘星派火花皮去我們領地上那處廢棄的兩腳獸巢穴旁邊找貓薄荷，」她解釋道，「結果在搜找時遭到狗的攻擊。我跑去查探了那個地方，才發現原來有貓兒在舊巢穴裡面堆了生鮮獵物，我猜一定是棘星幹的。我想他是在火花皮去找貓薄荷的前幾天，就先誘狗到那裡去，故意設下陷阱。」

「妳怎麼知道是棘星幹的？」斑願問道。

「還會有誰做這種事？」鬃霜對她眨著眼睛。「她只是想找到獅焰，他就對她發火，哪怕赤楊心跟他說貓薄荷這時候還沒長出來，他還是執意派她去那裡。」

嫩枝杈朝鰭躍走近，緊張地抽動尾巴。「我們得天天提心吊膽了。」

「我想也是。」鬃霜對她眨著眼睛。「這也是為什麼我們必須說服松鼠飛加入的原因。我不認為這有多難。她一定也想要真正的棘星回來。」

點毛的眼神很是提防。「我們為什麼要相信妳真的想幫助我們？妳可能是在幫棘星當眼線啊。」

「我為什麼要當冒牌貨的眼線？」鬃霜挺起肩膀。「你們必須相信我。我之前不知道他的真面目，所以想盡可能協助他。但現在我知道他不是棘星，我要保護我的部族。我一定會照你們的話做。」

莖葉疑色地覷著她看。「妳認為妳可以說服松鼠飛加入我們？」

「當然可以！」鬃霜熱切地眨著眼睛。

點毛豎起耳朵。「加入我們還不夠。她也必須告訴其他族長，棘星是冒牌貨。」

「我可以問問她。」

「妳必須說服她。」點毛催促道。「這是我們能從棘星手上救回部族的唯一方法。」

「我試試看。」鬃霜的腳爪亢奮到微微刺癢，從現在起她要幫忙導正，讓一切回到常軌。

點毛環顧貓群。「要是松鼠飛能告訴其他部族出了什麼事，他們就勢必得幫忙我們。」

斑願的耳朵不安地抽動著。「要是他們不相信她呢？」她喵聲道，「畢竟她也在守則破壞者的清單裡。」

噴嚏雲點點頭。「棘星一直要求在守則破壞者的這件事情上，所有部族都得遵照星族的意旨。所以如果他的立場跟星族的一致，就會很難說服大家他只是個冒牌貨。」

「我們必須對自己的族貓有信心，」莖葉告訴河族戰士。「他們聽到這件事之後，一定會像松鼠飛一樣認清事實。愈多部族知道真相，他的力量就愈被削弱。」

風皮咕噥出聲。「這感覺會不會像是松鼠飛在無中生有地製造事端？」

「事端早就被製造出來了！」點毛怒瞪著他。「難道你要袖手不管，眼睜睜看著這個冒牌貨把任何一隻可憐的貓兒驅逐出境，永遠放逐，或者試圖害死更多族貓？」

風皮揮著尾巴。「我當然不想。但也不能認定這件事可以輕鬆辦到。」

鬃霜抬起鼻吻。「松鼠飛辦得到。」

斑願目光黯了下來。「我也希望她辦得到。」

✦
✦
✦

鬃霜抵達營地時，黎明已經點亮天際線。她一路跟在莖葉和點毛後面，保持距離，不確定他們是否已原諒她之前的行徑。再說這兩位戰士現在走得這麼近，待在旁邊的她總覺得尷尬。雖然她已經把她對莖葉的感情擱在一旁，但這不代表看見他和點毛走在一塊不會令她傷心難過。等她抵達山谷時，他們已經回到他們的臥鋪。於是她蹲在擎天架底下等待族貓們醒來。

林間才剛滲出天光，她就趕忙起身，甩掉全身上下的寒意。刺爪是第一隻醒來的貓。他眨眨眼睛從戰士窩了出來，一看到空地對面的鬃霜，立刻點頭招呼。「我來帶領第一支巡邏隊，好嗎？」他問道。

「好啊，」她感激地眨眨眼睛。她忘了自己應該負責組織黎明巡邏隊。「你可以自己決定帶哪些隊員去。」

「好的。」刺爪低頭鑽回窩穴去喚醒其他窩友，這時亂石堆上的石子嘎吱作響。鬃霜扭頭去看，幸好正蹣跚爬下亂石堆的是松鼠飛。

她停在鬃霜旁邊。「妳組織好第一支隊伍了嗎？」

鬃霜點點頭。「刺爪會當領隊。」她喵聲道，「我要他自行決定隨行的隊員。」

「很好，」松鼠飛回頭看了擎天架一眼。「棘星還在睡。他醒來時會想看到他的族貓們都在勤奮地工作。」

鬃霜表情嚴肅地看著她。「我可以跟妳談一下嗎？」她問道，「私下談？」

松鼠飛瞇起眼睛。「當然可以。」她帶著鬃霜走到營地邊緣，這時刺爪正領著獅焰、鼠鬚和樺落從窩穴裡出來。她面對鬃霜，眼裡閃著好奇。「什麼事？」

鬃霜猶豫了一會兒，等巡邏隊離開營地，進到林子裡。她一直等到最後一位戰士也走了，才迎視松鼠飛的目光。「我剛開完會回來。」她開口道。

「剛開完會？」松鼠飛耳朵抽動。

「有幾隻不同部族的貓碰面商討棘星的事。」她緊張地看了擎天架一眼。「他們知道他是冒牌貨了。」

「怎麼知道的？」松鼠飛蠕動著腳。

「樹告訴他們的，」鬃霜解釋道。「我猜一定是根掌跟他說的。」

「他們打算怎麼做？」松鼠飛挨近她。

「在得到更多支持之前，他們不會輕舉妄動。」鬃霜告訴她。「但他們想要妳去告訴其他族長，有關棘星的事。我們必須反抗他，可是除非有更多貓兒站在我們這邊，否則我們不會成功。」她一臉企盼地搜尋雷族副族長的目光。若要把她所知的真相告知其他族長，得冒很大的風險。因為要是他們趁機利用雷族此刻最不堪一擊的時候，反將一軍，那該怎麼辦？要是他們不相信她，反而跟棘星檢舉她是叛徒，又該怎麼辦？她焦急到毛髮聳得筆直。

松鼠飛的眼睛在初曉的晨光下炯炯發亮。她看了擎天架一眼，隨即迎視鬃霜的目光。「交給我來辦。」她喵聲道。「我會先去葉星那裡，我想她會聽進去的。天族沒被點名有守則破壞者，所以她比較可能自行做出判斷。」

「要是她不相信妳呢？」鬃霜問道。「冒牌棘星有星族當他的擋箭牌。」

「我只能告訴她我所知的事，」松鼠飛喵聲道。「每個戰士都得自己做出選擇，不過大家不是都看到棘星最近的舉止了嗎？」

「但還是有些貓兒認定他是對的，」鬃霜直言道，「他們也認同守則破壞者必須贖罪，星族才能回來。所以對抗棘星等同於開戰。」

「真正的戰士絕不會蓄意要部族受苦。」松鼠飛目光堅定。「如果我們能說服族長們和巫醫貓們棘星是冒牌貨，必須阻止他，那麼就算開戰，應該也不會持續太久。」

鬃霜愣了一下，因為這時有個影子劃過擎天架，棘星正朝亂石堆走來。「他來了。」驚恐不已的她硬生吞下心裡的恐懼。

「沒關係，」松鼠飛直起身子。「他不知道我們已經發現了。」

「妳要怎麼去找葉星？」鬃霜問道。「他不會讓妳離營的。」

「我是守則破壞者，不是嗎？」松鼠飛朝她眨眨眼睛，隨即轉身面對正跳下亂石堆的棘星。

鬃霜努力讓身上毛髮服貼下來，但還是緊張到肚子裡像有蝴蝶在撲撲拍翅。她們倆的對話會不會被他發現？這時棘星突然出聲喚松鼠飛，鬃霜的心頓時一抽。

「我起來妳就不在了。」他穿過空地，語氣委屈。「我還在想妳跑哪兒去了。」

「我想在我離開前，先跟鬃霜討論一下巡邏隊的事。」松鼠飛語氣平和地說道。

「離開？」棘星瞪大眼睛。「妳又不是不知道我要妳留在這裡。」

「我一直在想星族的旨意。」松鼠飛告訴他。「我覺得我應該為自己的破壞守則贖罪。」

鬃霜豎起耳朵。松鼠飛在說什麼？

棘星抽動著耳朵。「可是妳已經跟星族談過了，祂們赦免了妳的罪。」

「也許吧，」松鼠飛喵聲說道，「但我們必須遵從星族的旨意。更重要的是，也必須讓其他部族看到我們有確實遵守，否則怎麼寄望其他部族也跟著遵守呢？我必須證明給他們看我願意贖罪。」

「妳可以跟獅焰和松鴉羽一樣起誓就行了。」棘星提議道。

「不行，」松鼠飛的目光堅定。「之前獅焰因為破壞守則就必須受罰離開部族，我得以身作則。」

亢奮的感覺宛若電光火石在鬃霜的腳爪滋滋作響，她突然懂了松鼠飛的盤算。她打算利用贖罪的藉口去走訪其他部族，警告他們！

「我需要幾天的時間跟星族修復關係。」松鼠飛繼續說道。「祂們會親眼見到我在為我的破壞行為致歉。如果祂們要回來，當然得讓祂們先看見每一個守則破壞者都在贖罪才行。戰士絕對沒有守則來得重要……哪怕是副族長也一樣。」

鬃霜看了棘星一眼，只見他背上的毛髮不安地聳了起來。他被說服了嗎？「如果松鼠飛也贖罪的話，一定可以為部族立下榜樣，」她趕緊說道。「他們會比以前更全心遵守戰士守則。星族也會更快回來。」她瞪著他看，巴不得他趕快同意松鼠飛的計畫。

棘星的目光在鬃霜和松鼠飛之間來回巡看。「我想也是。」他喃喃說道。「我不會離開太久，等我回來以後，我就能成為一個更夠格的副族長。」松鼠飛催促他。

棘星彈動尾巴。「好吧，」他喵聲道，「妳可以去。」

「如果我現在就走，才能早點回來。」松鼠飛轉向鬃霜。「我不在的期間，妳可以妥善編派隊伍嗎？」

「我會盡我最大的努力。」鬃霜承諾道。

松鼠飛用鼻頭輕觸棘星的鼻吻。「我會想念你的。」她低聲說道。

鬃霜看見雷族副族長的尾巴抽動了一下，**把冒牌貨當成棘星，這對她來說一定很不好受。**隨後，松鼠飛轉頭朝入口走去，鬃霜垂頭對她致敬。棘星目送著他的伴侶貓，表情悵然。

鬃霜的胃突然揪緊。他有可能會把氣出在雷族貓身上，她最好安慰他一下。「別擔心，」她有點尷尬地說道，「她不會去太久，你再回去睡一會兒好了。」臥鋪沙沙作響，其他族貓正在醒來。她想快點讓棘星回窩裡去，免得又去找其他貓兒們的碴。她朝空蕩蕩的生鮮獵物堆點頭示意。「沒有獵物了，現在除了編派第一支狩獵隊之外，也沒別的事好做了。」

「是啊。」他咕噥道。「太陽都還沒出來呢。」

她鬆了口氣，因為棘星正往亂石堆爬了上去。

灰紋睡眼惺忪地從長老窩裡出來，看見雷族族長消失在窩穴裡。「他這麼早起來幹什麼？」

「松鼠飛出去贖罪了。」鬃霜告訴他。「他剛在跟她道別。」

灰紋驚訝地瞪大眼睛。她藏住得意的表情。這位老戰士完全不知道松鼠飛不是真的要去跟星族重修舊好。棘星當然也不知情。雷族副族長打算出營去告訴所有部族，她的族長是冒牌貨，必須擺脫他。她緊張到腳爪微微刺癢。**只希望他們會相信她。**

第十八章

森林沐浴在灰色的晨光裡，影望回頭朝營地走去。從月池回程的這一路上，他一直揮之不去那股強烈的預感。他剛試圖跟星族交通，但總覺得有誰在監視他，那感覺到現在都還令他毛骨悚然到毛髮微微刺癢。他已經把祂們的旨意傳遞給部族，部族也聽進去了。但問題卻每況愈下，所以他確信當初跟他說話的絕不是星族。但如果不是星族，又是誰呢？**我到底幹了什麼好事？**

他回去時，部族一定還沒醒，但他必須盡快警告他們。**這一切絕非星族在導引，是另有其貓！**他快到營地時，忍不住拔腿前奔，衝進入口。焦毛和蓍草葉正在空地上，蛇牙和水塘光站在他們旁邊，神情焦急地看著虎星。為什麼他們起得這麼早……為什麼表情這麼害怕？

「出了什麼事？」影望眨眨眼睛，看著他父親。

虎星豎起耳朵，顯然很訝異。「你去哪裡了？」

他遲疑了一下。他有權獨自離營遠行嗎？隨即很不高興地推開這念頭。**我是巫醫貓！當然可以。**「月池！」影望搜尋他父親的目光。他的眼裡是閃著恐懼嗎？「我想跟星族交通，但是……」

虎星打斷他。「鴿翅為了贖罪，離開了。」

「什麼？」一股不祥的預感頓時衝上影望的腦門。

「她要離開影族領地三天，藉此贖罪懲罰自己曾打破守則……」虎星低吼，顯然很懊惱鴿翅必須贖罪。

「你為什麼不阻止她？」影望不敢相信自己的耳朵。

「她想走。」虎星告訴他。

水塘光的目光嚴肅。「她說她不能待在這裡眼睜睜看著部族受苦。她必須做點什麼讓星族知道她深具悔意。」

蛇牙意有所指地怒瞪著影望。「要是你沒點名她，她就不必贖罪了。」她嘟囔道。

焦毛的耳朵不停抽動。「就算她沒被點到名，大家也都知道她破壞過守則啊。」他直言道。「影望就是因為她破壞守則才生出來的。她去贖罪，也是為了保護她的部族。」焦毛喵聲道。「星族顯然很氣我們。因為最近有太多戰士受傷了。」

蓍草葉點點頭。「如果她去贖罪，我們的運氣才有可能轉好。」

入口通道四周的灌木叢一陣顫抖，影望胸口燃起一線希望。莫非鴿翅改變心意回來了？但心隨之一沉，原來是螺紋皮、熾火和苜蓿足走進營地。他們那麼早出去做什麼？

苜蓿足一看到虎星，立刻豎起耳朵。「你醒了？」

虎星看了影族副族長一眼。「你們去哪裡了？」

「我們去狩獵。」螺紋皮趕緊說道。

苜蓿足揮動尾巴。「我們想也許可以試試看夜間狩獵，因為白天獵物很少。」

焦毛的目光越過她。「你們的獵物呢？」

熾火聳聳肩。「應該是夜裡的天氣對獵物來說太冷了。」

虎星沒再質問他們，顯然心不在焉。「鴿翅為了贖罪，離開了。」苜蓿足的耳朵不停抽動。「離開？」

「她會離開影族領地三天。」虎星告訴她。

影望注意到影族副族長緊張地看了螺紋皮一眼，後者別開目光。他們怎麼看起來鬼鬼祟祟的？他強迫自己揮卻這念頭，現在不是擔心這種事的時候。「我們必須把鴿翅找回來。」他告訴他父親。

「為什麼？」虎星偏頭看他。

「她獨自在外很危險。」

「我也希望她沒離開，」虎星告訴他。「但不要忘了，你母親是位戰士，她會好好照顧自己。」

「她可能會受傷！」影望彈動尾巴。

「她必須贖罪。」焦毛低吼。

影望怒瞪著黑灰色戰士，虎星走近他。「星族會守護她的。」他的父親喵聲道。

「祂們不會！」影望的心開始狂跳。為什麼他們聽不懂呢？「我甚至不確定祂們有沒有能力守護她！」

水塘光當場愣住。「你這話什麼意思？」

焦毛豎起那雙參差不齊的耳朵。「星族出了什麼事嗎？」

「祂們都不說話，你們忘了嗎？」影望不客氣地說道。

「可是祂們一直有在跟你交通啊。」焦毛提醒他。

「祂們沒有！重點就在這裡！」愧疚宛若潮水淹沒他全身上下。他錯得太離譜了。

水塘光把他從族貓身邊推開。「你一定是太累了。」他帶著影望朝巫醫窩走去，同時回頭看了焦毛一眼。「我帶他回去休息。」

虎星快步跟在後面，壓低音量。「你剛剛是什麼意思？祂們沒有跟你說過話嗎？」

影望面對他的父親。族貓現在離他們已經有段距離。「祂們離開很久了，自從月池結冰後，就再也沒出現過。」

水塘光貼平耳朵。「你在說什麼？」

「可是祂們有跟你說過話啊，」虎星喵聲道，「祂們讓你看見異象。」

「那不是祂們！」影望嘶聲說道。「所有異象都是來自別處。那個叫我把棘星帶到荒原的聲音，不是星族的聲音。就連守則破壞者的旨意也不是來自祂們。有別隻貓正試圖控制所有部族。」

虎星全身毛髮倒豎。「是誰？」

「我不知道，但他們想要傷害我們。」影望告訴他。

「你怎麼知道？」水塘光走近他，目光炯炯地盯著影望。

「我感覺到的，」影望告訴他，他驚恐到不自覺地抬高音量。「我今晚才恍然大悟。我沒去過祂們的狩獵場。我只是聽到一個聲音，看到黑影。我真的沒辦法解釋，但我感覺得到我在月池的時候，它也在那裡。」他看著虎星和水塘光，希望他們能懂他在說什麼。「它盯著我看，看得我毛骨悚然。我不知道它是誰，但它也感覺到……」他遲疑了，它是怎麼感覺的？這些記憶令他全身發抖。「那實在太恐怖了，不可能是星族。我卻讓它牽著我的鼻子走……一直牽著我的鼻子走。」

「小聲點，」水塘光命令道。「不能讓族貓們知道這件事。他們信任你，始終照著你的話做。」

影望哽咽。「我知道啊。」

虎星的尾巴撫過影望的背脊。「你冷靜下來，」他喵聲道，「我們會解決的。」

「解決？」水塘光對著影族族長眨眨眼睛。「棘星因影望的異象而失去一條命。各部族因守則破壞者的事情互相爭鬥。這時要是讓他們發現這一切都是因為影望搞錯而引起，他們會有什麼反應？他們不只會怪他……也會波及整個影族。」

影望害怕到像肚子像被掏空了一樣。「對不起，」他一臉絕望地看著水塘光。「我那時以為我是在幫大家的忙。」

「我們不能說出來。」水塘光警告虎星。

影望當場愣住。「可是我們必須說出來啊！我們必須警告他們！」

「你要讓每個部族都跟我們反目成仇嗎？」水塘光的頸毛豎了起來。

虎星彈動尾巴。「這種事交由我來擔心。」他告訴水塘光。「我們得為所有部族著想。這陣子指引我們的若不是星族，那就表示五大部族有危險了。」

影望點點頭。「不管是誰點名守則破壞者，都意圖都不良。」

虎星瞪大眼睛。「鴿翅獨自在外。」

「我們必須找到她。」影望對他父親眨著眼睛，但虎星沒理他，已經直接衝向營地入口。

「你要去哪裡？」苜蓿足在他經過時這樣喊道。

「我去追鴿翅，」虎星告訴她。「她應該留在營裡。」

「可是她必須贖罪啊！」焦毛在他後面喊道。

影望追在虎星後面，他低身鑽進通道，心臟撲通撲通跳得厲害，跟著走進林子。

虎星停下腳步，嗅聞地面，並張開嘴巴，搜找氣味。「走這邊！」他沿著一條通往部族邊界的小路走。影望跟在旁邊，氣喘吁吁地想追上他的腳步。幾條形似貓爪的溝渠直穿松樹林，虎星躍過它們。影望緊追在後，在溜滑的林地上蹣跚站穩。他的肺快要炸開來，而這時的他們已經離轟雷路很近，正要循著蜿蜒的道路朝日升之處走去。橘黃色陽光灼燒著林子，森林看上去烈焰焚身。他們並肩向前疾奔，一路上不發一語。但林中的鳥兒開始聒噪，叫聲愈來愈大，聽上去就像在警告正從這裡經過的虎星和影望。

怪獸的怒吼聲從林子後方傳來，影望緊張得豎起毛髮。「我們要越過轟雷路嗎？」他氣喘吁吁，往旁邊的虎星看了一眼。

「如果她的蹤跡是往那裡去，我們就得過去。」虎星停下腳步，嗅聞地面。

影望張開嘴巴。他聞得到他母親的氣味，那味道跟她留在營地裡的一樣濃烈。虎星完全沒有追丟，這還是他第一次停下來查看有沒有跟對方向。

「你怎麼這麼容易就追蹤到鴿翅的氣味？」他喵聲道。

「我以前追蹤過一個月，當時她是往城裡走去。」虎星告訴他，同時掃視林子。「聞起來很像是她又回去兩腳獸的地盤了。」他開始往前走，但這次走得比較慢。影望這才有機會喘口氣。虎星的目光始終望著前方。「你確定這些意旨不是來自星族？」

「真的不是，」影望一想到月池的那個存在體，頓時毛骨悚然。「我想他們會挑中我來傳話，是因為我不像其他巫醫貓那樣經驗老到。」他慚愧到全身發燙。「我不應該那麼急著想聽到星族的聲音。」

虎星冷哼了一聲。「這跟經驗無關。星族沉默了那麼久，任何巫醫貓都會想急著聽到星族的聲音。」他的身子輕輕與他摩娑。「別太苛責自己。你相信你是在做對的事情。」

自從影望不顧父親的反對，逕自向其他巫醫貓公布異象之後，這還是虎星頭一次心平氣和地與他對話。「對不起，當時我沒聽你的話就公布異象。」影望喃喃說道。

「過去的事就別再提了。」虎星揮動尾巴。

「但要是我不說出來，鴿翅也不會獨自離營。」影望的喵聲裡帶著愧疚。

「但要不是你告訴我們你錯了，我們現在也不會想去找她回來啊。」虎星告訴他。「真正的戰士都會勇於承認自己所犯的錯。」

影望感激地看了虎星一眼。他還記得他母親說過的話，**承認犯錯沒有什麼不好。**他覺得感恩，何其有幸能有鴿翅和虎星這對父母。

虎星拔腿前奔。「我看到前方的兩腳獸巢穴了，就在林子後面。」

影望跟在他父親後面跑，奮力想追上，林子愈來愈稀疏，方型窩穴赫然出現在清晨的陽光下，但被高聳的圍牆擋住去向，虎星臨時轉個方向，趨近轟雷路，低身從路邊整排雜亂的灌木叢旁邊走過去，循著那條繞過兩腳獸巢穴的路面前進，這條路最後穿過一片廣袤貧瘠的草地延伸而去，他們倆才停下腳步。

虎星抬起鼻吻嗅聞空氣。他父親不安地豎直耳朵，這時一股新的氣味襲上影望的鼻頭。他恐懼到肚子微微刺癢。他聞到腐舊的狗味。這地方很危險。他掃視草地，顏色棕黃，全枯死了，地面坑坑洞洞，到處是兩腳獸的雜物和一坨坨的垃圾。四周是高聳的網狀圍牆，每次有怪獸呼嘯而過轟雷路，網子就咯咯作響，圍牆旁邊是排列整齊的兩腳獸窩穴，往四周延綿不絕。

鴿翅為什麼選這麼骯髒的地方？影望貼平耳朵，擋住那足以撼動空氣的低沉聲響。他還記得小時候聽過。怪獸會在兩腳獸窩穴之間來回巡邏。「她為什麼要來這裡？」

「也許她以為如果用最辛苦的生活方式贖罪，星族就會原諒她。」虎星正穿過乾枯的草地，小心繞過那幾坨顯然沒被兩腳獸帶走的垃圾。

影望跟在後面，盡量貼近。他們掃視草地，尋找鴿翅的身影。他嗅聞空氣，但舌尖竟被怪獸和兩腳獸的臭味黏附。「我們怎麼可能找到她？」驚恐像風暴一樣在他的胸口翻騰。要是她已經走到兩腳獸地盤的深處，或者走遠了，那該怎麼辦？他們可能追不上她，最後什麼都來不及了。

「你看。」虎星停下腳步，嗅聞泥塘旁邊一個模糊的腳印。

「是鴿翅的嗎？」影望瞪著他父親看，瞬間躍起的希望宛若某種尖物刺痛他的心，銳利到他幾乎無法承受。

虎星皺起眉頭。「我不知道。這裡的臭味掩蓋了所有氣味。」

「你確定她不會繞過兩腳獸地盤嗎？」焦急的影望對著他父親眨眨眼睛。

「是她的氣味引我們到這裡來，」虎星告訴他。「她才走沒多久，我們就追過來了。她一定就在附近。」他說話的同時，突然有響亮的撞擊聲劃破空氣。影望聞聲轉頭，心臟像被恐懼炸開了一樣，他看到一個廢料桶正在地上滾動，蓋子飛了出來，不停打轉，最後摔在地上。一隻橘色的貓從裡面衝出來，慌張逃開，另一隻黑白色公貓追在後面，貼平耳朵，垂著尾巴。

「拾荒貓。」虎星在後面看著他們，背上的毛全豎了起來。

影望只覺得反胃。鴿翅就在這裡某處，混在獨行貓和惡棍貓之間。他朝虎星挨近。「我們一定要找到她。」

虎星愣在原地，一直瞪看著廢料桶。

影望循著他的目光。就在兩腳獸的垃圾底下，有個灰色身影在暗處移動。他認出那個身影。「鴿翅！」喜悅溢滿胸膛，他穿過草地，疾奔過去，腳爪在泥濘的地上打滑。

他一趨近，鴿翅就從暗處鑽出來，兩眼瞪得斗大。「影望！你來這裡做什麼？」她的目光掠過他身上，望向虎星。「影族出了什麼事嗎？」

「沒事。」影望在她面前剎住腳步，鼻吻摩搓著她的面頰，這時虎星也在他們旁邊停下來，對著鴿翅開心地眨著眼睛。

「妳必須跟我們回去。」虎星喵聲道。

「可是我還沒贖完罪。」鴿翅告訴他。

「妳不用贖罪。」影望告訴她，並趕緊解釋當初他所看見的異象並非來自星族，而是別隻貓兒。

他才說完，鴿翅就盯著他看。「如果你是為了保護我才撒謊，那大可不必。」

「我沒有，」他急切地說道。「妳告訴過我一定要說實話。這就是實話。我心裡由衷感覺得到那不是星族。」

虎星走到他旁邊。「我相信他。」他喵聲道。「有貓兒想傷害五大部族。他們利用影望來分化我們，所以現在若有任何一隻貓兒離營遠行都很危險。在找到禍源之前，我們必須先團結起來。」

鴿翅回頭看了兩腳獸的那堆垃圾一眼，那是她之前的藏身處。然後她果斷地彈動尾巴。「如果是這樣，我們最好趕快回去。」

影望深吸一口氣。鴿翅平安無恙。等他們一回到家，就可以好好想想這一切是怎麼回事，再擬定計畫來解決問題。虎星和鴿翅相偕低頭穿過汙穢的草地，他鑽到他們中間。不管有沒有星族，他們總是陪在他身邊。這時一個不祥的預感當頭罩下，嚇得他不由得發抖。還好那個異象他公布得晚，要不然那異象恐怕早就毀了一切。

第十九章

根掌目光熱切地掃視島上空地。圓潤明亮的滿月掛在鴉烏烏的夜空上，其他部族都已抵達，像湖水波紋漫了進來，他們垂頭招呼，閒聊打趣，毛髮在月光下如絲光滑。他看到松鼠飛站在鴉羽和苜蓿足旁邊。雷族副族長已經找過其他部族族長，警告他們棘星是個冒牌貨了嗎？他搜尋鴉羽的目光，風族副族長知情嗎？沮喪像針一樣扎著根掌毛髮底下的皮膚。他根本看不出來對方知不知情。他得等會議開始才能曉得他們會不會當場質疑棘星。

樹和紫羅蘭光走在貓群裡，這時葉星和鷹翅正往大橡樹走去。棘星的鬼魂繞過空地，走到最遠處，目光一路緊盯著假棘星，後者正跳上橡樹。鬼魂是跟在天族隊伍後面進到小島的，一路保持距離，這讓根掌如釋重負，它現在總算知道當他與族貓為伍時，根本顧不上它。

斑願的毛髮刷過根掌。「我們得先找影望談一下。」

根掌點點頭。他沒有忘記他在祕密會議裡的承諾。他和斑願會負責去問影望異象的事。影族巫醫貓感覺得到棘星是冒牌貨嗎？他一路跟緊正穿梭貓群的斑願，朝影望走去，後者就站在虎星旁邊。

「嗨，斑願。」他們還沒走到那兒，半途就碰到熱心招呼的赤楊心。

斑願慢下腳步。「嘿，赤楊心。」

根掌看得出來她正試著保持語氣的淡定，目光卻焦急地射向年輕的影族巫醫貓。

「天族最近好嗎？」赤楊心問道。「有貓兒生病嗎？」

「目前沒有。」斑願禮貌性地垂頭，想要繼續往前走。

赤楊心顯然還想多聊點。「金盞花有在妳的領地上發芽嗎？」他喵聲道。

「還沒。」斑願告訴他。

「樺樹林那裡有長一些出來。」赤楊心告訴她。「不過要再等一個月才能去摘。」

「快走啦，」根掌在斑願耳邊低語。「大集會就快開始了。」橡樹樹枝上的棘星正一臉期待地瞪看著貓群。

斑願再度向赤楊心垂頭致意。「不好意思，我得趕在大集會開始前，先找影望說幾句話。」

「是哦？」赤楊心一臉不解。「有什麼需要我……」

但他還沒來得及說完，斑願就匆忙走了。跟在斑願後面離開的根掌一臉歉然地瞥了雷族巫醫貓一眼。

斑願和根掌停在影望旁邊跟他打招呼，但影族巫醫貓似乎很緊張，月光下的眼神閃爍不定。「嗨。」他說道，卻幾乎不曾迎視斑願的目光。

「我想跟你談一下。」斑願告訴他，同時看了虎星一眼。「私下談。」

虎星卻挨近他兒子。「大集會就要開始，」他一本正經地說道，「也許你們可以會後再找他談。」

影望覷了他父親一眼。根掌瞇起眼睛。虎星為什麼變得這麼防備？

「我真的需要現在先跟他談一下。」斑願目不轉睛地看著影望。

「晚一點好了。」影望垂下目光，心虛地蠕動著腳。

「斑願！」赤楊心跟在他們後面穿過貓群。「什麼事這麼重要？」他緊張地來回看著斑願和影望。「有什麼事情嗎？」

「沒什麼重要的事。」斑願的毛髮聳了起來，根掌感覺得到她的沮喪，因為葉星這時已經跳上橡樹。霧星和兔星也正匆忙過去就定位，影望旁邊的虎星有些遲疑，顯然不願離開他兒子。

斑願對根掌點頭。「你最好快回到族貓那裡，」她告訴他。「大集會快開始了。」

根掌心不甘情不願地轉身離開，擠進貓群。他又回頭看了一眼，只見斑願在橡樹底下就定位，赤楊心、松鴉羽、蛾翅和柳光也都在她旁邊坐定。而虎星則是等到隼翔也在天族巫醫貓旁邊坐下來，影望和水塘光安坐在他的另一邊，這才爬上大橡樹的樹幹。

鑽進貓群裡的根掌注意到戰士們都很提防地看著彼此，他們似乎很緊張。他聞得到空氣裡瀰漫著恐懼的氣味。四周貓兒全都蓬起毛髮。等他終於走到天族貓那裡，在樹的旁邊坐定，才覺得鬆了口氣。

「你覺得其他族長若指控棘星是冒牌貨，會出什麼事呢？」他在父親耳邊低語。

樹看了貓群一眼。「我不認為現在指控他是明智之舉。」

「為什麼？」根掌眨眨眼睛看著他。

「星族仍然沉默不語，棘星大可指責他們破壞守則。」

根掌皺起眉頭。「可是誰會想聽冒牌貨的話呢？」

「不是每隻貓兒都認定他是冒牌貨。」樹低聲說道，同時朝他靠近。「尤其如果他看起來像是在為星族代言的話。你等著看吧。」

在大橡樹上，兔星和霧星退到粗大的樹枝上，棘星則站在最前面。虎星正不安地覷著棘星。松鼠飛警告過他了嗎？根掌幾天前曾看到松鼠飛來訪天族營地，但葉星到現在都沒告訴族貓她來的目的是什麼。根掌一臉期待地抽動著尾巴。也許葉星正在伺機等候，想直接揭發棘星的真面目。

冒牌貨甩打著尾巴，眼神凌厲地怒瞪著族貓，直到空地安靜下來。「上次我們集會時，」他開口道，「沒有部族肯說清楚守則破壞者該受到什麼樣的懲罰。我希望你們今天都已經決定好了。」

「放逐！」燼足從風族那裡喊道。

呼鬚急切地甩著尾巴。「守則破壞者必須離開部族贖罪，贖完罪後再回來。」

棘星得意到雙眼炯亮。「我很高興已經有貓兒開始明白事理。贖罪是我們喚回星族的唯一方法，而對守則破壞者來說，最好的贖罪方式就是被放逐。」

呼鬚意有所指地瞪著鴉羽看。「有些守則破壞者拒絕贖罪。」他吼道。

根掌心跳加快。風族副族長拒絕贖罪是因為松鼠飛已經對他和兔星提出警告了嗎？他們打算對抗雷族族長嗎？

鴉羽豎起頸毛。「在我聽到星族的旨意之前，我絕不去任何地方。」

棘星瞇起眼睛。「我們已經聽到星族的旨意。祂們說除非守則破壞者贖罪，否則部族就要受苦。」

鴉羽怒視對方。「我們為什麼要聽信你？」

「我代表星族說話！」棘星露出尖牙。

兔星走到枝幹邊緣。「為什麼星族不自己開口？」

棘星轉過身去。「因為守則破壞者還沒被懲罰。」

「放逐他們！」焦毛在影族貓那裡喊道。

「守則破壞者必須贖罪！」錦葵鼻的喊叫聲迴盪在族貓的怒吼聲中。

空地上到處都有戰士抬高音量附和。

根掌不敢發抖，只好挨近樹。「為什麼有這麼多貓都同意棘星的說法？」他小聲對他父親說。

「他們害怕星族的沉默不語。」樹輕聲回答。「為了讓星族回來，要他們做什麼都可以。」

根掌掃視貓群，瞄到了噴嚏雲和鬃霜，這才放心，苜蓿足正站在其他副族長旁邊。點毛和莖葉站在族貓裡靜靜觀望。他們都知道棘星是冒牌貨。他看了樹一眼。「祕密會議裡的貓兒都在這裡，你覺得他們會發言嗎？」

「你會嗎？」樹冷冷地看他一眼，這時族貓們的喊叫聲響徹空地。

根掌吞吞口水。**我們根本寡不敵眾。**

棘星表情稱許地掃視各部族。「我很高興不是只有我看得出來唯有守則破壞者贖罪，星族才會回來。」

霧星看著棘星，目光閃爍不定，表情緊張。「有一點很奇怪，為什麼影望都還沒跟部族公布守則破壞者的事情，你就先知道星族要的是什麼。」

棘星冷冷地瞪看著她。「別忘了，我失去過一條命。我是最後一位曾跟星族交通過的族長。我那時就很清楚祂們要什麼。影望的異象只是幫你們確認這件事而已。」

影望緊張地望向大橡樹。「我不確定我的異象是不是來自星族。」他喵聲道。根掌當場愣住，水塘光則給了影望一個警告的眼色。那位資深的影族巫醫貓是要他噤聲嗎？但是影望沒理會。

「我有可能誤解了意思。」

棘星甩打著尾巴。「你為什麼要懷疑自己？你的異象治好了我的高燒。」

「我的異象害你失去一條命。」影望不安地蠕動著腳。「而且自從星族告訴我部族會受苦之後，就沒再跟我說過話。祂們會什麼要給我一個會害族貓們反目成仇的異象，然後就不說話了？祂們理當幫助我們才對。」

棘星在枝幹邊緣傾身，瞪看著影望，那樣子就像狩獵者正在打量獵物一樣。他縮張著爪子，目光威脅。根掌緊張到大氣不敢喘。影族巫醫貓看起來好像突然變小了。棘星是打算攻擊他嗎？

棘星身上的毛又服貼了下來，威嚇的眼神不見了。他垂下頭。「你還年輕，」他語帶寬容地說道。「當初看到異象時，還只是個見習生。所以我並不訝異你難以分辨真相和想像之間的差別。不過你告訴我們的異象非常清楚。祂們對你開口，點名有哪些守則破壞者……其中有一些還是你從來不認識的貓兒。」他的目光掃向貓群，同時繼續說道：「有誰可以否認他異象裡被點名的貓不是守則破壞者？」

虎星憤怒地豎起耳朵。「每隻貓都曾經在某個時間點破壞過守則，不管是有意還是無意。重要的是戰士的心。如果戰士忠貞高尚，誰在乎他們以前有沒有犯過錯？」

「星族在乎。」棘星面對影族族長。「祂們的旨意非常清楚。」

「旨意是很清楚，」影望上前，伸長脖子看棘星。「但我不認為那來自星族。」

「胡說八道！」棘星氣到身子微微抽動。「不然是從哪來的？」

莓鼻熱切地看了他的族長一眼。「只有星族才會在意戰士守則！」

「星族訂出守則是有理由的！」站在河族貓裡的錦葵鼻吼道，「我們必須照祂們的話做！」

「守則已經被破壞了！」焦毛從影族戰士那裡抬眼說道。

根掌捕捉到鬃霜的目光。她無助地看著他，這時更多附和聲從各部族傳來。莖葉和點毛挨近彼此。苜蓿足表情嚴肅地瞪看著貓群。

「守則破壞者必須贖罪！」哈利溪甩著尾巴。

雀皮豎起耳朵。「我們必須把星族找回來，」他喊道，「祂們會沉默一定有祂們的理由！」

貓群裡的根掌突然害怕了起來。難道天族貓也站在棘星那邊？他望向空地邊緣，待在那兒的鬼魂正一臉失望地望著他，它的肚子緊貼地面，像一隻走投無路的兔子。根掌心情沉重，無比恐懼。**鬼魂一定知道這其中的危險性**。要是各部族的戰士都認定贖罪是找回星族的最好方法，那麼違抗他們的意願，恐怕會引發戰爭。要是最後的結局是部族貓開戰互相廝殺，鬼魂仍想執意擺脫冒牌貨嗎？

焦毛走到橡樹底下，抬頭望著棘星。「鴿翅離開影族去贖罪，但她還沒贖完罪，虎星就跑去把她帶回來。」他的目光忿忿不平地射向虎星。

虎星蓬起毛髮。「我不能讓鴿翅不顧安危地去冒險。」

「所以你就可以不顧全部族的安危嗎？」焦毛與他對視。

棘星朝虎星扭頭。「這是真的嗎？你不讓守則破壞者去贖罪？」

虎星抽動著耳朵。「我是影族族長。影族的事情由我說了算。」

棘星沒有移動。「你是要違抗星族的律法嗎？」

「這得交由星族自己決定，」虎星不滿地抽動著尾巴，「不是由你來決定。」

棘星的目光轉向貓群。「要找回星族，唯一的方法就是團結。不管守則破壞者來自哪個部族，都必須贖罪。」他不屑地瞥了鴿翅一眼。「松鼠飛已經贖罪了……為什麼鴿翅不行？」他沒有等對方回答。「無法貫徹星族律法的族長，根本沒有資格當族長。」

空地四周的戰士不安地互看彼此。這時莓鼻抬起鼻吻。「如果律法無法貫徹，星族就不會回來。」

「族長必須帶頭做榜樣！」錦葵鼻對著虎星怒吼。

「族長對部族有責任！」哈利溪大聲說道。

正當附和聲在貓群裡如漣漪漫開來時，棘星的目光射回虎星。「要是你無法領導影族，那麼也許應該由苜蓿足來代位。」

根掌毛髮倒豎地看著苜蓿足。她知道棘星是冒牌貨，應該不會同意他的要求吧？影族副族長緊張地蠕動著腳，然後上前一步。「我支持虎星，」她緩緩說道。「我不會取代他。我不會讓別族來告訴我們該怎麼做。」她的頸毛高聳，與棘星的目光對峙。

棘星冷哼一聲，又望向貓群。「影族戰士不該因為他們的守則破壞者沒受到懲罰而受苦受難。」他的目光鎖住焦毛。「不管是影族的族長還是副族長，如果他們沒打算奉行戰士守則，那麼也許我們應該幫他們找個新的族長。」

焦毛的耳朵緊張地抽動著。他退回貓群，但附和棘星建議的低語聲在他四周響起。

「我們需要的是可以把星族找回來的族長。」燼足的喵聲出現在風族貓裡。

驚恐如電光火石在根掌的胸口流竄。大集會不是這樣開的，這會議不是應該拿來揭發棘星的真面目，讓五大部族團結一氣地對抗他嗎？可是怎麼反倒比以前更支持他。現在若直接指明他是冒牌貨，恐怕會開戰。絕望的根掌對著鬃霜眨眨眼睛。她迎視他的目光，只是緊張地瞪大眼睛。他朝斑願轉身。也許巫醫貓可以開口說點什麼。但她也只是冷冰冰地望著前方，彷彿正在設法隱藏自己的感受。沒有貓兒要開口嗎？就連鬼魂似乎也放棄了。它蹲坐在暗處，透明的身影蒼白到幾乎猶如一抹月光。**我必須做點什麼！**全身微微刺癢的根掌抬高下巴。「我們的祖靈會允許各部族反目成仇嗎？」

他的聲音聽起來就像在低語一樣，但四周的貓兒似乎都安靜了下來。

「你說什麼？」松鴉羽朝根掌轉頭。「見習生，講大聲點！別讓我覺得自己不只是個瞎子，還是個聾子。」

貓兒們的目光似乎都朝他轉來，根掌全身發燙。他強迫自己開口。他看著鬼魂。**我是為了你才開口的！**「就算死去的貓靈無法跟在世的貓兒說話……」他希望那個鬼魂可以振作起來。「祂們還是看得到我們。」要是連棘星的靈魂都垂頭喪志，那麼想挺身而出、力抗冒牌貨的貓兒們還有什麼希望呢？「祂們一直在我們左右。如果祂們看到我們拿祂們來當藉口互相攻訐，你們覺得祂們情何以堪？」

他感覺到棘星的目光像一把火灼燒他全身上下，只能挺起胸膛，勇敢對視。他搜尋他的目光，好奇究竟是誰隱身在那對燃著怒火的眼睛後方。如果不是真的棘星在瞪視他，那麼到底是誰？

「你是樹的小孩，對吧？」棘星的齜牙低吼就像狐狸一樣尖細。

根掌強迫自己不要退縮。「沒錯，就是我。」

「你父親認為森林裡到處都是鬼，但只要是真正的戰士都知道死去的貓會去星族，沒有靈魂圍繞在我們四周。」他的目光閃著疑色。「你為什麼要發言反對戰士守則的貫徹行動？難道你也是守則破壞者？」

根掌覺察到他旁邊的樹愣了一下。「我的孩子不是守則破壞者，」他不客氣地回嗆。「死去的貓兒可以想去哪裡就去哪裡。就因為你是族長，並不代表你有那個權力來決定祂們的去向。我父親死後，我曾在森林裡看到他，我伴侶貓的母親也曾回來跟自己的孩子說話。」他的目光越過自己的族貓，望向嫩枝杈所在之處。「我說得沒錯吧？」

嫩枝杈不安地迎視他的目光，但點頭回答：「你說得沒錯。」

紫羅蘭光朝樹挨近。「我也有看到她。而且我還看到死後的針尾。就是她帶我找到樹的。」

附和的低語聲在貓群裡響起。

「在我們當中有很多貓兒都曾看到來自星族和黑暗森林的貓為我們奮戰。」鴉羽瞪看著貓群，彷彿在質問他們，有誰敢否認這件事。「你們應該沒忘記那場大戰役吧？」他的族貓開始點頭，就連其他部族的戰士也都垂頭同意。

棘星不耐煩地彈動尾巴。「別浪費時間緬懷過去了！」他低聲吼叫。「就算你們當中有些貓兒曾見過死去的貓，也不能改變任何事情。根掌只是想製造事端。我們都知道我們的祖靈想要什麼。祂們要守則破壞者贖罪。」

樹貼平耳朵。「我認為是你想要守則破壞者贖罪。」他直接嗆他。

根掌看了他父親一眼，驚恐失色。**別說了！**惹惱雷族族長是很危險的。要是樹害自己被放逐了，那該怎麼辦？他父親本來就在考慮要離開部族。要是被放逐了，他還會再回來嗎？

棘星的眼裡燃起怒火。「我是代表星族發言！是我們的祖靈要守則破壞者受到懲罰。而你卻想阻止我，這證明你是個守則破壞者。」他伸出鼻吻。「你應該為你的行為贖罪！」

紫羅蘭光的眼裡閃過驚恐。她很是防備地把尾巴放在樹的背上。松鼠飛從大橡樹下方的暗處鑽了出來，抬頭望著棘星。

「這是天族自家的事。」她持平地說道。

虎星豎起耳朵。「棘星好像什麼事都要管，」他低吼，「他總是在告訴別的部族該怎麼做。」

棘星被激怒了。「我這麼做是為了所有部族好！如果別的族長不做該做的事情，那就交由我來確保星族的律法有被貫徹。」他的目光射回樹。「你從以前就一直在質疑我們的做法，也該是時候你來向我們證明你是我們的一份子，而不是一隻只會靠我們獵物為生的獨行貓。」

葉星憤怒地甩著尾巴。「要怎麼處罰天族戰士是由我來決定，不是你！」她怒瞪著棘星。

哈利溪很是質疑地看著自己的族長。「可是棘星說得沒錯啊。哪怕是現在，樹也還是喜歡自己捕捉獵物吃。他從來不拿生鮮獵物堆裡的獵物。」

「他都會幫忙添獵物上去。」紫羅蘭光不高興地回嗆。

莓鼻從雷族貓那裡喊道。「我們都有聽說過，他對我們的部族傳統很有意見。」

根掌的心開始狂跳，因為附和的低語聲正在貓群裡漫開來。參加過祕密會議的貓兒應該會為樹說話吧。樹也是他們的其中一員啊！他一臉期待地望向鬃霜。但她垂下頭，於是他轉看莖葉和點毛。但莖葉和點毛互看一眼，竟就別過臉去。他們並不打算出聲挺他！根掌不安地蠕動著腳。是因為樹曾提議過如果有誰不認同棘星，可以乾脆離開部族嗎？為什麼他父親要這麼特立獨行？他到底知不知道忠誠是戰士的第一要務？

低語聲還在蔓延，棘星表情看來得意。他迎視樹的目光。「你必須贖罪來向星族證明，你會奉行戰士守則。」

「贖罪！」莓鼻從雷族貓那裡擠了過來，瞪看著樹。哈利溪竟也對自己的族貓翻臉。「贖罪！」

「贖罪！」

紫羅蘭光緊貼著她的伴侶貓。「你們放過他好不好？他又沒害過你們！」

「妳也是守則破壞者嗎？」棘星怒瞪她。

樹把她推開。「紫羅蘭光從來沒破壞過守則。」

貓群叫囂聲不斷，根掌想往他父親那裡靠近，卻害怕到兩條腿像在地上扎了根。他不想也被點名是守則破壞者。他不能被放逐。萬一他也被放逐，誰來保護紫羅蘭光和針掌？又怎麼保護自己的部族？或者幫助鬼魂？他緊挨著紫羅蘭光，一臉歉然地對樹眨著眼睛，**我很抱歉！**

樹目光柔和地望著他，似乎明白他在想什麼。

棘星抬高音量蓋過怒吼聲。「樹必須被放逐三天來贖罪。」

葉星聳起頸毛。「我不准雷族貓來告訴我的族貓該怎麼做！」

紫羅蘭光害怕到全身微微刺痛，但樹冷靜地看著棘星。「我會自我放逐三天。」他聳聳肩。「這又不難。反正我以前也當過很久的獨行貓，搞不好我還覺得獨自生活挺自在的，尤其如果可以藉由這次的自我放逐來一勞永逸地平息所有爭端的話。」

棘星瞇起眼睛。「贖罪是要讓你好好想清楚自己所犯的錯。」他告訴樹。「也許你可以花點時間走訪各部族，說服各位族長奉行星族的律法，也讓你能有更多的反省機會。」

「我們本來就在奉行星族的律法。」葉星回嗆道。

「你們對戰士守則的貫徹的程度還不夠徹底，更遑論要求自己的戰士贖罪了。」棘星將冰冷的目光射向天族族長。「看來我們的戰士都懂得贖罪是找回星族的最好方法，但他們的族長反而裹足不前，顯然他們自認自己比星族來得重要。他們根本不想要求自己的族貓贖罪。」他掃視旁邊的族長們，語氣轉為圓滑。「不過樹說話向來有說服力。所以你們才封他為調解貓。所以也許他能說服你們放逐守則破壞者，直到得到星族的寬恕，這樣才對各部族都有利。」

樹貼平耳朵。「要是我拒絕呢？」

棘星鼻吻轉向黃色公貓。「五大部族已經告訴你，他們從不相信你的忠誠度。要是你現在拒絕幫這個忙，他們會怎麼想呢？」他邪惡的眼神一黯，繼續說道：「難道你沒想過後果可能不太好嗎，不光是你，也可能禍延你的至親。」

空地邊緣的鬼魂站了起來，那雙焦急的目光在月光下閃爍不定。根掌全身一股寒意，但強迫讓自己的毛髮保持貼服。棘星等於是在威脅他和紫羅蘭光。他看了斑願一眼，希望她給他一個安心的保證，但她看起來就跟他一樣害怕。噴嚏雲、苜蓿足、和莖葉的身體似乎縮小了了。祕密會議裡的貓兒沒有一個敢站出來挺他們。失望像某種尖物戳進他的心。難道他們都只是說說而已？根本不會行動？他絕望地看了鬚霜一眼。她一定明白此刻態勢有多不公平。樹只是想幫助部族，卻被冒牌棘星栽贓為叛徒。

「嘿！」莓鼻從雷族貓那裡吼道。「為什麼根掌老瞪著鬚霜看？」

根掌當場愣住，貓群全都朝他轉頭。

「自從大集會開始之後。他們就一直眉來眼去。」錦葵鼻吼道。

「你們是在盤算什麼嗎？」哈利溪疑色地怒瞪根掌。

根掌不發一語地瞪回去。他想到綠葉季兩腳獸地盤的那場會議，罪惡感頓時像針一樣扎著他的肚子。他垂下目光，擔心自己洩露機密。

「鬚霜是棘星最忠貞的戰士之一，」莓鼻目光銳利，帶著譴責。「搞不好他是想煽動她反過來對抗我們的族長。」

鬚霜拂動尾巴。「誰都無法煽動我對抗自己的部族，」她喵聲道，「尤其是別族的見習生。」

馬蓋先聳聳肩。「根掌不是想煽動她，他向來喜歡盯著鬚霜看。別忘了，他在暗戀她。」

貓群的目光似乎沒那麼凌厲了，但根掌全身發燙。

鬃霜尷尬地蠕動身子。「如果他暗戀我，那是他的問題，不是我。他又不是我的族貓。」根掌盡量不畏縮起身子。她的一字一句都刺痛他的心，但她繼續說道：「我一點也不在乎他，再說，我從來沒有破壞過戰士守則。」

莓鼻皺起眉頭。「那為什麼妳也盯著他看？」

根掌的耳朵抽動著，空地瞬間被沉默當頭罩下。莓鼻似乎鐵了心，就是要從他們的對視裡頭找出變節的蛛絲馬跡。根掌眨眨眼睛看著雷族戰士，狠狠甩開受傷的感覺。他必須出聲扼止這一切。目前為止，誰都不知道他們曾參加過祕密會議。「怎樣？我是還在喜歡她。但這有破壞任何守則嗎？」

莓鼻瞪看他一會兒，隨即聳聳肩。「只要你沒付諸行動，就不算有。」

「我沒有。」根掌蓬起毛髮。「這種戀情根本沒指望。我並沒有破壞戰士守則，鬃霜也沒有。但這還是無法阻止我喜歡她。她是我所知道最英勇忠貞的戰士。」

他聽見貓群的私語聲宛若漣漪蔓延開來，聽起來他們都不想追究這件事，**他們只覺得這是一種小情小愛而已**，但是尷尬的感覺仍像蟲子一樣在他肚子裡爬。他一臉歉然地看了鬃霜一眼，這是唯一能夠保護她的方法。他別開臉，心跳加快。他剛是不是看到了她竊喜的眼神？

棘星甩打著尾巴。「夠了！」貓群的注意力又回到冒牌棘星身上，後者不耐地怒瞪著他們。「我們不是來這裡討論見習生的戀情。我們必須把星族找回來，唯一的方法就是奉行守則，放逐破壞守則的貓。」他怒瞪其他族長。「如果你們不能接受這一點，我希望樹能夠幫忙勸服你們改變心意。」

根掌抬頭看了冒牌棘星一眼。他真的認為樹會試著去說服別的貓兒相信連他自己都不相信的事？他的心裡燃起一線希望。看來這個冒牌棘星已經自大到自以為可以逼迫任何戰士做任何事情。他很可能會把部族貓逼過頭。但其實不管他們有多害怕失去星族，都絕不可能放棄高尚的品德。

「我們走吧。」樹的喵聲把他從思緒裡拉了回來。各部族正往長草堆走去，貓群正在解散。

葉星帶著族貓朝樹橋走去，這時斑願穿過空地，擋住樹的去路。「你要怎麼做？」她問道。

樹表情嚴肅地看著她，根掌和紫羅蘭光也在他旁邊停下腳步。「棘星說得沒錯，」他告訴斑願，「我從來就不相信部族生活。所以也該是時候帶著我的家屬離開了。」

根掌忍住驚恐的感覺。他們不能離開。他們不能在部族深陷危險時離開。針掌也不會想離開部族。她跟他一樣都矢志成為偉大的戰士。

鬼魂快步走到根掌旁邊。「你不能讓他把你帶走。」

斑願垂下頭。「樹，我懂你的感受。冒牌棘星已經把這地方搞得一團糟，」她對著他眨眨眼睛。「對你來說尤其可怕。但是我們需要你。」

「你可以幫助部族。」根掌對著他父親絕望地眨著眼睛。

紫羅蘭光也在點頭。「我們在乎族貓，不能就這樣棄他們而去。」她喵聲道。「嫩枝杈怎麼辦？」

「嫩枝杈有鰭躍和她的族貓。」樹告訴她。「我們沒有別的選擇。妳也聽到棘星怎麼說了。如果我不照著他的話去做，他就會叫所有部族跟我們決裂。我們在這裡不安全。」

根掌拒絕相信他的族貓真的會跟樹決裂。「真正的戰士不會傷害我們。」

樹看著他。「我認為有些部族貓已經忘了什麼叫做真正的戰士。」

斑願抽動著耳朵。「或許有別的辦法。」

樹對她皺起眉頭。「什麼辦法？」

「你可以走訪所有部族，找族長談話，就像棘星交待的那樣，」巫醫貓告訴他。「但是你不需要說服他們照他規矩做。你可以趁機警告他們到底出了什麼問題。」

「可是松鼠飛不是已經告訴過他們，棘星是冒牌的嗎？」樹提醒她。

「如果她有說過，那顯然並沒有說服他們。」斑願催促道。「也許你比她更有說服力。」

鬼魂走近。「再多一個聲音，或許就能說服他們，讓他們知道他們不用孤軍奮戰。」

「你可以跟鬼魂溝通，」斑願告訴樹，「但松鼠飛不能。」

根掌胃部揪緊。樹就跟松鼠飛一樣無法與棘星鬼魂溝通。他緊張到腳爪微微刺癢。

斑願繼續苦勸。

「你可以傳達鬼魂的訊息。你可以鼓勵部族為真正的星族而戰，而不是冒牌棘星所代表的星族。」

「可是我無法解釋星族的沉默。」樹直言道。「祂們的確是沉默的。太多戰士被這嚇壞了。為了終止這個現象，他們願意做任何事情，哪怕是違抗自己的族長。」

「但如果你離開，」斑願爭辯道。「這一切就無法改變了。冒牌棘星會變得更強大。要是你留下來，也許可以幫助我們把他的實力削弱到足以推翻他，重新贏回部族的信任。」

根掌絕望地瞪著他父親看。他不能離開部族。誰知道冒牌棘星下一步會做什麼？誰來幫鬼魂發聲呢？

鬼魂的聲音像飄緲的薄霧輕撫他耳朵。「叫他留下來。」鬼魂低聲說道。

根掌的鼻吻抵住樹的臉頰。「我們留下來吧，」他哀求他，「這是我們欠部族和鬼魂的。如果我們離開，就沒有貓兒聽得到它的聲音，它可能再也找不到方法回去自己的軀體。」

樹本要開口說話，卻又止住，低頭看著地上，瞪大眼睛，表情無助。根掌看得出來他父親不知道該怎麼辦。

他的眼角餘光瞄見鬼魂隱約的身影，於是轉頭迎視對方。**我試了**，他無聲地告訴鬼魂，**我沒別的辦法了。**

第二十章

鬃霜無精打采地把一隻麻雀從生鮮獵物堆上面推開，嗅聞底下的獵物。她不餓，但是她的族貓們在巡邏了一天之後，都在進食了。她現在只想在擎天架下方那塊柔軟的草地上找個地方坐下來，好好想一下事情。昨晚的大集會令她緊張。棘星在大集會上沒有受到質疑。松鼠飛也已經自我放逐回來，自承沒能跟其他族長說到話。她有去過天族，但葉星警告她，風族、河族和影族可能不歡迎她。但松鼠飛仍執意拜訪他們。結果兔星似乎沒被她說服，她只好折返雷族。

鬃霜強忍住恐懼，不敢發抖，從生鮮獵物堆裡叼了隻鼩鼱出來，帶到擎天架底下。沒有貓兒敢為虎星挺身而出。所有部族顯然都準備要交由棘星來決定誰來領導其他部族。難道他們不知道這有多危險？這錯得有多離譜嗎？沒有了星族，五大部族似乎分崩離析了。

她把鼩鼱丟在地上，繞起圈子，整平好旁邊的草地，才坐下來。但她才剛坐下來，就聽到擎天架那裡傳來憤怒的嘶聲。她抬頭張望，心臟撲通撲通跳得厲害。松鼠飛跟棘星就待在上面。當時松鼠飛剛巡邏回來，雷族族長就找她上去他窩穴。

這時隱約傳來吼叫聲。鬃霜看了她的族貓們一眼。他們有聽到嗎？火花皮正在戰士窩外面跟暴雲分食一隻畫眉鳥。蜂紋和莓鼻躺在育兒室附近，瓜分一隻鴿子的骨頭。百合心、莖葉、和點毛正看著鰭躍示範狩獵的招數。刺爪和樺落邊跟長老們用餐，邊聽灰紋和蕨毛訴說以前在山的另一頭的雷族老家當見習生時的陳年往事。好像大家都沒注意到族長窩穴傳出來的吵鬧聲。也許他們只是假裝沒聽見。如果棘星真的在和他的伴侶貓吵架，他們搞不好認為禮貌的做法就是聽而不聞。

鬃霜不安到肚子裡像有蝴蝶在撲撲拍翅。她拾起她的鼩鼱，心想她可以把鼩鼱拿到棘星窩穴那裡，問他或松鼠飛餓不餓，順道查看松鼠飛是否無恙。

她爬上亂石堆，跳上擎天架，小心翼翼地走向棘星的窩穴，但卻隔著入口垂掛的藤蔓聽到裡面傳來棘星的咆哮聲。

「妳去了哪裡？」他的喵聲兇惡。

「我已經告訴過你啦。」松鼠飛語氣聽起來不悅。「我去了馬場，再從那裡一路走到草原。」

「妳吃了什麼？」

「我抓到什麼就吃什麼。」

「妳沒狩獵的時候，都在做什麼？」

松鼠飛語調平靜地回話。「我在靜坐，思索戰士守則，還有我該如何成為更優秀的副族長。」

鬃霜的皮毛微微刺癢。她知道松鼠飛在撒謊，不過語氣聽起來很可信。也許他不會看出破綻。

「所以妳確定從現在起妳都會完全奉行守則？」棘星語氣並不滿意。

「沒錯，」松鼠飛喵聲道，「我明白為什麼你現在矢志貫徹它。」

「為什麼呢？」棘星尖酸地問道。

「五大部族背離守則，而它是惡棍貓和戰士之所以不同的差異所在。我們必須靠確實遵守守則來榮耀星族。」松鼠飛聽起來很誠懇，但鬃霜猜她只是假裝的，好讓棘星放下心來。

鬃霜低頭瞥看族貓們一眼。他們仍忙著聊天和進食，似乎對她為何站在棘星窩穴外面一點都不感興趣。她朝窩穴入口挨身過去，豎起耳朵聽，心撲通撲通跳得厲害。

「妳當初為什麼要破壞戰士守則？」棘星的聲音愈來愈冷酷。

「你這話什麼意思？」松鼠飛的語氣首度聽起來微微顫抖。

「妳為什麼要假裝葉池的孩子是妳的？」

「那是很久以前的事了。」松鼠飛的聲音繃得很緊。棘星顯然碰到她的痛處。

「妳妹妹是個騙子，也把妳變成了騙子！」棘星嘶聲說道，鬃霜很訝異他竟然這麼說。

「我妹妹很勇敢。」松鼠飛的喵聲尖銳。

「她是守則破壞者！」

「我知道。」松鼠飛遲疑了一下，彷彿在讓自己鎮定下來。「我當初應該幫她說出實情，但她太害怕了，而我心又軟。」

「妳心軟。」棘星的吼聲害鬃霜愣了一下。「妳到現在也還是一樣。」他語氣威嚇。「妳在馬場的時候有好好反省過妳的軟弱嗎？」

松鼠飛突然發出尖叫。鬃霜嚇得心臟差點停掉。棘星傷害她嗎？「妳有為此贖罪嗎？」他嘶聲道。

「我為所有一切在贖罪！」松鼠飛的語調痛苦。

這時棘星又吼了一次，鬃霜的皮毛瞬間刺痛。「我給妳最後一次機會說實話，妳卻執迷不悟！」她瞪大眼睛。**那是誰的聲音？**聽起來不像棘星。窩穴裡還有其他貓嗎？

她聽見腳爪拖在窩穴地板的聲音，趕緊離開，跳下亂石堆，這時窩穴入口葉叢一陣抖動，棘星後退走出來。空地上的她抬頭張望擎天架，不由得倒抽口氣，她看見棘星正用尖牙咬著松鼠飛的頸背，從窩穴裡把她拖出來。他動作蠻橫，一路拖下亂石堆才鬆口。松鼠飛奮力站了起來。

松鼠飛趕緊地從他身旁跳開，惡狠狠地對他嘶吼。

營地四周的雷族貓一個個跳起來站好，弓起背。松鼠飛面對棘星，齜牙咧嘴地咆哮。

棘星的目光掃過他們，眼裡閃著怒光。「這就是我們當中的守則破壞者！」他嘶聲道。「我心痛我必須處罰她……但是如果我們想再聽見星族的聲音，我就必須這麼做。」他再次轉向松鼠飛。「妳！」他咆哮道，「我的副族長，也是我的伴侶貓！妳不再屬於雷族。這裡不再有妳的容身之處。」

松鼠飛瞪看他，恐懼在她眼裡閃現，這時赤楊心和松鴉羽從巫醫窩裡走出來，耳朵不停抽動。

鬃霜驚慌瞪看雷族副族長。棘星已經發現她說謊了嗎？怎麼發現的？她最近沒看見他離營啊。他怎麼會知道松鼠飛去了哪裡？

灰紋瞪著棘星。「她是火星的女兒，」他不敢相信地說，「你不能趕她走。」

刺爪走上前來，淺藍色的眼睛滿是驚愕。「她做了什麼？」

「她是騙子，」棘星朝兩名戰士霍地轉身，眼裡燃著怒火。「她假裝贖罪，卻不設法與星族重修舊好，再次破壞戰士守則！」

刺爪疑色地對著松鼠飛眨眨眼睛。

棘星朝他的副族長走近，發出嘶聲。「妳離開雷族後，去了哪裡？」

「我跟你說過了！」松鼠飛抬起下巴。「我去了馬場。」

「妳撒謊！」棘星的鼻吻朝她探近。「我知道妳撒謊，因為我派了貓跟蹤妳。」

鬃霜感覺到族貓們的目光突然彈向她。她頓時愣住，覺得反胃。**不是我。**

棘星朝蜂紋點頭示意。「我派了一位忠貞的戰士去查看妳到底去了哪裡。」雷族族長低吼。

恐懼在鬃霜皮毛底下炸開，宛若冰塊那般冰涼，這時蜂紋上前一步，挺起胸膛。

「松鼠飛沒有去馬場，」他喵聲道，「她去了天族。」

「天族？」刺爪一臉不解。「她為什麼要去那裡？」

蜂紋齜牙咧嘴。「她去勸天族站出來反抗雷族。」

火花皮和暴雲不可置信地瞪著松鼠飛看。

莓鼻露出尖牙。「叛徒！」

這兩個字在營地迴盪，百合心和冬青叢也跟著喊。鬃霜瞪著他們。他們該不會真的相信松鼠飛想傷害他們吧？他們難道不知道要是沒有正當理由，她是不可能轉向其他部族求援的？

松鼠飛覷了棘星一眼，尾巴不留情地掃過地面。

鬃霜雙耳充血。蜂紋還知道什麼？他也檢舉了她嗎？他知道祕密會議的事了嗎？所以她也是叛徒嗎？為安心起見，她轉頭想看莖葉和點毛，但又不敢。萬一看了一眼，就不小心曝露出自己，不就慘了。

火花皮上前一步，瞪看自己的母親，睜大綠色的眼睛，一臉不可置信。「這是真的嗎？」

松鼠飛的尾巴垂了下來，動也不動。她注視著她的女兒，沒有說話。她的眼神木然，彷彿曾有的火焰已然熄滅。她緩緩地直起身子，環顧族貓。「我會離開。」她輕聲說道。「但有件事你們必須知道，我的伴侶貓以前不是這樣。你們一定打從心底就知道**這隻貓**——」她一臉譴責地瞪看著棘星，「一點也不像真正的棘星那樣具備膽識、品德、和正直。**這個**棘星是冒牌貨。」

鬃霜搜尋族貓們的目光。他們相信她嗎？她看見他們瞪著松鼠飛。那眼神是憐憫嗎？**他們完全不懂她在說什麼！**松鼠飛的話聽在他們的耳裡就像是被伴侶貓遺棄所吐出的惡言。她說出來的實話顯然牽強到無法令他們相信。

鬃霜再也忍不住了，她眼神哀求地望向莖葉。**我們一定得做點什麼！**他好像讀懂了她的心思，趕緊點個頭，但那點頭的動作細微到族貓們完全察覺不到。

「鬃霜！」棘星的吼聲嚇了她一跳。

她瞪看他，罪惡感像烈焰一樣炙燒她全身皮毛，他要把她揪起來了嗎？

他的目光凌厲。「我要妳、嫩枝杈和獅焰把松鼠飛押出我們的領地。」

鬃霜挺起身子。他是在暗示她嗎？押解松鼠飛離開雷族領地的意思是在警告她可能是下一個嗎？

棘星對暴雲和樺落點頭示意。「跟他們一起去。」

鬃霜一臉提防地覷著這兩隻公貓。他們也是他的眼線嗎？她走向松鼠飛，盡量不讓自己發抖。雷族副族長已經朝入口走去。

棘星甚至連看他的伴侶貓一眼都沒有，反而冷靜地環顧族貓。「雷族需要有新的副族長。」

鬃霜停在空地邊緣，他現在就要挑選了嗎？才剛趕走松鼠飛，他就迫不及待地找別隻貓取代？

蜂紋很快走上前來。「我捍衛戰守則的決心就跟你一樣堅定。如果你能考慮拔擢我當副族長，我將倍感榮幸。」

莓鼻從他旁邊擠了過來。「你知道我一定會盡最大努力成為一位忠貞勇敢的雷族副族長。」他告訴棘星。「你以前當過我導師，」他狡猾地看了蜂紋一眼。「很清楚你可以信任我。」

鬃霜渾身發抖。她趕忙追上松鼠飛，慶幸此刻的自己正往營地外面走去，她不想看見自己的族貓你爭我奪的場面。她跟著樺落和暴雲穿過入口通道。兩隻公貓走在松鼠飛兩邊，鬃霜和獅焰、嫩枝杈尾隨在後。她緊張地看了他們一眼。

嫩枝杈看起來正在發抖。「他不能趕走她。」他們一走出營地，灰色母貓就低聲說道。「他為什麼要這麼做？」

獅焰走近，耳朵不停抽動。「這還不簡單嗎？」他陰鬱地低吼道。「如果連他的副族長和伴侶貓都自身難保，誰還能逃得過。他就是要大家認清這一點。」

恐懼像塊石頭一樣掉進鬃霜的肚子。他們現在要怎麼反抗棘星？他在雷族顯然有很多盟友，再加上其他部族戰士的支持。恐怕再也不會有祕密會議了，任何貓兒都可能是棘星的眼線。她回頭看了營地一眼。莓鼻和蜂紋還在爭奪副族長的職位嗎？她只覺得想吐。不管是誰冒充棘星，都比她當初所想的來得精明和冷酷無情。

第二十一章

影望走進巫醫窩，慶幸它能遮風蔽雨，因為外面寒風冷冽。他看了空蕩蕩的臥鋪一眼，還好沒有更多傷者出現。雪鳥已經回到戰士窩的臥鋪。她的腳爪仍用紫草包裹，但獨自待在巫醫窩的她心情愈來愈差，因為癒後結果已經很明朗，縱然骨頭長好了，腳爪再也不能像以前一樣強健筆直。她這一輩子都得跛行。

影望的肩膀垮了下來。自從昨天的大集會後，他的心情就沒好過。他本來以為自承錯誤後就能阻止棘星繼續無情地指控守則破壞者。如果那些異象不是來自星族，就沒必要再懲罰任何貓兒了。可是他的吐實反而促使棘星更加堅定地想要貫徹自己的意志。雷族族長難道不知道星族怎麼可能會要部族貓受苦？

有腳步拖在地上的聲音，他抬頭看見蓍草葉走了進來，表情痛苦。

他趕忙過去。「出了什麼事？」

「我被一隻蜜蜂螫到。」她轉過頭，秀出脖子上的一個包。

「這季節這麼早就有蜜蜂了？」影望皺起眉頭。星族是想讓他知道有些事情不太對勁嗎？**我已經盡力了**，他默默告訴祂們。也許那不是星族。畢竟祂們現在都默不作聲了。搞不好又是那隻讓他看見異象的貓所釋出的訊息。他推開這念頭。想這麼多有什麼用？他現在只能做好自己的本份，醫好族貓，等星族趕快回來。

蓍草葉在窩穴中央坐下來，皺眉蹙臉。「我在挖兔子洞的時候，不小心驚擾到蜂窩。」

影望檢查傷口，仔細查看那根針是否還卡在裡面。薑黃色母貓顯然已經忍痛先把針拔出來了，因為影望看到傷口附近有爪痕。「我去拿點蜂蜜來。」

他走到藥草庫，慶幸還剩一些蜂蜜。蜂蜜可以幫傷口排毒，另外他也有薰衣草，可以用它來止痛。他拉出一坨藥草，藥草的香味撫慰了他的心。他跟星族雖然沒有管道可以交通，但至少他懂怎麼治療。此刻他會專注在醫療上，直到星族回來為止。除此之外，別無他法。

他將疊好的草葉拾起，裝入蜂蜜以及幾根薰衣草的莖梗，轉身離開藥草庫。他抽動著耳朵。水塘光已經進入窩裡，正在檢查蓍草葉的傷口。

棕色巫醫貓朝他點個頭。「我來處理好了。」他俐落說道。

影望把他的藥草放在蓍草葉旁邊。「可是我把蜂蜜和薰衣草都拿來了。」

水塘光從他旁邊走過去，停在藥草庫旁。「最有效的療法是蕁麻汁液和金盞花，」他喵聲道，「之後再給她幾顆罌粟籽止痛。」

蓍草葉朝水塘光感激地眨眨眼睛。「這真的很痛欸。」她哀怨地說道。

影望的心一沉，因為水塘光已經拿著藥草走回蓍草葉這裡。他先用鼻子推開他，開始咀嚼乾燥的蕁麻葉和金盞花的花瓣，嚼成泥後，抹在薑黃色母貓的脖子上。再用腳爪沾了幾顆罌粟籽讓蓍草葉服用。等蓍草葉把種籽舔進嘴裡，他才用後腿坐下來。

「感覺如何？」

「好多了。」蓍草葉小心轉動脖子。

「去休息一下，」水塘光告訴她。「罌粟籽馬上會起作用。如果脖子更痛或者開始覺得喘，一定要回來找我。」

「謝謝。」蓍草葉朝棕色巫醫貓點點頭，走出窩外。

她前腳剛離開，影望便開始惱火。「你不相信我能治好她嗎？」他憤怒地瞪著水塘光看。

「我當然相信，」水塘光告訴他。「但我做這一行比較久，經驗比你豐富。」

「可是我也需要學習啊。」水塘光是想阻止他學習嗎？這時一個念頭突然閃過，他愣了一下。是因為水塘光現在知道他的異象不是來自星族，所以對他的醫術也起了懷疑嗎？驚恐像把利刃戳進他的肚子。「你是覺得我不適合當巫醫？」

水塘光遲疑了一下，然後對著影望眨眨眼睛。「你別鼠腦袋了。」

他剛剛的遲疑宛若利爪劃穿他的心。**他剛剛的態度並不確定！**他瞪看著他的導師，後者繼續說道。

「你註定要當巫醫貓，你一直都很特別。」

特別。這字眼聽起來像是侮辱而不是稱許。影望別開目光。他失去了水塘光的信任，他無法忍受這一點。

外面傳來咆哮聲。影望豎起耳朵。「發生了什麼事？」

水塘光轉向入口。「我聞到天族的氣味。」巫醫貓趕忙走出去。影望跟在後面。

根掌和樹站在空地上，鷗撲和熾火分站兩旁。

影望驚愕到毛髮如波起伏。難道樹同意聽命於棘星？

正在生鮮獵物堆旁進食的鴿翅站了起來。空地四周，蛇牙和莓鼻轉頭瞪看著訪客。焦毛的頸毛全豎了起來。

虎星從窩穴裡走出來，怒瞪樹和根掌。「你們來這裡做什麼？」

樹垂頭。「你也聽到棘星下的命令了。」他喵聲道。「我是來周遊拜訪每個部族，藉此贖罪。」

虎星齜牙咧嘴。「你真的認為你能說服我聽從棘星的命令，叫我的戰士去贖罪嗎？」

蓍草葉對著她的族長眨眨眼睛，但從眼神裡看得出來她的傷口還在疼痛。「也許我們應該聽聽他怎麼說。」

焦毛上前一步。「你想要星族回來，不是嗎？」

虎星朝他轉身。「你該優先效忠的是你的部族，不是棘星！」他不客氣地回嗆道。「如果我們要贖罪，也是由我決定，不是他。」

焦毛退了回去，尾巴不安地彈動。

影望如釋重負，興奮到身上毛髮微微刺癢。虎星決定勇敢對抗棘星了，哪怕這意謂會和自己的族貓意見不和。

虎星朝樹走近。「你最好在我咬住你的頸背，把拖你出去之前。」他嘶聲道，「就識相地先離開。」

樹瞪大眼睛。「但是我要找你談的是松鼠飛之前找你說的事情。」

虎星瞇起眼睛。「什麼事情？」

樹一臉不解開口道：「松鼠飛……沒來過嗎？」

「沒有。」虎星嘶聲道，「我們沒有來自雷族的訪客……就算有，我也會把我跟你說過的話再說一遍。不管你要說什麼，我都不想聽。」

樹一臉企盼地環顧營地。「苜蓿足在嗎？也許我可以跟她說。」

「出去！」虎星撲向他，但在離他只有一根鬍鬚之近的地方剎住腳步。

樹縮起身子，毛髮倒豎。根掌挨近自己的父親，很是防備地怒瞪著虎星。

鴿翅從營地邊緣走了過來。「你最好離開，」她輕聲告訴樹。「虎星不會改變心意的。棘星在大集會上太過份了。星族給了虎星九條命，除了星族之外，誰都不能奪走他的領導權。」

「可是也許我能幫上忙。」樹的目光停駐在虎星身上。「有些事你應該知道……」他環顧影族戰士。「你們全都該知道。」

影望豎起耳朵。他這話什麼意思？

「快走，」鴿翅看見影族族長伸出爪子，趕緊擋在樹和虎星中間。「免得有誰受傷。」

樹彈動尾巴，轉身走向入口。但根掌遲疑一下，眼神飄忽地巡視營地四周，一瞄到影望，眼睛立刻亮了起來。

影望愣住。**你是在找我嗎？**根掌正眼神熱切地看著他。**他要我做什麼？**影望不安地蠕動著腳，對方突然瞪大眼睛。**他是在試圖告訴我什麼嗎？**於是他給了根掌一個莫可奈何的眼色。根掌轉身，朝入口走去，尾巴用力地抽動。影望看他走遠。**他的尾巴是故意抽動給我看的嗎？**

肉桂尾從根掌旁邊刷身而過，走進營地。她回頭看了一眼正消失在入口的根掌。「他們來這裡做什麼？」

鴿翅迎視虎斑貓的目光。「棘星要他們來勸虎星放逐守則破壞者。」

肉桂尾冷哼一聲。「打從什麼時候起影族也得聽命雷族族長了？」她走向巫醫窩，停在水塘光前面。「我整個早上都覺得想吐，」她告訴他，「我想我可能吃老鼠吃壞肚子了。」

「跟我來。」水塘光走進窩穴。「我有一些水薄荷可以派上用場，」他停下腳步，看著影望。「你要來處理肉桂尾的問題嗎？」

影望看得出來巫醫貓是在試圖證明自己仍然信任他。他甩甩毛髮。「你給她水薄荷好了，我要去看一下我在營地附近找到的金盞花。」他沒等水塘光的回答，就匆忙穿過空地。他在撒謊。此刻的他對金盞花一點興趣也沒有。他只想趕在樹和根掌越過邊界前追上他們。根掌已經表達得很清楚，他們要談的不只是棘星的命令而已。

他鑽出營地，掃視森林，隔著矮木叢，瞥到樹的黃色身影，不覺鬆了口氣。他追在後面，腳爪重踩地面，一路疾奔。「等等！」他在兩隻天族貓旁邊緊急剎住腳步。

根掌先轉身，一看到影望，眼睛亮了起來。

樹的鬍鬚抽動著，很是驚訝。「我還以為影族不想聽我傳話。」

「他們是不想聽棘星要你傳的話。」影望告訴他。「可是你們是來告訴我們別的事情，對吧？」

樹對他眨眨眼睛。「你在大集會上說過，你看到的異象不是來自星族。」

「沒錯，」影望毫不猶豫地承認。他慶幸總算有貓兒聽進去他所說的話。「它們來自別的貓。」

「是誰？」根掌瞪大眼睛。

「我不知道，」影望承認道。「我只曉得不是來自星族。」

樹的眼神一本正經。「你知不知道那個棘星不是真正的棘星？」

「什麼？」影望愣住。「他怎麼可能不是棘星？」

「當他失去一條命的時候，」樹解釋道，「有別的貓靈占據了他的軀體，而且他找不到星族。」

根掌的目光黯了下來。「不管是誰在當雷族族長，它都是冒牌的。」

「冒牌棘星？」影望的思緒翻騰，腳下的地面似乎在晃動。先是此星族非彼星族，現在又是此棘星非彼棘星？「這到底怎麼回事啊？」

「我們也不知道怎麼回事。」根掌走近他，雙眼炯亮。「但如果你的異象不是來自星族，會是來自哪裡呢？」

「我告訴過你我不知道，」影望喵聲道。「我只知道那是一個聲音。」

樹皺起眉頭。「你覺得那是棘星的聲音嗎？」

影望不解。「棘星？」

「就那個冒牌貨。」根掌揮動尾巴。「自從他復活後，就一直嚷著要處罰守則破壞者，然後你的異象又跟他的不謀而合。也許跟你說話的那隻貓就是他。」

影望的心跳得厲害。有貓兒偷走棘星的身份，再透過他的異象想控制五大部族。

「你怎麼知道棘星現在只剩魂魄？」

根掌和樹互看一眼。

「我看到他了。」樹喵聲道，「如果你願意的話，我可以幫忙你也看到他。」

根掌瞪大眼睛。「可以嗎？」

樹蓬起毛髮。「這不是很容易，不過我可以讓死去的貓在活貓面前現身……只是時間很短。」他告訴他。「我曾經幫影族做過，當時暗尾占領了影族，有幾位影族戰士不見了。」他陰鬱地覷了影望一眼。「你準備好了嗎？」

「準備好了。」影望點點頭。

「我還沒。」根掌對著他父親眨眨眼睛。

樹迎視根掌的目光。「沒關係。」他推開根掌，在他耳邊低語了幾句。根掌畏縮起身子，一臉不可置信地瞪看著他父親。

影望愣住。樹跟他說了什麼？他走近他們。「召喚鬼魂很危險嗎？」

「不危險，」樹甩著尾巴。「只是很難而已。尤其如果你從沒做過的話。」他遲疑了一下，瞥了根掌一眼……「我是說如果有一陣子沒做的話。」

根掌仍瞪著他父親，後者閉上眼睛。影望的皮毛不安到微微刺癢。天族見習生為什麼看起來這麼害怕？**我猜八成是他從沒見過鬼。**根掌也閉上了眼睛，影望不免好奇自己是不是也應該學他一樣。可是他太好奇了，還是忍不住張著眼睛看。

樹貼平耳朵，尾巴顫抖。影望腳爪緊緊踩住地面，這時樹開始渾身發抖。突然間，有個微微發亮的淺色身影現身林間。影望緊張到大氣不敢喘，他認出來了，那是棘星的虎斑身影，像水波一樣在離他幾條尾巴之距的地方粼粼閃爍。

鬼魂驚訝地瞪大眼睛，與影望對視。它抬起尾巴。「你要幫我。」它的吼聲微弱，彷彿被風吹著走，身影接著就消失了。

樹身子猛地一扭，腳步蹣跚，差點站不穩。他睜開眼睛。「你看到它了嗎？」他渾身發抖地詢問影望。

「看到了。」影望吞吞口水。那真的是棘星的鬼魂，它的魂體完全脫離了那付正在領導雷族的軀體。「我們必須趕快解決這問題。」

「我知道啊，」樹顫抖地深吸一口氣。「我曉得那個棘星是冒牌的棘星，不知道是誰傳給你假的異象。不過我認為我們可以百分之百確定那個跟你說話的聲音一定是冒牌貨的聲音。」

「難怪了。」影望點點頭，目光落在根掌身上。天族見習生正在發抖，眼神滿是驚恐。「他還好嗎？」影望問樹。鬼魂的現身顯然嚇壞了這隻年輕的貓兒。

「他一會兒就好了。」樹繞著他的兒子轉，用尾巴撫平他凌亂的毛髮。「我們需要想個辦法來擺脫冒牌棘星。」他告訴影望。

「可是有什麼辦法呢？」影望仍記憶猶新林間的鬼魂眼神絕望地盯著他看的模樣。「如果五大部族把他趕走，棘星就不能回到自己的軀體。」

樹點點頭。「要是我們殺了他，棘星也沒有軀體可以回去。」

影望遲疑了。這看起來根本不可能。沒有了星族，他完全無能為力。

根掌似乎已經恢復鎮定。他抬起下巴。「我們必須盡可能地告訴更多貓兒。」

「你們也看到了大集會上的情況。」影望爭辯道。「我試著告訴他們我的異象有問題，卻沒有貓兒願意相信我，反而被棘星說服星族是站在他那一邊。」

「松鼠飛相信我們。斑願也相信。」樹告訴他。「每個部族都有幾隻貓兒已經知道棘星是冒牌貨。但是我們必須先說服巫醫貓，由他們來告訴族長。水塘光知道你的異象不是來自星族嗎？」

「知道，但他不曉得棘星是冒牌的。」影望喵聲道。

根掌把鼻吻探近。「你必須告訴他。」

影望遲疑了。水塘光會相信他嗎？他覺得他的前任導師不再相信他，他沒辦法擺脫這種感覺。**你一直都很特別**，這句話又在他腦海裡響起，他強忍住，不讓自己發抖。而且就算水塘光真的相信他，他會准他告知其他族貓嗎？當初他發現自己的異象不是來自星族時，水塘光不也禁止他警告族貓嗎？也許他連這件事也打算繼續隱瞞下去。

影望對樹眨眨眼睛。「不行，你一定要告訴虎星。只有他才能對抗得了棘星。」

「我們已經試過了，」樹提醒他。「你也看到他的反應，他當場就把我們趕了出來。」

「再跟我回去一次。」影望懇求道。

樹看了根掌一眼。「你想回去嗎？」

根掌的耳朵不安地抽動著。「虎星剛剛的反應好像想扒了我們的皮。」

「我們必須傳話。」樹催促道。「五大部族有危險。」

影望甩動尾巴。「我絕對不會讓他傷害你們。」

根掌的表情不太相信。「可是他聽得進去嗎？」

「我會讓他聽進去的。」影望保證道。

根掌垂下頭。「好吧，我們再去一次。」

影望心裡燃起一線希望。他終於可以開始修補所有問題。他快步朝營地走去，低頭鑽進通道，可是才進到空地，便愣在原地。「松鼠飛？」他一臉不敢相信地瞪看著雷族副族長。

她就站在虎星面前，毛髮凌亂。她蠕動著腳，目光不安地瞟看營地四周。「我很抱歉來到這裡，」她喵聲道，「但是我沒別的選擇，我是來求你們暫時收留我。」

第二十二章

根掌皺起眉頭。**松鼠飛為什麼要來虎星這裡要求暫時收留？**

影族貓們也都表情不解，花莖和螺紋皮緩緩地站起身來。焦毛和蛇牙互看一眼，這時水塘光正從窩穴裡鑽出來，尾巴緊張地抽動著。

虎星瞪看著松鼠飛，好像不知道該說什麼。「收留？」他重覆她的話。

鴿翅快步走到他旁邊。褐皮走進營地，嘴裡叼著一隻老鼠。玳瑁色母貓一看見松鼠飛，立刻停下腳步，瞪大眼睛。「她在這裡做什麼？」

松鼠飛沒有移開目光，仍盯著虎星看。「棘星把我趕走，他指控我是叛徒。」

「他腦袋長蜜蜂了嗎？」虎星的目光射出怒火。「妳是火星的女兒，妳一輩子都在效忠雷族。我年輕時，就多次聽過妳在大戰役期間的英勇故事。棘星到底在想什麼？」

「他說得沒錯，」松鼠飛簡單回答，「我跟我的部族說我會離營去贖罪，但我卻跑到天族去告訴他們，他不再是我認識的那隻貓。真正的棘星絕不會有這些行為。這個有著狐狸心的傢伙把他的族貓當仇敵一樣對待。大家都怕他。」她搖搖頭。「不，他不是棘星。」

虎星貼平耳朵。「我不懂。」

她意有所指地看了根掌一眼，彷彿他們之間有什麼祕密似的。「真正的棘星被趕走了，他被占據了，」她的眼神黯了下來，「被某種邪惡的東西占據了。」

樹走上前去。「她說得沒錯，這也是我們今天要來告訴你的事。」

虎星的目光射向黃色公貓。「我不是叫你滾了嗎？」

根掌挨近他父親。「你必須聽我們說。」

影望點點頭。「你就聽他們說嘛。」

虎星甩著尾巴。「你要我在這裡聽他們推銷棘星那些亂七八糟的主張，但他的副族長就站在我面前，要求暫時棲身避難？」

「我們不是來推銷棘星亂七八糟的主張。」根掌情急地說道。

虎星聳起頸毛。影望上前擋在根掌前面。「他們知道為什麼棘星會變成這樣。」他看了松鼠飛一眼。「完全就跟松鼠飛剛說的一樣。你必須聽聽他們的說法。」

虎星走近他們，目光在松鼠飛和樹之間游移。「那就說吧。把該說的都說出來，我在聽。」他停在樹面前。

「有關棘星的事，她說得都沒錯。」樹告訴他。「他不是真正的棘星。他是冒牌貨，他偷了棘星的軀體。」驚詫的低語聲在部族裡如漣漪漫開，但樹繼續說道：「我見過棘星的鬼魂。它被困在森林裡。它回不去自己的軀體，也找不到星族。」

虎星眨眨眼睛。「怎麼會這樣？」

影望抬起鼻吻。「當初棘星失去一條命的時候，那個冒牌貨就趁機占據了他的軀體。」

「怎麼占據的？」虎星朝他兒子轉身。

影望抽動著耳朵。「我不知道，」他的語氣絕望。「那個聲音告訴我，棘星只能在荒原上治好，要我帶他去那裡。我覺得他們是想致他於死地，好竊取他的軀體。」

根掌對著影族巫醫貓眨眨眼睛。**沒錯。**不管是誰偷了棘星的軀體，一定都是當初就盤算好了。影望的尾巴垂了下來。他看起來一臉挫敗。他是覺得這一切都是他的錯嗎？

焦毛走上前去，全身緇緊。「我認為是星族要你帶棘星去荒原的。」

影望懊惱地瞪看著暗灰色公貓。「我當初也是這麼想。可是難道你沒聽到我在大集會上說的話嗎？我已經說了，也告訴了每一隻貓，那根本不是星族在對我說話。」

影望無助地瞪看著自己的族貓，根掌的心也跟著痛起來，他很是同情影望。他知道那種不被相信的感覺是什麼。

水塘光走進空地。「影望發現那兩個異象不是來自星族時，就告訴我了。是我要他別說出來，因為我害怕要是被其他部族知道，恐怕會翻臉攻擊我們。」

「對不起，」影望喵聲道。「我以為我在幫助五大部族，結果卻被利用來傷害我們的貓兒。」

花莖的耳朵緊張地抽動著。「那星族到哪裡去了？」

影望聳聳肩。「祂們沒跟我們交通，我只知道這些。」

螺紋皮揮動尾巴。「可是也許棘星……不管他是誰啦……也許他是對的。懲罰守則破壞者不是能把星族找回來嗎？」

「你還沒弄懂嗎？」樹不客氣地回答，「星族不在乎這些守則破壞者，想要守則破壞者受到處罰的，只有那個冒牌貨。」

松鼠飛的喉間傳出低吼。「我認為他是想看見部族貓受到折磨。」

毛髮倒豎的焦毛瞪看著影望。「你為什麼要聽信那個聲音？你應該要懂得比我們多啊。你是巫醫貓欸，我們那麼信任你。」

影望的身子像是突然縮小了。

根掌上前擋在他們前面。「他已經盡力了。」

虎星抬起鼻吻。「過去的事就不必再提了。」他語氣堅定地說道。「我們現在也無法改變這個既定的事實。影族戰士向來竭盡全力地保衛自己的族貓，這一點永遠不會改變。互相鬥爭並無法解決問題。」

花莖試探性地上前一步。「我們怎麼知道他們說的都是真的？」她疑色地看了松鼠飛一眼。「他們可能只是因為跟棘星不合，便惟恐天下不亂。」

虎星瞇起眼睛。「可是我們都知道棘星現在的行為跟以前完全不一樣了。」

焦毛氣呼呼地說：「雷族向來很愛發號施令。」

鴿翅皺起眉頭。「但沒有像現在這麼嚴重。」

「如果你們願意的話，我可以把棘星的鬼魂叫出來讓你們看。」樹環顧貓群。

褐皮瞪大眼睛。「我都忘了你有這個本領。」

根掌緊張地看了他父親一眼。他剛剛為影望召喚鬼魂之後，到現在都還疲憊不堪。他不確定還能不能再把它召喚出來。樹告訴過他，只要盡可能地想像那個鬼魂，在心裡大聲喊它，全神貫注在他要它出現的地方，就能召喚到它。他可以這麼快又再召喚一次嗎？要是被發現真正召喚鬼魂的是他，整個影族不就知道他跟父親一樣是個怪胎？

我必須召喚，他告訴自己，**這件事太重要了**。

他用鼻頭推推樹的肩膀。「要是我這次召喚不到，那怎麼辦？」他小聲說道。

樹將根掌推開，壓低音量。「不會有問題的，」他低聲說。「照我的話做……」

「要是我法力不夠強，那怎麼辦？」根掌回頭看了圍觀的影族貓一眼。

「你的法力比你想像中的強。」樹告訴他。「而且這次會比較簡單，它是你看得到的鬼魂，而且它也想要現身。你只需要幫它開路。」

根掌吞吞口水。「好吧，我試試看。」

樹鑽到根掌後面，面對著滿心期待的戰士們。根掌閉上眼睛，開始用力想像棘星的鬼魂……水波似的輪廓、虎斑色毛髮、寬闊的前額、肌肉厚實的肩膀。他想像它漸漸成形，微微發光。他感覺到自己已經用力到全身開始發顫。他的腳爪微微發抖。法力宛若電光火石在他皮毛上下滋滋作響。他上次召喚也是這樣。所以這次一定也可以召喚得到。他半瞇著眼睛偷看。

樹微微顫抖，假裝是自己在召喚鬼魂。它已經出現了，就站在空地上。影族貓全瞪看著鬼魂，驚恐地豎起毛髮，根掌不免洋洋得意。**我又辦到了！**

鬼魂愣了一下，好像才剛發現影族營地裡的每隻眼睛都在瞪它。「你們看得到我嗎？」

虎星緩緩點頭，彷彿好奇自己是不是在做夢。

「不知道是誰偷了我的軀體。」鬼魂趕忙說道。

松鼠飛衝向鬼魂，目光絕望。「棘星！」她的鼻吻竟穿透鬼魂的鼻吻，因為它的形體宛若空氣一樣飄緲。她只好後退，身體止不住地發抖。

鬼魂歉然地看她一眼，然後瞪著影族貓。「別聽信那個冒牌貨。那不是我！」它也看了影望一眼。「別怪影望……他被騙了。不管是誰偷了我的軀體，它一定會為所欲為。」

根掌的心開始狂跳，感覺腳爪像石頭一樣沉重。他腳步踉蹌，全身上下每根毛髮的力氣都被法力耗盡，但仍努力挺住，留住鬼魂。

「你做得很好！」樹在根掌耳邊低語。

他父親的喵聲打斷了根掌的專注力。鬼魂身影在空氣裡頓時變得忽隱忽現。影族貓驚訝地眨著眼睛，彷彿正從夢裡醒來。

根掌勉強撐住自己的腳，他這輩子從來沒這麼累過。可是他不想讓別隻貓兒得知他可以叫鬼魂現形。他像剛出生的小貓一樣搖搖晃晃，這時他旁邊的樹腳突然一軟，假裝力氣已經耗盡。根掌這才如釋重負，因為貓群的注意力全都移到黃色公貓身上，他們的眼裡閃著驚恐。

「那真的是棘星嗎？」花莖倒抽口氣。

「是他！」褐皮的耳朵興奮地抽動著。

「這一定是什麼把戲，」焦毛低吼，「棘星本來就還活著。」

「我們告訴過你……那個活著的棘星不是真正的棘星！」松鼠飛嗆道。

根掌的目光越過他們。他還看得到鬼魂。它就站在空地上看著影族貓。它走到根掌旁邊。「我想他們已經知道怎麼回事了，」它低聲道，「現在他們必須群起對抗那個冒牌貨。」

虎星輕輕彈動尾巴。「那個冒牌貨是誰？」

樹蹦跚站了起來。「我們還不知道。」

水塘光一臉不解。「是惡棍貓嗎？」

松鼠飛皺起眉頭。「惡棍貓怎麼會知道星族的事？」她喃喃說道。「這隻貓以前一定當過戰士。」

虎星冷哼一聲。「戰士不會試圖傷害部族。」

「真的嗎？」松鼠飛瞪他。「那我想你年紀還太輕，不記得大戰役的事。」

「我知道我們失去了一些族貓。」他低吼。

「他們就是被曾經當過戰士的貓兒殺掉的。」松鼠飛陰鬱地說道。

「可是那次的大戰役威脅到所有部族，」虎星的皮毛微微刺痛。「而這一次是雷族自身的問題。」

根掌眨著眼睛。他真的這樣想？鬼魂神情緊張。

影望走到他父親面前。「雷族族長是冒牌貨，」他喵聲道，「因為他，每個部族的貓兒都想懲罰自己的族貓。你怎能說這是雷族自身的問題。」

鬼魂朝根掌傾身。「提醒虎星他和我有血緣關係。」他低聲道。「當初暗尾把他從部族裡趕走時，是我收留了他。這是他欠我的，也是他欠雷族的。」

根掌瞪看著鬼魂，剛剛耗盡的力氣還沒恢復過來。「我要怎麼說啊？」他喃喃低語，盡量壓低聲音。鬼魂難道不知道虎星現在是別族族長嗎？

鬼魂表情嚴肅地瞪看他。「隨便你怎麼說都可以，」它低吼道，「但一定要告訴他。我們需要虎星的支持。」

鬼魂說得沒錯。根掌挺起肩膀，面對影族族長。「棘星跟你有血緣關係。」

「部族比血緣更重要。」虎星吼道。

根掌瞇起眼睛。「我聽說當初暗尾把你趕出影族時，棘星曾收留你。」

「沒錯！」松鼠飛急切地彈動尾巴。「我們讓你在雷族避難。」

虎星眼神提防地看著她，影族貓面面相覷。

褐皮上前一步。「暗尾撕裂了我們部族，其他部族群起反抗他。」她喵聲道。

虎星皺起眉頭。「他們這麼做是為了保護他們自己，不是為了保護我們。」

鴿翅注視著影族族長。「你真的相信這個冒牌棘星沒那意圖要傷害所有部族嗎？我們絕不能讓他繼續以雷族族長的名義去為非作歹。他已經一次又一次地表明每個部族都該聽命於他，不是只有雷族。」

褐皮點點頭。「別忘了，他還威脅要換掉你，找別的貓兒來當族長。」

虎星迎上玳瑁色母貓那雙清澈的綠色眼眸，對視了一會兒，然後垂下頭。「你說得沒錯。」他環顧戰士們。「這件事我們不能視而不見。為了大家好，雷族必須找回真正的族長。」

根掌的胸口燃起一線希望。鴿翅抬起尾巴。「松鼠飛可以待在這裡嗎？」她問道。

「可以，」虎星迎視伴侶貓的目光。「我們會待她像自己族貓一樣，她要待多久都行。同時我們也必須想出一套計劃來擺脫這個冒牌貨。」

「殺了他！」螺紋皮縮張著爪子。「他不是族長，不會有九條命，事情會簡單多了。」

在根掌旁邊的鬼魂毛髮倒豎。「如果你殺了他，」根掌上前一步，趕緊說道：「棘星的鬼魂就沒有軀體回去了。」

樹歪著頭。「我們必須伺機等候，」他喵聲道。「先得到所有部族的支持，絕不能引爆戰爭。」

松鼠飛點點頭。「這個冒牌棘星一定不知道我們已經曉得他不是真正的棘星。」她看著樹。「你必須繼續執行你的贖罪任務。」

「要我把告訴你們的話也如實告訴其他部族嗎？」樹對她眨著眼睛。

「除非你確定他們願意聽進你的話。」松鼠飛喵聲道。

水塘光看起來若有所思。「我可以把實情告訴其他部族貓。」他提議道。「他們可以影響自己的部族，但又不會直接挑釁到那些支持冒牌貨的貓兒。」

褐皮皺起眉頭。「但如果他們知道他是冒牌的，應該就不會支持他了。」

松鼠飛蠕動著腳。「這事沒那麼容易說服，」她喵聲道。「一開始我也不願相信啊，而我還跟他住在同一個窩穴裡呢。」她渾身發抖。「水塘光說得對。我們必須透過巫醫貓來說服其他部族。」

「我會在下次半月會議上告訴其他巫醫貓。」水塘光說道。

鴿翅對著虎星眨眨眼睛。「我得再次離營自我放逐，」她告訴他。「這樣一來，冒牌棘星才會認定我們跟他想法一致。」

虎星表情緊張。「這太危險了。」

「我不會走遠。」鴿翅向他保證。「更何況如果我可以到處遊走，也許也能順便監看雷族。」

「妳要小心點。」虎星背上的毛都聳了起來。

鴿翅迎視他的目光。「我會非常小心。」她承諾道。

根掌看了鬼魂一眼，它的眼裡燃起希望。他已經照它的話做了，讓它現身在大家面前。他覺得自豪。也許像樹一樣看得到鬼，也不是件壞事……只要沒被其他貓發現就好。他還顧影族貓。他們都願意挺身對抗冒牌棘星。縱然根掌心裡仍然恐懼，但也對未來感到充滿希望。不過目前只有影族這個部族挺身而出。要是他們失敗了怎麼辦？要是其他部族還是支持冒牌棘星，又該怎麼辦？奉行戰士守則會不會害他們自取滅亡？

第二十三章

鬃霜半閉著眼睛，享受灑在空地上的新葉季陽光。她在育兒室旁邊的一灘陽光底下假裝打瞌睡，實際上是在看著鰭躍和嫩枝杈費力地連根拔起營地邊緣的有刺灌木。棘星宣稱如果放任它繼續生長，恐會壓垮戰士窩。但大家都心知肚明，它已經長在那裡很久了，幾乎沒有再往上竄生。所以這擺明是種懲罰。雷族族長指控鰭躍和嫩枝杈破壞守則，因為他們稍早前捕捉獵物後，忘了感恩星族。雷族的新任副族長莓鼻當時也跟他們一起狩獵。但沒有當下警告他們，反而是等回到營地，立刻向棘星舉發他們的不當行為。

鬃霜不安到全身皮毛微微刺痛。**我當初幫忙棘星時，也是這麼急於取悅他嗎？**她渾身發抖，**我再也不要舉發自己的族貓了。**

自從棘星把松鼠飛趕出營地後，這幾天下來，他一直很堅持戰士們必須全神貫注在戰士守則上，但同時又對守則的內容不斷做出新的詮釋。

雷族族長正從擎天架那裡監看著鰭躍和嫩枝杈。他獨自躺著，下巴靠在石頭邊，鰭躍和嫩枝杈正在刺藤叢的樹根間賣力挖掘，他們愈挖愈深，身上毛髮凌亂不堪，沾滿土屑。他們徒手想把頑固的灌木連根拔起，腳爪弄得髒汙不堪。

莓鼻走向那兩名筋疲力竭的戰士。「快點！」他低吼。「棘星要你們在黃昏前把它挖出來。你們怎麼弄得這麼久啊？」

鬃霜看見乳黃色公貓抬頭看了棘星一眼。他是希望雷族族長對他的監工作業刮目相看嗎？但是棘星的目光根本視若無睹，鬃霜暗自得意。好像莓鼻愈是想討好棘星，棘星就愈是看不起他。

她對新任雷族副族長的憎惡感倏地淹漫全身，因為她看見莓鼻正把鰭躍和嫩枝杈好不容易才從樹根四周掘出來的土又踢回坑洞裡。

鰭躍怒瞪他。「你這麼做是什麼意思？」

「我不小心的。」莓鼻吸吸鼻子。

「是嗎？」嫩枝杈瞇起眼睛瞪著雷族副族長，顯然不相信。

莓鼻聳聳肩。「你們不該把土堆在洞的旁邊。」

嫩枝杈露出尖牙，但鰭躍把她推了回去。「別理他，我們繼續挖！」他低聲道。莓鼻趾高氣昂地走了。

「莓鼻！」棘星抬起頭。

莓鼻豎起耳朵，急急忙忙地爬上亂石堆。他停在雷族族長前面。「是的，棘星，我能為你做什麼嗎？」

棘星冷冷地覷著他看。「為什麼狩獵隊還沒回來？」他朝生鮮獵物堆點頭示意，獵物堆只剩下一半。」

「狩獵隊才出去沒多久。」莓鼻告訴他。

棘星貼平耳朵，「你應該早點派他們出去。」

「我真是鼠腦袋。」莓鼻歉然地低下頭去。「我明天會早一點派他們出去。」

鬃霜對著自己低吼。莓鼻難道連尊嚴都不要了嗎？

鬃霜暗自慶幸還好棘星已經把她的工作轉交給新任副族長。她不想再代表那個冒牌棘星下達命令。不過她總有股感覺，莓鼻根本不在乎誰去巡邏或誰去狩獵，他純粹就是喜歡頤指氣使自己的族貓。

棘星站了起來。「你走吧。」他語氣不屑地對莓鼻說道，然後站在擎天架邊緣向下俯看，副族長聽命滑下亂石堆。鬃霜全身繃緊，因為雷族族長的目光正射向她，駐留在她身上。她頓時緊張，因為對方的眼神閃現著興味。

自從松鼠飛離開營地之後，她就有了心理準備，知道自己隨時可能被控叛徒。要是棘星曾派眼線跟在松鼠飛後面，難保不會也派眼線跟在其他貓兒的後面。所以就算他一直都知道有那場祕密會議，並決定在處罰她之前，先把她當獵物一樣要弄一陣子，她也不會覺得奇怪。

「鬃霜，妳過來，我有話跟妳說。」擎天架上的他語氣狡滑地說道。

她站起來，盡量不朝嫩枝杈和鰭躍那裡看。他們也有參加祕密會議，她知道他們正盯著她，擔心棘星為何單獨點名她。她自己也緊張到腳爪微微刺癢。也許這兩位戰士不是忘記感恩星族才被處罰的，而是棘星早就知道他們在他背後搞鬼，而這只是報復行動的開始。她爬上亂石堆，強忍住恐懼，但仍覺得反胃。這時的棘星正鑽進垂生在族長窩入口前的枝條，並用尾巴示意她一起進來。

她進到裡面，眨眨眼睛，適應黑暗，盡量不皺起鼻子。這窩穴很不通風，臥鋪的霉味很重。

棘星坐下來，從暗處瞪著她看。「妳覺得部族的新規定怎麼樣？」他聽起來心情很好，她只好假裝配合。

「新的規定很棒啊，」她抬起下巴。「星族一定很快就回來了。」

「的確，」他往前傾身。「妳覺得要求隊伍必須單排行進，這主意怎麼樣？」

「這主意很好，」她告訴他，「可以防止隊員在狩獵或檢查邊界時，互相聊天。」

棘星看起來很是得意。「我的用意就是這樣。」他若有所思地把頭歪到一邊。「我在想要不要要求狩獵隊每抓到一隻獵物就先送回營地，而不是狩獵完一整天之後才一次帶回來。」

「這樣不會讓狩獵作業變得更辛苦嗎？」鬃霜試探性地問道。

棘星瞇起眼睛。「因為我擔心戰士若在森林裡待太久，恐怕就會忘了遵守部族的規定。」

鬃霜假裝對他熱切地眨眨眼睛。「如果你是考慮到這一點，那這主意真的不錯。」她被羞愧淹沒全身，她的這種行為不也跟莓鼻一模一樣嗎？可是她有什麼辦法呢？她不想被放逐。她蠕動著腳。**被放逐搞不好還比跟這個狐狸心腸的冒牌貨搖尾乞憐來得好。**但她推開這念頭。「五大部族已經忽視守則太久了，」她喵聲道，「他們需要被時刻提醒。這是找回星族的唯一方法。」

棘星用後腿坐下來。「我很高興妳跟我有志一同，」他熱心地說道，「事實上，妳好像比部族裡的任何一隻貓兒都來得更瞭解我。」他用欣賞的目光久久看著她，她強忍住，不讓自己發抖。他繼續說道：「我很欣賞妳的忠貞不二。妳值得我交付更多的重責大任。我本來想封妳為副族長，但是妳還太年輕。不過我很信任妳。我希望妳知道我是很倚重妳的，妳要繼續跟我匯報部族的問題，因為妳的觀察力很強，而且又認真負責。」他挨近她。「現在松鼠飛離開了，我更是倚重妳，把妳當我的心腹看。」

鬃霜將爪子戳進地上，不敢表現出任何一絲厭惡的表情。「謝……謝謝你，」她別開臉，全身發燙，「你太客氣了。」

「有嗎？」棘星的眼神突然閃爍。「真的有嗎？」

她看見他的態度瞬間拘謹，心想自己有說錯什麼嗎？

「謝謝你對我的抬舉。」她趕快說道。

他似乎鬆了口氣。「有件事很奇怪，」他停頓一下，目光從她旁邊移開。「我注意到大集會的前幾天晚上妳離營外出。是夜間巡邏，對吧？」他沒等她回答。「我相信妳一定會把部族放在第一位。我從不懷疑妳的忠誠，因為妳很清楚我對不忠的貓兒都是如何處置。」他瞇起眼睛。

鬃霜的嘴巴頓時發乾，這時他的目光又移回她身上。**他是在威脅我**，她不發一語地瞪看著他。**他是在告訴我他知道祕密會議的事嗎？還是他只是想警告我要小心一點？**

「戰士守則對忠誠這件事有很明確的規定，」她故作熱忱地說道。「一位真正的戰士會把自己的部族永遠擺在第一位。」她的思緒翻騰。她得去警告嫩枝杈和鰭躍，還有**根**

掌！參加過祕密會議的每隻貓兒都必須知道棘星已經起疑。她心跳加快。可是他把她看得這麼緊，要怎麼聯繫他們呢？

棘星的尾巴突然彈動。「妳可以幫我一個忙嗎？」

「當然可以。」她豎起耳朵。

「我要妳去查看一下松鼠飛。」他告訴她。「有謠言說她還在湖邊遊盪。我不知道她在哪裡。」他的鬍鬚微微顫動。「妳覺得妳查得出來嗎？」棘星猶豫了一下。「我要妳去確定一下她已經離開部族貓的領地。」

他表情心不在焉，眼神不安地閃爍了一會兒。鬃霜不免好奇，他其實是在擔心松鼠飛嗎？「我可以試試看。」她喵聲道。

「試試看？」他瞪大眼睛。

「我會去查。」她趕緊做出保證。這是自從祕密會議後，她首度覺得亢奮的情緒宛若氣泡正在她爪間滋滋作響。既然要她去調查松鼠飛的下落，或許也能趁這個機會去找根掌談一談。他可以幫她帶話。她盡量藏住心中的竊喜。「你要我什麼時候出發？」

「現在就去，怎麼樣？」棘星以探詢的目光看著她。但她知道這是命令，不是在探詢她的意願。

她垂頭聽命。「我現在馬上出發。」她快步走出窩穴，爬下亂石堆，腳下石子跟著滾落空地。

正在挖洞的鰭躍抬頭張望，她迎上他的目光，希望對方讀懂她眼裡所釋出的警告。

鰭躍推了推嫩枝杈，兩隻貓兒同時看著她朝營地入口走去。她低身鑽進通道後，便立刻加快腳步，一到了外面，就拔腿前奔。她跑上斜坡，循著幾天前押送松鼠飛離開的那條小路走，之前曾擦身而過的荊棘叢仍留有他們身上的氣味。她循著通往天族邊界的那條小路奔馳林間，四周樹影模糊。當初他們是在這裡與她分道揚鑣。她告訴他們，她會往山裡去，於是他們目送她悲傷離去，才轉身回營。

鬃霜一抵達氣味記號線，便止住腳步，嗅聞空氣。棘星會要她跨越邊界，繼續追蹤松鼠飛的氣味嗎？她皺起眉頭。**不對**，這會破壞戰士守則。她的目光越過邊界，望向那片往上斜傾的坡地和幾塊突起在林地之上的巨石。她瞄見矮木叢間有身影在移動，心跳陡地加快。她張開嘴巴，等對方的氣味覆上舌尖，興奮地認出根掌的味道。她莫名有種感覺……不管星族跑到哪去了……仍然在她左右守護。

她的目光越過巨石，巴不得他的巡邏隊是朝這邊走來。這時她看見他們真的往這兒走來，不覺鬆了口氣。

露躍和哈利溪跟天族見習生走在一塊，她迎視對方的目光，點頭示意要他們過來。

露躍瞇起眼睛朝她走近。「有什麼事嗎？」

「我想跟根掌說幾句話。」她告訴他。

根掌停在他導師旁邊，皺起眉頭。「什麼事情？」

「有很重要的事。」鬃霜緊張地瞪看著他。

哈利溪低吼。「我以為我們已經在大集會上說得很清楚了，你們分屬不同部族。」

「我知道，」鬃霜對著天族戰士歉然地眨眨眼睛。「可是因為我在大集會上對他的態度真的很惡劣，所以我想當面跟他道歉。」

「他沒那麼玻璃心。」露躍冷哼一聲。

根掌看著他的導師聳聳肩。「能聽到一隻雷族貓跟一隻天族貓道歉，也不錯啊。」露躍的眼裡閃過興味。「我想也是。」他讓步了，和哈利溪互看了一眼，這才轉頭回來盯看著根掌。「一定要讓她好好跟你道歉，畢竟她對你的羞辱實在太過份了。」

根掌跨過邊界，推開鬃霜。「出了什麼事？」他們一走開，他立刻低聲問道。

「我想棘星也在懷疑我意圖不軌。他注意到我在祕密會議的那天晚上離開。」

根掌背上的毛全聳了起來。「他知道祕密會議了嗎？」

「我不確定，」鬃霜告訴他。「他沒有把任何事情說死。」

「我們得小心一點。」根掌目光越過她，望向雷族森林。「有貓在跟蹤妳嗎？」鬃霜瞪看著他，表情緊張。「應該沒有吧。」她循著他的目光回頭看，慶幸身後的林子空盪盪的。

「如果棘星懷疑妳，他為什麼要讓妳獨自離營？」

「他派我去找松鼠飛。他說他想確定她已經離開部族貓的領地。但我覺得他是在擔心她。」她停頓一下，才又大聲納悶。「這有點怪欸，冒牌棘星為什麼要擔心松鼠飛呢？」

「天知道他腦袋在想什麼。」根掌彈動尾巴。「我們沒有時間納悶這種事了。」他回頭看了他的導師一眼。灰色公貓正不耐地來回踱步。「松鼠飛待在影族，她在那裡很安全。影族全都知道了冒牌棘星的事。我想影望說對了，他的異象不是來自星族。他打算告知其他巫醫貓有關冒牌貨的事。」

「我希望他盡快告知，」鬃霜告訴他。「在營地的感覺好可怕。每隻貓都很害怕，因為我們多了好多規定和處罰。」她絕望地瞪看著他。「我們必須展開行動。」

「我們一定會的。」根掌的鼻吻貼上她的面頰。

她緊貼著他好一會兒，慶幸自己總算有個可以信賴的朋友。「我要去找松鼠飛了，」她告訴他。「我必須讓她知道雷族的現況，但我不會告訴棘星她在哪裡。」

根掌垂下頭，接著朝他的隊友轉身。「妳要挺住，」他低聲道，「不會有事的。」

鬃霜對他感激地眨眨眼睛，希望他是對的，然後就朝影族邊界匆忙走去。

等到她抵達邊界時，腳爪已經疼痛不堪。下午的陽光汩汩滲過發芽的樹枝灑將下來。她的目光急切地望向邊界另一頭。

「妳在這裡做什麼？」蓍草葉尖銳的喵聲嚇了她一跳。影族母貓從一叢荊棘後面鑽出來，爆發石尾隨在後。棕色公虎斑貓將他那隻完好無缺的耳朵朝她的方向轉動。

「我需要找松鼠飛談一談。」她喵聲道。

爆發石的眼裡閃著疑色。「回妳的部族去。」他吼道。

鬃霜與他對視。影族當然不願承認他們有收容松鼠飛。**他們憑什麼相信我？他們認定我是棘星的心腹之一。**但這恐怕是她唯一一次單獨離營的機會。她很是挫折。她必須跟松鼠飛說上話。也許別的影族戰士會答應。她的目光越過巡邏隊，滿心期待地掃視松樹林。她看到遠處山坡有影望的灰色虎斑身影在移動，心跟著雀躍起來。星族一定是站在她這邊。「你去問影望，他可以為我擔保。」她抬高音量。「影望！」

爆發石的尾毛憤怒地蓬起。不過影望已經朝他們快步走來。

「鬃霜？」影族巫醫貓表情驚訝。「妳在這裡做什麼？」

「我來找松鼠飛說話。」

影望瞪大眼睛。「妳怎麼知道她在這裡？」

「根掌告訴我的，」她喵聲道。「我知道棘星鬼魂的事了。而且我也相信你對你異象的說法。」

影望和他的族貓們互看一眼，然後彈動尾巴示意邊界對面的鬃霜。「妳跟我來。」

他朝營地走去，她快步跟著。爆發石和蓍草葉尾隨，不安到身上毛髮如波起伏。

「我想棘星恐怕已經知道有貓兒在暗中集會。」鬃霜追上影望，在他耳邊低聲說道。

「他有說什麼嗎？」

「還沒。不過他一直在利用我們當中的幾隻族貓當他眼線。」

「妳要小心點。」影望警告道。

「我知道。」鬃霜強迫自己貼平毛髮，因為影望正帶著她走進影族營地。

他們快步鑽出入口通道，松鼠飛一看到她，嚇得跳了起來。前任副族長看起來身形清瘦、神情焦慮。她朝鬃霜疾步走來，眼裡閃著憂慮。「妳來這裡做什麼？雷族出了什麼事？」

「雷族目前還好，只是棘星愈來愈過份了。」鬃霜告訴她。

「他不是棘星，」松鼠飛不客氣地說道。「他是冒牌的。」

「我知道。」她迎視松鼠飛的目光。「可是我們什麼也不能做。大家都怕得要死，幾乎不敢互相說話。」

松鼠飛眼神黯下來。「影族會支持我們，」她告訴鬃霜。「等影望把實情告訴其他巫醫貓，其他部族也會支持我們。我們不能任由那個冒牌貨把各部族要到反目成仇。」

鬃霜對著她眨眨眼睛。「他還沒得逞吧？」

「還來得及，」松鼠飛告訴她。「我們會趕在開戰之前阻止這一切。不過不能讓棘星知道我在哪裡。要是他發現影族收留我，一定會宣戰。我們還沒做好迎戰的準備。」

鬃霜點點頭。「我不會告訴他。」她保證道。她的腳墊微微發燙，她要怎麼告訴他呢？如果他聽到她沒找到松鼠飛的下落，一定會很不高興。可是她又不能說出實情。也許可以用半真半假的說法來說服他。

松鼠飛注視著她，眼神像夜色一樣幽黑。「千萬別讓他發現。」

✦✦✦

「妳找到她了嗎？」她才走進營地，棘星就快步穿過空地來找她。

「找到了。」她從影族營地出來後，就先在回程的路上找紫草堆滾了幾圈，掩飾身上的氣味，免得被他發現。「我在兩腳獸那裡找到她了。」

「妳有跟她說話嗎？」棘星兩眼炯亮，閃著興味。

「有。」至少這部份是真的。

「她怎麼說？」

「她不知道自己以後要去哪裡，不過她說她不會再回雷族，她很生氣。她永遠都不想回部族生活了。」

「她脾氣一向不好。」棘星的尾巴不停抽動。「但我沒想到她會去兩腳獸那裡。」

鬃霜聳聳肩，故作漫不經心。「她說她只是經過而已。」

棘星瞇起眼睛。「我希望妳說的是實話。」他的喉間傳出低吼。

鬃霜心跳加快。「我沒有騙你。」她趕忙說道。

「妳當然沒有騙我。」他的喵聲帶著威嚇。「因為我相信妳很清楚要是妳騙我的話，我會怎麼處置妳。」

鬃霜大氣不敢喘。棘星瞪著她，目光緊緊盯住她，看得她不寒而慄。**他知道我在跟他作對嗎？**她覺得反胃。搞不好她曾被別隻貓兒跟蹤。她想掃視營地，看莓鼻或蜂紋在不在。但又不敢把目光從棘星身上移開，因為這就像在盯著一條正伺機攻擊的毒蛇。

最後他終於轉過身去，走到擎天架底下的暗處。

鬃霜盡量不讓自己發抖。**我在雷族還安全嗎？**

第二十四章

影望看向黑色夜空，半畝月亮光華地掛在松樹林參差不齊的樹頂上方，令他為之目眩。等根掌和樹一抵達，他們就會前往月池。他蓬起毛髮抵禦寒氣，眼神熱切地瞥了營地入口一眼。入口外面有腳步拖行的聲音。

水塘光從巫醫窩裡出來。「他們來了沒？」

「快到了。」影望朝入口點頭示意。這時根掌低頭鑽進營地，緊張到眼神不停閃爍。

樹跟在後面進來。黃色公貓掃視空地。大部份的影族貓在經過一天漫長的工作之後，都回臥鋪了，只剩焦毛和螺紋皮仍逗留在戰士窩外面，看著影望和水塘光。松鼠飛毛髮凌亂地站在他們旁邊。他們都知道這場半月會議意謂著什麼。如果巫醫貓們都同意棘星是冒牌貨，會對部族不利，那麼勢必得開戰才行。不然還有什麼方法可以趕走他？

樹等在入口，根掌快步前去會見影望。

「你準備好了嗎？」根掌喵聲道。

「我希望其他巫醫貓會相信我。」

「不會有問題的。」水塘光向他保證。巫醫貓走向入口。影望跟在後面，巴不得這任務是交由別隻貓兒去執行。

「小心點。」焦毛喊道。

影望回頭看了暗灰色戰士一眼。「我們會在黎明前回來。」

「等一下。」虎星從窩裡衝出來，鴿翅跟在後面。虎星眼神陰鬱。影望停下腳步，一臉緊張。「怎麼了？」

「你不能去。」虎星告訴他。

鴿翅眼裡閃著憂色。「我們討論過，這太危險了。你得留在這裡。」她很是保護地繞著影望轉。

但他低身躲開她。「可是我們必須告知其他部族有關棘星的事。」

「讓水塘光去告訴他們。」虎星吼道。

樹皺起眉頭。「你們在擔心什麼？你們認為巫醫貓們會傷害他嗎？」

「不是巫醫貓們。」虎星的目光鎖住影望。「你不是說上次在月池的時候，你感覺得到山谷裡有某種存在體？」

「沒錯，」影望告訴他，「但那只是一種感覺，我不認為它傷得了我。」

鴿翅抽動著耳朵。「我們不知道我們面對的是什麼，只知道它強大到足以令星族完全噤聲，而且還偷了棘星的軀體。」

虎星點點頭。「你應該待在部族，這裡比較安全。」

松鼠飛快步朝他們走來。「他一定得去，」她堅稱道。「不管是誰在耍弄五大部族，都是透過影望在進行。」

水塘光點點頭。「巫醫貓們必須親自詢問他之後，才有可能找出他自己沒看出的疑點。」

影望抬起尾巴。他不需要任何貓兒幫他說話。他迎視虎星的目光。「我一定要去。」他語調堅定。

他父親聳起毛髮。「可是太危險了。」

「我不是小貓了。」影望抬起鼻吻。他父親必須信任他。「我是巫醫貓，五大部族需要我的協助。」

虎星遲疑了，然後垂下頭。「你說得對，」他喵聲道，「我們不能阻止你。」

影望對著他父親感激地眨眨眼睛。「別擔心……我會小心，而且我也不是單獨行動。」

鴿翅用鼻吻抵住影望的面頰。「早點回來。」

他用鼻子摩搓著她的下巴。「我天亮前就回來。」

他沒等她再多說什麼，就轉過身去，迎視他父親的目光。虎星看著他，眼神恐懼。

月亮已經快爬到天頂，不能再浪費時間了。影望快步走出營地。外面的林子籠罩在黑影裡，他勉強自己直視前方，慶幸有根掌走在他旁邊。天族見習生的表情堅定。樹和水塘光默默地跟著後面。

根掌看了他一眼。「你覺得巫醫貓們要是知道了，會怎麼做？」

「我希望他們會告訴自己的族長。」影望躍過一條拖在地上的藤蔓。

「五大部族若能團結起來，要趕走那個冒牌貨就會比較容易。」樹喵聲道。

水塘光加快腳步。「可是鬼魂要怎麼回到自己的軀體？」

影望看了巫醫貓一眼。「我們只能一次解決一個問題。」

他們默不作聲地繼續往前走，循著那條通往雷族邊界的上坡路前進。

「我們穿過綠葉季兩腳獸的地盤好了，」水塘光提議道，這時他們正繞過一大叢荊棘。「這樣就能避開雷族領地。」

「可是會花比較久的時間才抵達那裡。」影望看了他的族貓一眼。

「小心為上比較好，」水塘光很是堅持。「雷族不能信任。」

樹皺起眉頭。「你認為棘星可能試圖阻止我們嗎？」

「如果他知道我們的計畫，一定會設法阻止。」水塘光喵聲道。

影望強忍住，不讓自己發抖。森林似乎變得更暗了。前方的樹枝有黑影掠過。根掌的目光射向它。「只是一隻貓頭鷹。」天族見習生的語氣如釋重負。他也被嚇到了嗎？

影望感覺腳下的林地冰冷。他聽得到獵物在矮木叢底下碎步疾奔的聲響。一隻黃鶯在遠處啾啾鳴唱。他朝根掌走近，公貓的體溫令他多少安心。

黃鶯突然噤聲，影望豎起耳朵。是什麼東西嚇到牠？他緊張地瞥了前方一眼。**別鼠腦袋了。**這條路他走過很多次，從來沒有害怕過。他甩甩毛髮，心卻猛地一抽，因為空氣突然被痛苦的尖叫聲瞬間劃破。

影望停下腳步，樹霍地轉身，掃視森林，根掌忙著嗅聞空氣。

「你有聞到什麼嗎？」樹對著他的兒子眨眨眼睛。

根掌皺起眉頭。「我只聞到薄荷的味道。」

水塘光表情不解。「薄荷不會長在森林的這處地方啊。」

影望努力想看清楚黑暗中到底有什麼。「有貓兒遇到麻煩了。」他喵聲道。

「這叫聲聽起來好像從那邊來的。」樹沿著上坡往前走。

尖叫聲又出現了。影望的毛聳了起來。「我們必須去幫忙他們。」

「走這邊！」樹拔腿前奔。

水塘光匆匆跟在後面。「我聞到血味了。」巫醫貓的喵聲緊張尖銳。

其他貓兒都跟著跑開，影望卻停下腳步。他們要怎麼協助受傷的貓兒呢？手邊又沒有藥草。他環顧四周。**蜘蛛絲！**要是那隻貓在流血，蜘蛛絲可以幫忙暫時止血，抽取時間把傷貓送到安全的地點。

「影望！」水塘光從暗處喊他。「你要不要一塊來？」

「我在找蜘蛛絲！」他快步朝一棵多瘤的橡樹走去。長滿節瘤的樹皮上一定會有蜘蛛網。他伸出腳爪沿著裂縫摸索，真的黏到厚厚的蜘蛛絲。他把它拉出來。「你們找到他了嗎？」他的喵聲在林間迴盪。沒有貓兒回答他。他在林子裡快步踱行，因為有一隻腳爪得離地拿著蜘蛛絲，所以只能用三隻腳走路。他窺看暗處，想找到其他同伴。「我來了！」他喊道。但森林沉默以對。

他皺起眉頭。他走對方向了嗎？他張嘴想嗅聞氣味，但有個很硬的東西從他旁邊撞上來，把他撞倒在地，他翻身側躺，濃烈的薄荷氣味從他頸背襲來，旁邊一個黑影森然逼近，一隻公貓的輪廓赫然出現在星空之下，他嚇得心臟快停掉。對方宛若黑鷹朝他猛地撲來，利爪劃過他的頸部，其中一隻腳爪狠打他的鼻吻。

影望奮力脫逃，翻滾一圈，趴臥在地。他雙耳充血，感覺身上皮毛被強韌的利爪勾住，刺痛不已。那爪子毫不留情地把他往後拖，他胡亂耙抓地面。絕望的他試圖記起任何可以反擊的一招半式。他記得撲步教過他一些，於是趕緊繃緊後腿肌肉，撐起身子想絆倒對方。但有條腿從他肚子底下橫掃過來，從下面撞擊他的腳。

他滾到地上，仰躺在地，後腿死命踢打，但攻擊者腳爪沉重地壓制住他。有雙眼睛閃現在影望鼻吻前面，眼神布滿恨意。影望當場愣住，求助無門，感覺到利爪抵住他喉嚨。他尖聲大叫，但爪子瞬間戳了進去。他的思緒翻騰，慌張到頭暈目眩。利爪戳得更深，他一整個天旋地轉，掙扎著想要呼吸，懇求星族救他。

可是沒有回應。黑暗從四面八方將他包覆。

國家圖書館出版品預編目資料

貓戰士七部曲破滅守則．二，靜默融雪 / 艾琳．杭特（Erin Hunter）著；約翰．韋伯（Johannes Wiebel）；高子梅譯．-- 初版．-- 臺中市：晨星，2021.03
面；　公分．--（Warriors；60）
譯自：Warriors : The Broken Code. 2, The Silent Thaw
ISBN 978-986-99904-4-8（平裝）

873.596　　109021297

貓戰士七部曲破滅守則之 II
靜默融雪 *The Silent Thaw*

作者	艾琳・杭特（Erin Hunter）
繪者	約翰・韋伯（Johannes Wiebel）
譯者	高子梅
責任編輯	陳品蓉
校對	許仁豪、陳品蓉
封面設計	陳柔含
美術編輯	林素華
創辦人	陳銘民
發行所	晨星出版有限公司 407台中市西屯區工業區30路1號1樓 TEL：04-23595820　FAX：04-23550581 行政院新聞局局版台業字第2500號
法律顧問	陳思成律師
初版	西元2021年03月01日
再版	西元2023年03月07日（三刷）
讀者訂購專線	TEL：（02）23672044 /（04）23595819#212
讀者傳真專線	FAX：（02）23635741 /（04）23595493
讀者專用信箱	service@morningstar.com.tw
網路書店	http://www.morningstar.com.tw
郵政劃撥	15060393（知己圖書股份有限公司）
印刷	上好印刷股份有限公司

定價250元

（缺頁或破損的書，請寄回更換）
ISBN 978-986-99904-4-8

☐ 我已經是會員，卡號 ________________

☐ 我不是會員，我要加入貓戰士會員

姓　名：______________ 性 別：________ 生　日：______________

e-mail：____

地　址：☐☐☐ ______ 縣／市 ______ 鄉／鎮／市／區 ______ 路／街

______ 段 ______ 巷 ______ 弄 ______ 號 ______ 樓／室

電　話：____

☐ 我要收到貓戰士最新消息

貓戰士鐵製鉛筆盒抽獎活動

將兩個貓爪和一顆蘋果一起貼在本回函並寄回，就可以獲得晨星出版獨家設計「貓戰士鐵製鉛筆盒」乙個！

貓爪在貓戰士書籍的書腰上，本書也有喔！蘋果則是在晨星出版蘋果文庫的書籍書腰上！

哪些書有蘋果？科學怪人、簡愛、法布爾昆蟲記、成語四格漫畫...更多請洽少年晨星官方Line ID：@api6044d

點數黏貼處

請填妥後對折裝訂，再貼妥郵票寄出

請黏貼
8 元郵票

407

台中市工業區30路1號

晨星出版有限公司

TEL：（04）23595820　FAX：（04）23550581

e-mail：service@morningstar.com.tw

http://www.morningstar.com.tw

請沿虛線摺下裝訂，謝謝！

加入貓戰士俱樂部

【貓戰士會員優惠】

憑卡號在晨星出版社購書可享優惠、擁有限定商品、還能獲得最新消息等會員福利。

【三方法擇一，加入貓戰士會員】

1. 填妥本張回函，並寄回此回函。
2. 拍照本回函資料，加入官方Line@，再以Line傳送。
3. 掃描後方「線上填寫」QR Code，立即填寫會員資料。

Line ID：api6044d

「線上填寫」QR Code

★寄回回函後，因郵寄與處理時間，需2～3週。